Für meinen Enkel

Karlheinz Huber

Blutsbrüder

Western

Impressum

Bibliografische Information der Deutschen Nationalbibliothek:
Die Deutsche Nationalbibliothek verzeichnet diese Publikation in der
Deutschen Nationalbibliografie; detaillierte bibliografische Daten sind
im Internet über http://dnb.dnb.de abrufbar.

© 2021 Karlheinz Huber

Herstellung und Verlag: BoD – Books on Demand, Norderstedt

ISBN: 9783753423616

Der Große Geist kommt in allem vor:

Im Stein schläft er,

in der Pflanze träumt er,

im Tier erwacht er,

und im Menschen ist er erwacht.

(Indianische Weisheit: Verfasser unbekannt)

DUELL

Die Sonne brannte gnadenlos auf die beiden Kontrahenten herab. Zwischen ihnen drehten sich zwei Steppenroller und ein kleiner Staubwirbel zog rechts an ihnen vorbei. Im Hintergrund konnte man in der flimmernden Hitze die Silhouette der Stadt Cody erahnen. Doch das alles nahmen die beiden nicht wahr. Auch den Schweißperlen, die in kleinen Tropfen unter dem Cowboyhut über die Stirn liefen und zu Boden tropften, schenkten sie keine Millisekunde ihrer Aufmerksamkeit. Mit flachen Atemzügen fixierte Bill seinen Gegner, ohne eine Miene zu verziehen. Jede Gestik, ja die kleinste Bewegung, konnte sein weiteres Vorgehen negativ beeinflussen und vielleicht sein Ende bedeuten. Gleichzeitig suchte er im Gesicht seines Gegners nach Schwäche, nach Angst oder Unsicherheit. Doch keiner der beiden gab sich eine Blöße.

Minuten vergingen, ohne die kleinste Bewegung. Die Steppenroller waren längst verschwunden, und der Staubwirbel kam langsam, aber sicher zum Erliegen. Eine dicke fette Fliege setzte sich auf Bills Hut und starrte mit ihren Facettenaugen zu Bills Gegner, der weniger als zehn Schritte von ihm entfernt stand.

Die Zeit schien still zu stehen. Nur die Fliege flog in einem weiten Bogen zu einem Stein, setzte sich auf ihn und beobachtete, was nun folgen würde. Hinter dem Stein erhob sich der Kopf eines kleinen Feldhasen, der sich schüchtern umblickte.

Bills Gedanken setzten ein und er flüsterte:

„Ich ziele nicht mit der Hand,

ich ziele mit dem Auge.

Ich schieße nicht mit der Hand,

ich schieße mit dem Verstand."

10

Mit einer unglaublichen Geschwindigkeit zog er seinen 45er Revolver und feuerte.

Zwei laute Schüsse zerrissen die Stille.

Der Feldhase war längst verschwunden, nur die Fliege blieb ungerührt sitzen und verfolgte das Schauspiel.

Bill fasste sich an die Brust und ließ dabei den Revolver aus seiner schlaffen Hand zu Boden gleiten. Ungläubig schaute er zu seinem Gegner, der ihn hämisch und siegessicher angrinste. Bills Oberkörper sackte langsam in sich zusammen, und er ging in die Knie. Wie in Zeitlupe fiel er nach vorne und schlug hart auf dem staubigen Boden auf. Mit letzter Kraft drehte er sich um, die Hand immer noch fest auf die vermeintliche Schusswunde gepresst. Ein schmerzvolles Stöhnen entrang sich seiner Kehle. Seine Augenlider flatterten zuerst, doch dann schlossen sie sich für immer.

Da lag er nun am Boden, als Verlierer des Duells.

Die Sonne brannte weiterhin auf seinen Körper herab, der sich nicht mehr bewegte. Die Fliege hatte nun das Interesse an dem beendeten Duell verloren und flog einfach davon.

Plötzlich erklangen Schritte aus dem Hintergrund, und ein rhythmisches Klatschen setzte ein. Ein Schatten fiel über Bills Körper, und ein alter Cowboy trat heran. Als er die Fußspitzen erreicht hatte, stellte er das Klatschen ein. Mit der Stiefelspitze stupste er Bills Füße an und sagte:

„Gutes Schauspiel, aber solltest nicht du der Gewinner sein?"

Plötzlich begann Bill zu lachen, und der alte Mann half dem Jungen auf die Beine. Sie feixten - und nun lachte auch der alte Cowboy.

Mit Kopfschütteln sagte er:

„Lass uns mal schauen, ob du deinen Gegner wenigstens getroffen hast."

„Opa, seit wann zweifelst du an mir?", antwortete Bill grinsend, während er sich den Staub aus den Klamotten schlug.

Gemeinsam gingen sie zu der Holzfigur in Lebensgröße und suchten nach den Einschusslöchern.

„Na ja, weglaufen hätte er nach den beiden Beinschüssen nicht mehr gekonnt. Aber zielen und schießen hätte er noch können. Das kannst du besser."

„Hey, ich bin noch jung, und du musst mir noch viel beibringen. Also streng dich an, alter Mann", rief Bill und ging vorsichtshalber zwei Schritte zurück. Der Abstand, den er gewählt hatte, war zu kurz, denn der alte Mann hatte noch sehr gute Reflexe - und ehe sich Bill versah, lag er wieder am Boden.

Lachend stand Old John über ihm und reichte ihm seine Hand, die er gerne annahm.

Als er wieder stand, fragte er: „Opa, woher hast du eigentlich das fiese Gesicht, das du auf dem Holzcowboy angebracht hast?"

„Ausgeschnitten aus einem Steckbrief des Bandenchefs der Reno-Bande", antwortete Old John.

„Dem möchte ich nicht im richtigen Leben begegnen", sagte Bill ehrfurchtsvoll. Gemeinsam verstauten sie den Holzcowboy in einem kleinen Verschlag und machten sich auf den Heimweg.

Von weitem konnte man schon die Shiloh-Ranch sehen, das Zuhause der beiden.

Plötzlich fragte Bill: „Opa, was denkst du? Sind meine Eltern wirklich nur wegen der Goldsuche nach Westen weitergezogen, oder steckt etwas anderes dahinter?"

12

Old John blieb stehen und schaute seinem Enkel direkt in die Augen. Dann holte er noch einmal tief Luft und sagte: „Dein Vater ist ein lausiger Cowboy gewesen. Er hätte es hier auf der Ranch nie zu etwas gebracht. Daher war es eine weise Entscheidung, sich für das Gold und nicht für das Pferd zu entscheiden.

Und bevor du wieder fragst: Nein, du bist nicht der Grund. Du hast dich entschieden, hier bei mir zu bleiben. Was ich im Übrigen auch für eine weise Entscheidung halte."

„Meinst du, es geht ihnen gut?", fragte Bill weiter.

Old John erwiderte: „Du hast eine clevere Mutter, die sorgt schon dafür, dass es richtig läuft."

Bill öffnete das große Gatter und schloss es wieder, nachdem sie eingetreten waren. Gemeinsam liefen sie auf das kleine Blockhaus zwischen der Ranch und dem Stall zu.

„He, Trampeltier", rief plötzlich jemand, und Bill schaute sich um.

Auf dem oberen Balken des Zaunes saßen Chris, Tom, Roy und Andy, alles Jungs in seinem Alter. Chris schaute ihn belustigt an und warf einen kleinen Stein nach ihm. Geschickt wich Bill aus, doch dabei kam er ins Straucheln und fiel der Länge nach auf den staubigen Boden. Alle lachten spöttisch. Als Bill beim Aufstehen Conny, die Tochter des Ranchers, auf ihrem Pferd sitzen sah, die ihn ebenfalls auslachte, wurde er traurig. Er stand auf und musste mit anhören, wie sie „Bill, the Nobody" im Chor sangen. Auch Conny stimmte mit ein! Old John hatte von dem Zwischenfall nichts mitbekommen. Doch als er die Rufe hörte, drehte er sich blitzartig um und schaute böse zu den Jungs. Sofort gab Conny ihrem Pferd die Sporen, und Andy fiel vor Schreck vom Zaun. Auch Tom und Roy sprangen schlagartig vom Gatter und liefen davon. Nur Chris blieb sitzen und schaute ohne Angst zu Old John.

„Das sollen deine Freunde sein?", fragte der Alte vorwurfsvoll.

Bill antwortete kleinlaut: „Ich bin ja selbst schuld. Immer wieder passiert mir so etwas vor denen."

Old John schüttelte den Kopf und ging weiter. Bill trottete hinter ihm her.

Bill dachte: ‚Verdammt, warum passiert mir das immer wieder‘, und lief zum Waschen an den Brunnen. Dort stand Kajika, der Indianer, der für den Rancher als Scout arbeitete.

„Sag nichts, roter Mann“, sagte Bill.

Doch Kajika dachte nicht daran zu schweigen und erwiderte:

„Weißer Mann ist feige!“

„Das stimmt nicht. Was bringt mir eine Schlägerei? Außerdem sind sie zu viert und ich bin alleine“, antwortete Bill bedrückt.

„Weißer Mann, deine Zeit wird kommen, bald schon“, sagte der Indianer und ging davon.

Bill betrat die Blockhütte und folgte seiner Nase.

Der Geruch einer frischen Rindfleischsuppe ließ ihn alles vergessen.

Am nächsten Morgen wachte Bill auf und blinzelte die Sonnenstrahlen weg.

Er stand auf, zog sich an und ging nach unten.

„Ach, der feine Herr ist auch schon wach. Kaffee?“, fragte sein Opa und strahlte ihn an.

Nachdem sie einen Kaffee getrunken hatten, gingen sie gemeinsam an die Arbeit. Old John war früher ein sehr guter Cowboy gewesen, doch nun konnte er nicht mehr an einem Trail teilnehmen. Die alten Knochen wollten nicht mehr so, wie er wollte. Doch der Rancher wollte nicht auf seine Dienste verzichten. Daher wurde er für die Pflege der Pferde auf der Ranch verantwortlich gemacht.

Nachdem sie sich um die Mustangs gekümmert hatten, fragte Old John seinen Enkel: „Willst du Storm zureiten?“

14

„Storm, der neue wilde Mustang?", antwortete Bill fassungslos.

„Warum nicht? Du machst das doch ganz gut bis jetzt, und irgendwann musst du es mal versuchen. Immerhin hat der Rancher dir den Gaul geschenkt."

„Ja, nachdem er jeden Cowboy abgeworfen hatte, der es versucht hatte", erwiderte Bill. Doch dann dachte er an seine vermeintlichen Freunde.

Wenn er das schaffen würde, dann sahen sie ihn bestimmt mit anderen Augen. Und Conny würde ihn endlich zur Kenntnis nehmen!

„Okay", sagte Bill, nahm das Lasso und schlüpfte durch das Gatter. Der wilde Hengst begrüßte ihn mit einem höhnischen Wiehern. Doch Bill ließ sich davon nicht beeindrucken.

Mit beruhigenden geflüsterten Worten näherte er sich dem Tier. Zuerst wich der Mustang zurück, doch dann blieb er stehen, und Bill streichelte ihm sanft über die Mähne.

Mittlerweile hatte sich herumgesprochen, dass es Bill mit dem Hengst aufnahm. Einige Cowboys hatten sich am Gatter versammelt, um dem Schauspiel zuzuschauen. Old John drückte seinem Enkel fest die Daumen und sah erfreut, wie Bill die Schlinge über den Kopf des Mustangs zog. Ganz langsam lief Bill zur Seite und streichelte die Mähne des Tieres. Die Nüstern des Hengstes flatterten nicht mehr aufgeregt - und dann wagte Bill den Sprung auf den Rücken!

Genau in diesem Moment klatschte jemand laut in die Hände.

Der Hengst erschrak, bäumte sich auf, warf Bill zu Boden und galoppierte davon.

„Bill, the Nobody", war das Erste, was er hörte, als er zu sich kam. Langsam setzte er sich auf und schaute in grinsende Gesichter. Enttäuscht ließ er sich wieder auf den Rücken fallen und dachte: ‚Bill, der Niemand! So werde ich in die Geschichte eingehen'.

Es dauerte etwas, bis er sich wieder gefangen hatte und trotz der Schmerzen aufstand. Die Zuschauer waren mittlerweile verschwunden, und Old John stand neben ihm.

„Hör zu: Du warst so nah dran wie noch nie. Und hätte dieser dämliche Chris nicht geklatscht, hättest du es geschafft. Bill, gib nicht auf. In dir steckt ein guter Cowboy! Ich weiß es, und ich glaube an dich."

„Danke, Opa", flüsterte er und ging zum Gatter zurück.

Der Tag verlief schweigend zwischen den beiden. Beim Abendessen fragte Old John: „Sollen wir morgen mit den Dosen weiter machen?"

Bill nickte, flüsterte ein „gute Nacht" und verschwand nach oben.

In der Nacht träumte er davon, als echter Cowboy mit einem Trail unterwegs zu sein. Als Flügelmann behielt er die Rinder auf dem beschwerlichen Weg sicher in der Herde.

Gut gelaunt wachte er am Morgen auf und ging mit Old John zu dem Verschlag, unweit der Ranch. Sie holten drei Dosen. Old John platzierte sie auf einem Stein. Bill ging in Position, zog seine 45er und feuerte. Jeder Schuss traf sein Ziel, und Bill feuerte weiter, bis das Magazin leer war. Immer weiter und weiter. Doch dann passierte das Unglück! Nachdem Bill die Waffe zum x-ten Mal geladen hatte, berührte er den Lauf. Schreiend verbrannte er sich die Finger, und die Waffe fiel zu Boden. Dabei löste sich ein Schuss, und eine Patrone machte sich auf eine unglaubliche Reise. Zuerst traf sie einen Felsen, danach einen Stein, dann noch einen Stein, um anschließend am Verschlag abzuprallen, sich durch Bills Stiefel zu bohren und im Boden stecken zu bleiben.

Mit großen Augen starrte Bill auf seinen Stiefel und wollte einfach nicht glauben, was gerade passiert war. Als ihm endlich bewusst wurde, was los war, kam der Schmerz - und er begann zu schreien!

Old John beruhigte ihn und setzte sich neben ihn auf den Boden. Schnell zog er Bill den Stiefel vom Fuß, ehe der protestieren konnte. Dann begann er zu lachen. Bill verstand die Welt nicht mehr. Als er sah, was die Kugel angerichtet hatte, musste auch er lächeln, und der Schmerz war nicht mehr so groß.

„Ein Streifschuss, Glück gehabt", sagte Old John. „Aber du musst zum Rancher. Die Wunde muss gesäubert und verbunden werden. Ich trage dich hin."

Ehe Bill protestieren konnte, hing er über Old Johns Rücken.

Wenig später saß er auf einer Pritsche im Haupthaus.

„Ich geh jemanden holen", sagte Old John und verschwand mit einem Lächeln auf den Lippen.

Bill saß auf der Pritsche und schaute sich um. Als er den Steckbrief an der gegenüberliegenden Wand sah, überlief ihn ein kalter Schauer:

„Reno-Bande : John Reno 10.000 $, Butch Cassidy 8.000 $. Für jedes weitere Bandenmitglied 5.000 $ Belohnung, tot oder lebendig", las er laut vor.

Dabei hörte er nicht, wie sich die Tür öffnete.

Plötzlich stand Conny, die Tochter des Ranchers, vor ihm und sagte:

„Fiese Typen! Hoffentlich bekommen wir sie nie zu sehen. Wo ist denn deine Verletzung, Bill?"

Bill war so überrascht, dass er kein Wort heraus bekam. Irgendwann zeigte er auf seinen Fuß und stotterte „daaaaaaa."

Als Conny die Wunde versorgte, wurde Bill klar, warum Old John beim Hinausgehen so gegrinst hatte. Er hatte dafür gesorgt, dass sie sich um ihn kümmerte. ‚Na warte, Opa', dachte er.

Conny sagte: „Hast du schon gehört, dass in wenigen Tagen der neue Trail-Boss kommen soll?"

Bill schüttelte den Kopf.

Sie sprach weiter: „James Averill ist sein Name. Soll einer der Besten sein. Mein Vater hat ihn für den nächsten Transport der Rinder nach Miles City angeheuert. Ich werde diesmal den Trail begleiten, das wird bestimmt toll.

So, fertig. In zwei Tagen bist du wieder fit."

Sie stand auf und sah ihn an. Er errötete, und sie lächelte. Das süßeste Lächeln, das er je gesehen hatte! Dann verabschiedete sie sich.

Als sie die Tür geschlossen hatte, atmete er aus und schaute wieder zu dem Steckbrief. Wenig später betrat Old John das Zimmer, und ehe Bill etwas sagen konnte, hob er die Hände in die Höhe und sagte: „Ich bin unschuldig, ehrlich."

Dann lachten beide, und Bill humpelte hinter Old John zu ihrem Blockhaus.

Zwei Tage später war die Wunde vollständig verheilt und er konnte Old John wieder bei der Arbeit helfen. Die Pferde freuten sich richtig, als er sie begrüßte. Auch er freute sich, wieder bei ihnen zu sein.

Plötzlich sagte eine Stimme hinter ihm: „Na, Nobody, wieder genesen?"

„Was geht dich das an, Chris? Lass mich in Ruhe."

„Stimmt es, dass du dich selbst angeschossen hast?", bohrte Chris weiter.

Plötzlich erschienen Tom, Andy und Roy. Hämisch grinsend warteten sie auf Bills Antwort.

„Ihr könnt mich mal", erwiderte Bill und lief mit zwei Pferden aus dem Stall. Die vier folgten ihm und riefen immer wieder: „Bill, the Nobody".

Als sie Old John sahen, gaben sie Fersengeld, und Sekunden später waren sie verschwunden.

18

Als Bill bei ihm ankam, sagte er: „Old John, wo ist der Mustang?"

„Du meinst den Wilden?"

„Ja, genau! Wo ist er? Ich will es heute versuchen", sagte Bill in einem Ton, der keine Widerrede duldete.

Old John antwortete: „Draußen auf der großen Koppel."

Ohne weitere Worte reichte Bill Old John die Zügel, sie setzten sich auf die Pferde und ritten los.

Am Gatter machte Bill sein Pferd fest und betrat entschlossen die Koppel. Der Mustang war unverkennbar, denn er war der Einzige, der wild herum galoppierte. Doch Bill ließ sich davon nicht beeindrucken. Langsam lief er auf den bockenden Gaul zu und sprach beruhigende Worte vor sich hin. Dabei vergaß er nicht, die anderen Pferde zu begrüßen. Als er den Mustang erreicht hatte, bäumte der sich vor ihm auf. Doch Bill blieb entspannt. Ohne Furcht redete er weiter, bis sich der Mustang langsam beruhigte. Entschlossen legte Bill seine Hand auf den Kopf des Pferdes. Zuerst wollte es zurückweichen, doch Bill streichelte sofort die Mähne - und der Mustang blieb stehen.

Dann tat Bill etwas, was er noch nie zuvor gemacht hatte! Er flüsterte dem Tier etwas ins Ohr. Der Gaul wieherte einmal und ließ es tatsächlich zu, dass sich Bill auf seinen Rücken schwang. Old John traute seinen Augen nicht! Natürlich hatte er gewusst, dass es Bill eines Tages schaffen würde. Aber so schnell auch wieder nicht!

Stolz ritt Bill einige Meter, doch er übertrieb es nicht. Bald schon schwang er sich herab. Wieder flüsterte er dem Tier etwas ins Ohr. Dann klatschte er lachend auf das Hinterteil des Mustangs, der laut wiehernd davon galoppierte und wieder wie wild über die Koppel jagte.

Bill schritt langsam auf Old John zu, der mit offenem Mund am Gatter stand. Dann nahm er seinen Enkel in den Arm, und beide lachten fröhlich.

„Was hast du ihm denn ins Ohr geflüstert?", wollte Old John wissen.

Bill antwortete: „Seinen Namen, Storm!"

Sie sahen nicht den Cowboy mit dem komischen Hut, der die ganze Szene interessiert beobachtet hatte. Er nickte anerkennend, trat mit den Hacken leicht in die Flanke seines Pferdes und ritt weiter.

BESUCH

Am nächsten Morgen beim Frühstück wurde Bill mit einer neuen Nachricht überrascht. Ein Besucher würde heute bei ihnen eintreffen. Doch nicht der Trail- Boss wurde erwartet, denn der war schon eingetroffen, sondern ein alter Freund seines Opas. Ein Trapper namens Hugh, den sein Opa schon ewig kannte, aber schon lange nicht mehr gesehen hatte. Bill half mit, im oberen Stock einen Schlafplatz einzurichten und freute sich auf Hugh. Old John hatte schon so viel erzählt, dass es bestimmt spannend werden würde.

„Na, willst du deinen Freunden nicht von deinem Erfolg bei Storm berichten?", fragte Old John. Doch bescheiden wie immer, verneinte Bill.

„Ich werde mir den neuen Trail-Boss mal anschauen", sagte Bill stattdessen und lief zur Ranch. Er gesellte sich zu Kajika, dem Indianer, und beobachtete, wie sich der Rancher mit dem Neuen auf der Veranda angeregt unterhielt.

„Komischen Hut hat das Bleichgesicht", sagte Kajika.

Bill antwortete lachend: „Und du hast einen komischen Namen."

„Nicht frech werden, weißer Mann, sonst hole ich mir deinen Skalp."

„Entschuldige, ich wollte dich nicht beleidigen."

‚Geht geräuschlos', bedeutet mein Name in eure Sprache übersetzt."

„Das passt ja perfekt zu dir. Haben alle Indianer solche Namen?"

„Fast alle. Manche heißen auch fauler Hund oder ängstlicher Hase", erwiderte Kajika. Beide lachten, bis sie von einer Stimme unterbrochen wurden. Erschrocken schauten sie auf und starrten in die Augen des Trail-Bosses.

„Darf ich mit lachen?", fragte er höflich.

Bill überlegte fieberhaft, was er sagen sollte. Aber Kajika kam ihm zuvor:

„Über euren komischen Hut haben wir gelacht, weißer Mann."

22

„Du bist mutig, Rothaut! Das gefällt mir. Der Hut ist mein Markenzeichen, meine Macke sozusagen", antwortete der Trail-Boss. Alle drei lachten.

„Hallo, und herzlich willkommen! Ich bin Bill, und das ist Kajika", sagte Bill schüchtern, als er seine Sprache wieder gefunden hatte.

„Warst du das gestern mit dem Mustang auf der Koppel?" fragte er.

Bill war überrascht und antwortete zögerlich: „Das war doch nichts Besonderes. Ich kann halt ganz gut mit Pferden. Und manchmal habe ich Glück, das ist alles."

„Also ich finde, das war sehr gut. So, nun entschuldigt mich, ich werde jetzt die anderen Cowboys begrüßen. Hat mich gefreut, Kajika und Bill", sagte er und tippte dabei respektvoll mit dem Zeigefinger an seinen Hut.

„Was hast du angestellt?", fragte Kajika, als der Mann weit genug weg war.

Bill antwortete: „Ich habe Storm zugeritten, das ist alles."

„Was, den verrückten Mustang? Respekt! Ich sag ja, aus dir wird mal etwas", antwortete Kajika und ging davon.

Bill machte sich, etwas stolzer als vorher, ebenfalls auf den Heimweg. Von weitem hörte er das Lachen zweier Männer aus der Blockhütte. Voller Vorfreude trat er ein.

Ein hagerer großer Mann mit Vollbart und Lederoutfit saß in der Küche. Neben ihm auf dem Stuhl lag die typische Bibermütze eines Trappers. Er drehte sich um und sagte: „Meine Güte, bist du groß geworden, Bill. Als ich dich das letzte Mal sah, warst du noch ein Baby. Sag, wie alt bist du jetzt?"

„Ich bin schon sechzehn", antwortete Bill und setzte sich zu den beiden.

Trapper Hugh wollte alles über Bill wissen. Old John lobte ihn so sehr, dass es für Bill schon wieder peinlich wurde. Nach dem Essen setzten sie sich auf die Veranda. Jetzt war Bill an der Reihe, Fragen zu stellen. Er hatte sich gut überlegt, was er wissen wollte. Zuerst stellte er nur eine einzige Frage:

„Hugh, warum bist du vom Cowboy zum Trapper geworden?"

Hugh musterte Bill sehr lange, dann grinste er und erwiderte:

„Dein Opa hat vollkommen recht. Du bist ein cleveres Kerlchen."

Dann lehnte er sich zurück, nahm einen kräftigen Schluck des goldbraunen Whiskys, der auf dem Tisch stand, und begann zu erzählen:

„Als ich so alt war wie du, arbeiteten John und ich zusammen auf einer Ranch in der Nähe von Dodge City.

Eines Tages wurden wir angeheuert für einen Trail nach Miles City. Mit mehr als zehntausend Rindern und fünfzig Cowboys machten wir uns auf den beschwerlichen Weg. Achthundert Meilen lagen vor uns, zum Teil durch unwegsames Gelände, und natürlich auch Indianergebiete. Anfangs lief alles glatt. Unser Trail-Boss war ein erfahrener Mann - dachten wir zumindest. Aber irgendwann ging alles schief, was auf einem Trail schiefgehen kann. Zuerst schlugen die Pferdediebe zu, und wir mussten mit einem Drittel weniger auskommen. Die armen Tiere mussten viel ertragen. Aber auch wir, denn plötzlich wurden einige Cowboys krank. Sie mussten sich ständig übergeben und es ging ihnen sehr schlecht. Wir fanden heraus, dass sie vergiftetes Wasser getrunken hatten. Doch wer das Wasser vergiftet hatte, wussten wir nicht. Dann passierte die erste Stampede. Alle Rinder spielten verrückt, liefen wie wild unkontrolliert durch die Gegend. Wir brauchten über zwölf Stunden, um die Herde unter Kontrolle zu bringen. Wir hatten mehr als tausend Rinder verloren. Drei Cowboys waren auch verschwunden."

„Bill, du kannst dir nicht vorstellen, wie hart das war. Wir waren zu wenige, und hatten nicht genug Pferde, und unser Old Woman musste zusätzlich die Kranken versorgen", übernahm Old John das Reden.

„Old Woman?", fragte Bill. Die beiden Männer lachten.

24

„Auf jedem Trail ist immer mindestens ein Chuckwagen mit einem Koch dabei, und der wird immer Old Man oder Old Woman genannt.

Als wir endlich dachten, das Schlimmste überwunden zu haben, sonderten sich einige Cowboys von uns ab. Es bildeten sich zwei Gruppen, was sehr ungewöhnlich ist. Normal halten die Jungs immer zusammen", sagte Old John. Hugh erwiderte: „Ich habe dir damals schon gesagt, da stimmt was nicht! Aber was hätten wir tun sollen? Dann, ungefähr auf der Hälfte der Strecke, zeigte der Trail-Boss sein wahres Gesicht. Ehe wir etwas unternehmen konnten, wurden wir überwältigt.

Aneinander gefesselt, mussten wir mit ansehen, wie die Brandzeichen der Tiere manipuliert wurden. Einen Tag später machten sie sich aus dem Staub und ließen uns fünfzehn Männer ohne Verpflegung und gefesselt zurück. Einer der Kranken erholte sich schneller als gedacht. Er hatte ein Messer in seinem Stiefelschaft versteckt. Natürlich hatten die Diebe uns alles abgenommen, auch unsere Schuhe. Aber wir waren frei - dachten wir zuerst, bis wir die Indianer auf dem Hügel hinter uns sahen! Wir wussten, dass unser eigentlicher Stopp Fort Laramie sein sollte, was ungefähr fünfzehn Meilen nordöstlich von unserem Standort lag. Uns blieb nichts anderes übrig, als zu laufen, was nicht so einfach war, weil wir unseren Kranken helfen mussten. So kamen wir nur langsam voran. Unsere Füße hatten wir mit Tüchern geschützt. Doch die scharfkantigen Steine drangen mühelos in die Haut ein. Wir hatten unglaubliche Schmerzen. Doch wir wollten nicht von den Cheyenne-Indianern skalpiert werden. Die Indianer kamen immer näher. Dann hatten sie uns eingeholt und umzingelten uns. Eigentlich waren wir von vornherein chancenlos. Ohne Widerstand ergaben wir uns dem Schicksal, das uns ereilt hatte. Stolz, und ihres Sieges gewiss, ritten die Sieger auf ihren Pferden und zogen den Kreis um uns immer enger. Dann blieben sie einfach stehen und grinsten uns höhnisch an. Ihre Kriegsbemalung leuchtete in der Abendsonne. Sie sahen dadurch noch bedrohlicher aus. Wir hatten fürchterliche Angst! Als die Cheyenne ihre Messer und Tomahawks zückten und das Kriegsgeschrei losging, sackten wir alle mutlos auf die Knie, schlossen unsere Augen und warteten auf unser Ende.

Plötzlich wurde es still und ein hohles Lachen erklang. Ungläubig öffnete ich meine Augen und schaute in das Gesicht eines US-Armee-Generales, der mir freundschaftlich die Hand reichte.

„Entschuldigt bitte den Spaß, den sich unsere Späher erlaubt haben. Aber es sind nun mal Wilde, das kann man ihnen nicht austreiben."

Während ich seine Hand nahm, redete er einfach weiter:

„Mein Name ist Georg Custer. Meine Division ist in Fort Laramie stationiert. Sagt, Jungs! Was ist euch denn zugestoßen?"

Wir erzählten ihm unsere Geschichte, und er schüttelte mehrmals ungläubig den Kopf, sodass seine wallenden blonden Locken dabei hin- und her wippten. Mittlerweile waren die Indianer verschwunden. Ein Trupp Soldaten begleitete uns sicher ins Fort, während General Custer die Viehdiebe verfolgte. Mit Blasen an den Füßen und gefühlten tausend Wunden am Körper, wurden wir im Fort gesund gepflegt. Ja, und ab da hatte ich die Schnauze voll von Menschen aller Art. Ich wollte nur noch alleine sein. Ich und die Natur."

Bill, der vor Aufregung vergessen hatte zu atmen, holte tief Luft. Hugh wischte eine Träne aus seinem Auge, nahm einen kräftigen Schluck aus der Flasche und reichte sie Old John, der es ihm gleichtat.

„Opa, warum hast du mir nie davon erzählt?", fragte Bill

Hugh antwortete ihm: „Er hat sich lange geschämt, und er wollte dir nicht den Spaß und die Freude am Cowboydasein nehmen. Stimmt's, alter Mann?"

Old John nickte nur, und Hugh fuhr mit seiner Erzählung fort:

„Wir haben uns dann getrennt und einige Jahre aus den Augen verloren. Ich machte mich auf den Weg nach Nordwesten, in die Rocky Mountains, und landete schließlich in Missoula Mills. Dort wurde gerade die erste transkontinentale Eisenbahnlinie eingeweiht, und es fand eine große Feier statt. Auf der Feier lernte ich dann einige Trapper kennen und schloss mich ihnen an. Wir fuhren auf den Kajaks den Clark Fork hinauf, und ich lernte zu jagen, Fallen zu bauen und Felle zu trocknen. Aber ich lernte auch, sparsam mit meinem Proviant umzugehen, um für schlechte Zeiten vorzusorgen. Immer wieder trafen wir auf andere Trapper, die Schauergeschichten erzählten.

Ich lernte schnell - schneller als andere. Bald schon hatte ich die größte Beute vorzuweisen, was den anderen natürlich nicht gefiel. Eines Morgens wachte ich auf und alle waren verschwunden, natürlich mit meinen Fellen. Wenigstens hatten sie mir meine Ausrüstung gelassen. Wieder von der Menschheit enttäuscht, zog ich alleine weiter. Einige Meilen nördlich, über dem Flat Head-See, fand ich die Ruhe, die ich suchte und benötigte. Pelzhändler hatten dort die Siedlung White Fish gegründet - und genau dort ließ ich mich zunächst nieder. Einige Zeit dachte ich darüber nach, wie es mit meinem Leben weitergehen sollte. Dann nahm ich Kontakt zu den Pelzhändlern auf, die mich ermutigten, als Trapper weiter zu machen, was ich letztendlich auch tat. Es gab noch nicht viele Trapper, und die Pelzhändler zahlten sehr gut. Ich bekam einen Vorschuss, kaufte neue Ausrüstungsgegenstände und machte mich auf den Weg nach Osten. Hinter den Bergen sollte es einen See geben, der sehr reich an Tieren und sehr menschenarm sein sollte. Ich konnte mein Glück kaum fassen, als ich den Artenreichtum sah, und machte mich an die Arbeit. Es dauerte nicht lange und ich hatte mehr Biber-, Otter-, Nerz- und Fuchsfelle, als ich transportieren konnte. Ich konnte mein Glück kaum fassen und machte mich auf den Weg nach White Fish. Der Pelzhändler war begeistert und zahlte gut. Ich machte mich wieder auf den Weg. Diesmal sollte aber alles anders laufen als geplant - wieder einmal.

Als ich an meinem errichteten Lager ankam, war alles verwüstet. Ich hatte keine Ahnung von wem und warum. Mit Mühe baute ich die kleine Hütte wieder auf und stellte meine Fallen. Als ich zurückkam, stand ein Fuchs vor meiner beschaulichen Hütte, und ich konzentrierte mich auf ihn. Dabei vergaß ich meine Umgebung - das wurde mir zum Verhängnis! Plötzlich stürzte direkt neben mir ein riesiger Grizzlybär aus dem Unterholz. Ich war nicht in der Lage auszuweichen. Wir prallten zusammen, und er legte seine Pranken mit den riesigen Krallen auf meine Schultern, öffnete sein Maul und brüllte mich an."

Hugh machte eine Pause, und Bill nahm die Hand vom Mund, mit der er einen Aufschrei unterdrückt hatte. Auch Old John atmete tief durch, während Hugh grinsend sagte: „Was ist los? Ich bin doch hier, also habe ich überlebt. Aber wie - das erzähle ich euch gleich, wenn der Fremde da hinter dem Baum hervorkommt und sich mir vorstellt."

Langsam trat Kajika hervor und grinste.

Hugh fielen fast die Augen aus dem Kopf, als er ihn sah. Dann sprang er auf, und die beiden umarmten sich freundschaftlich.

Bill konnte sich nicht verkneifen zu sagen: „Geht geräuschlos', sollst du heißen. Nicht für einen Trapper."

„Werd nicht frech, Nobody", erwiderte Kajika lachend und setzte sich zu ihnen.

„Bill, du musst wissen, dass Kajika damals als Küchenjunge beim Trail dabei war", sagte Old John.

„Ich will jetzt endlich wissen, wie du dich vor dem Bär gerettet hast", sagte Bill aufgeregt.

Und Hugh fuhr fort: „Wir standen uns also aufrecht gegenüber, und seine Krallen gruben sich in meinen Rücken, so dass ich vor Schmerzen aufschrie. Dann bemerkte ich, dass meine Schreie den Bären irritierten. Ich begann so laut zu schreien, wie ich nur konnte. Plötzlich stieß mich der Bär von sich und rannte davon. Zuerst dachte ich, dass meine Schreie ihn davongejagt hatten. Doch dann sah ich Pfeile, die hinter ihm herflogen. Ja, und dann - sah ich nichts mehr!

Als ich wieder zu mir kam, lag ich in einem Tipi. Jemand beugte sich über mich und tröpfelte Wasser in meinen Mund. Jede Faser meines Körpers schmerzte, und ich spürte das Glühen des Fiebers in mir. So

28

ging es einige Tage weiter. Langsam erholte ich mich. Die Indianerin, die mich gesundpflegte, sprach mich an, doch ich verstand kein Wort.

Mit Handzeichen gab ich zu verstehen, dass ich gerne wissen würde, wo ich mich befand und wem ich mein Leben zu verdanken hatte. Sie verstand mich, und wenig später betrat ein stattlicher Indianer das Tipi und beugte sich zu mir herab. Seiner Kopfbedeckung und seiner Kleidung nach, musste es sich um einen Häuptling handeln. Und so war es auch. Die Blackfoots hatten mich gerettet."

Kajika spuckte auf den Boden und verzog angewidert das Gesicht.

„Ich weiß, die Crow mögen die Blackfoot nicht. Aber sie haben mir das Leben gerettet. Das musst du jetzt verkraften, alter Freund."

„Weißt du, warum sie Blackfoot genannt werden?", fiel ihm Kajika ins Wort. „Weil die Asche der verbrannten Wiesen ihre Fußsohlen schwarz färben. Weil sie nämlich zu dumm zum Reiten sind."

Alle schauten Kajika überrascht an. Der aber zeigte auf Hugh und sagte:

„Erzähl weiter, weißer Mann."

Es dauerte eine Weile, bis sich Hugh wieder gefangen hatte. Dann schüttelte er noch einmal kurz den Kopf und fuhr fort: „Jedenfalls durfte ich eine Weile bei ihnen bleiben. Ich lernte sehr viel von ihnen. Bill, merke dir eines: nicht alle Indianer sind Wilde. Sie haben ein ausgeprägtes Sozialverhalten, von dem sich die Bleichgesichter eine Scheibe abschneiden können. Am liebsten wäre ich noch eine Zeitlang bei ihnen geblieben, doch sie zogen weiter nach Norden. Ich wurde zu meinem Versteck begleitet und war erstaunt, dass alles repariert war. Sogar die Fellspanner standen in der Sonne, und all meine Felle waren noch da. Ich wurde mit Proviant und einer dicken Felldecke ausgestattet. Es würde ein harter Winter kommen. Ich sollte mich darauf vorbereiten. Der Abschied fiel mir sehr schwer, denn ich hatte viele der Sippe als Freunde gewonnen, trotz der Sprachbarriere.

Mit dem neuen Wissen habe ich sehr viel mehr Beute gemacht. Nun, nach all den Jahren, habe ich genug angespart, um mich zur Ruhe zu setzen.

Bill, für dich habe ich noch ein Geschenk dabei."

„Was ist das?", fragte Bill.

Hugh antwortete: „Schnürsenkel aus Tiersehnen, die Besten und Widerstandsfähigsten. Und morgen werde ich dir aus Hirschfell ein Paar Mokassins anfertigen. Ich wusste ja deine Größe nicht."

„Danke! Aber ich habe noch eine Frage an dich".

„Und die wäre?"

„Stimmt es, dass ihr euch in einen Ameisenhaufen legt, um eure Läuse und Flöhe loszuwerden?"

Lachend antwortete Hugh: „Stimmt genau - und das solltest du auch gleich ausprobieren. Ich sehe da mehrere Läuse auf deinem Kopf, mein Freund."

Lachend sahen sie zu, wie Bill zusammenzuckte und wild seine Haare durchsuchte. Irgendwann verstand Bill den Witz und lachte mit.

Als Bill zu Bett ging, lauschte er noch eine Weile den drei Männern.

Dann schlief er ein und träumte vom Trapperleben, Indianern und Bären.

Als er morgens aufstand, staunte er nicht schlecht, als er die Mokassins sah, seine neuen Mokassins!

„Hey los, beeil dich. Es macht keinen guten Eindruck, wenn man zu spät kommt, wenn der Trail-Boss die Leute auswählt", rief Old John.

Schon war Bill verschwunden.

30

„Denkst du, sie nehmen ihn mit auf den Trail?", fragte Hugh.

Old John antwortete: „Ich hoffe es für ihn."

VORBEREITUNGEN

Bill ging in den Stall, um sein Pferd zu holen. Als er Storm in einer Box stehen sah, wunderte er sich, wie schnell sein Opa ihn dazu gebracht hatte, im Stall zu stehen. Er blickte verstohlen zu Storm, und seine Gehirnzellen begannen zu arbeiten.

‚Es würde Eindruck machen, wenn mich die anderen auf ihm sehen würden. Andererseits könnte ich mich auch lächerlich machen‘, dachte er.

Dann entschied er sich doch für das Risiko. Langsam schritt er auf Storm zu und betrachtete ihn von allen Seiten. Storm war ein kräftiger Mustang, der in der Wildnis geboren wurde. Seine Fellfarbe war schwarz, wie die dunkelste Nacht. Doch seine Mähne und sein Kopf strahlten in hellem Weiß. Bill grinste, trat auf sein Pferd zu und streichelte die schneeweiße Mähne. Wenig später sattelte er ihn und machte sich bereit aufzusitzen. Doch dann hielt er inne. Vorsichtig, mit den Zügeln in der Hand, machte er zwei Schritte nach vorne und sagte in Storms Ohr: „Bitte blamiere mich nicht, Storm.“

Plötzlich, als ob Storm verstanden hätte, was Bill zu ihm sagte, wieherte er und neigte seinen Kopf nach unten. Lächelnd holte Bill eine Karotte aus seiner Hosentasche, steckte sie Storm ins Maul, streichelte ihn noch einmal und stieg ohne Probleme auf. Langsam ritten sie zur Ranch. Er sah von weitem, dass sich schon viele Cowboys versammelt hatten. Der Rancher und der Trail-Boss waren noch nicht da. Auch Conny war nirgendwo zu sehen.

Bill stieg ab und band Storm am Gatter fest. Gerade wollte er sich umdrehen, als er seinen Namen hörte. Irritiert drehte er sich in die Richtung des Rufenden und erkannte Chris, der mit Andy, Tom und Roy auf dem Gatter saß und ihn zu sich winkte. ‚Was will der Angeber von mir‘, dachte Bill und übersah den Stein vor seinen Füßen. Es kam, was kommen musste: Bill stolperte und fiel in den Staub. Chris sagte lachend: „Du musst dich nicht vor mir in den Staub werfen. Ich wollte dich doch nur fragen, ob du mit uns den wilden Stier anschauen gehst.“

Unsicher stand Bill auf und schlug sich den Staub aus den Klamotten. Er überlegte nicht lange und lief den Jungs hinterher.

34

„Hey, du hast dein Nickituch vergessen", sagte Chris und warf Bill ein Tuch zu. ‚Stimmt! Das ist aber freundlich von Chris, er ist doch sonst nicht so', dachte Bill, band das Tuch um seinen Hals und lief weiter. Dabei bemerkte er nicht, dass die anderen alle stehenblieben und er alleine in der Koppel stand.

Quietschend schloss sich hinter ihm das Gatter.

Bill drehte sich um und sah, wie sich die Jungs über ihn lustig machten. Dann hörte er ein wildes Schnauben und drehte sich wieder um. Keine fünfzehn Meter von ihm entfernt stand der furchteinflößende Stier und scharrte mit den Hufen. Seine Nüstern schwollen immer mehr an, und Bill wunderte sich, warum das Tier plötzlich so wild war.

Eigentlich passiert das sehr selten, außer wenn sie in Panik gerieten oder etwas Rotes sie aggressiv machte. Dann fiel ihm die höfliche Geste von Chris ein. Er griff nach dem Nickituch. Natürlich war es knallrot! Doch Bill hatte keine Zeit sich zu ärgern, denn der Stier setzte sich in Bewegung - in Bewegung genau auf ihn zu! Verzweifelt überlegte Bill, wohin er flüchten könnte. Doch die Gatter waren alle zu weit weg. Versteinert stand er da und ergab sich in sein Schicksal. Plötzlich hörte er ein Wiehern - und auf einmal stand Storm vor ihm! Ohne weiter zu überlegen, sprang er auf, und Storm galoppierte wie der Wind davon. Wütend kam der Stier zum Stehen und schaute dem Reiter auf dem Pferd nach. Er wusste instinktiv, dass er das Pferd niemals einholen konnte. Nachdem er das rote Tuch nicht mehr sah, beruhigte er sich schnell wieder und widmete sich dem Gras auf dem Boden.

Lachend und mit Freudentränen, umarmte Bill Storm und bedankte sich tausendmal für seine Rettung. Er überlegte nicht, wie Storm es geschafft hatte, sich zu befreien und in die Koppel zu gelangen: Es war ihm einfach egal!

Plötzlich räusperte sich jemand hinter ihm und Bill drehte sich erschrocken um.

Vor ihm, hoch zu Ross, sagte der Trail-Boss:

„Rot ist keine gute Farbe, Cowboy. Merk dir das!"

Bill nickte beschämt und schaute dem Trail-Boss nach, wie er davon ritt.

„Storm, warum machen die das nur mit mir?" sagte er zu seinem Pferd.

Plötzlich erklang eine weitere Stimme: „Weil du es zulässt."

Ungläubig schaute Bill Storm an, dann schüttelte er seinen Kopf und schaute sich um.

Er erschrak fürchterlich, als Kajika direkt hinter ihm stand und sagte:

„So viel zu meinem Namen „geht geräuschlos".

Natürlich kann dein Pferd nicht reden. Komm, lass uns zu den anderen gehen."

Bill schüttelte kurz den Kopf, nahm Storm am Zügel und schritt mit dem Indianer wortlos zu der Versammlung am Hauptgatter. Das rote Tuch hatte er vorsorglich in die Tasche gesteckt, ehe er Storm bei den anderen Pferden festband. Er gab ihm noch eine Möhre und streichelte ihn, bis Kajika rief.

Vor das Gatter hatten die Cowboys einen Wagen gestellt, auf dem sich zwei Stühle befanden. Auf einem saß der Rancher, auf dem anderen der Trail-Boss. Auf der anderen Seite des Gatters befanden sich die Cowboys, die den Trail mitmachen wollten. Zu denen begab sich Bill, voller Hoffnung, zeigen zu dürfen, was er drauf hatte. Als er ankam, flüsterte Tom gerade Conny etwas ins Ohr, zeigte dabei auf ihn und beide begannen zu Lachen. Traurig stellte sich Bill als Letzter in die Reihe und ließ sich in das Buch der Bewerber eintragen, dann begann die Bewerbungsshow.

Ein Cowboy nach dem anderen musste mit seinem Pferd auf die Koppel und zeigen, was er drauf hatte. Der Trail-Boss schaute genau hin, machte sich Notizen und entschied, wann der Nächste an der Reihe war. Die Cowboys machten alle einen guten Job. Bill glaubte immer weniger an seine Chance. Fasziniert schaute er Conny zu, wie sie die kleine Rinderherde perfekt in den Stall führte, dann mit ihrem Lasso ein Kalb im Galopp einfing und wohlbehalten zu den anderen brachte. Alle applaudierten - und Bill am lautesten!

36

Conny ließ es sich nicht nehmen, vor ihrem Vater und dem Trail-Boss stehen zu bleiben und sich leicht an den Hut tippend zu verabschieden. Die Menge tobte, und der Rancher platzte fast vor Stolz über die Leistung seiner Tochter.

Jetzt war Tom an der Reihe und alle feuerten ihn an, nur Bill hielt sich zurück. Fast alle Anwesenden wussten, dass er der mit Abstand beste Reiter in der ganzen Umgebung war. Nur Bill war anderer Meinung. Die Pferde, auf denen Tom ritt, taten ihm leid. Toms Kommandos waren zu hart, zu abrupt und bereiteten den Tieren garantiert Schmerzen in den Muskeln und Sehnen. Die anderen sahen das nicht und feuerten Tom an, als ob er sich auf einem Rodeo befand. Tom schaffte alle Übungen in der schnellsten Zeit, und jedem war klar, dass Tom dabei sein würde. Jetzt waren Chris, Roy und Andy an der Reihe. Dann war es soweit: Bill würde bald schon zeigen müssen, was er von Old John gelernt hatte. Tief durchatmend schritt er zu Storm, streichelte ihn und machte die Zügel los.

Plötzlich stand Conny neben ihm, und beinahe wäre sein Herz in die Hose gerutscht.

„Der Trail-Boss hat gesagt, ich soll dir ausrichten, dass er dich nicht sehen möchte", sagte sie zu ihm und verschwand wieder.

Bill ließ die Schultern hängen und versuchte zu verdauen, was er eben gehört hatte.

‚Warum will er mich nicht sehen', dachte Bill und band Storm wieder fest. Dabei kullerte eine Träne über seine Wange. Dankbar nahm er die starke Hand wahr, die sich auf seine Schultern legte.

„Das nächste Mal, Bill. Ganz bestimmt!", sagte Old John.

Hugh, der auch gekommen war, schaute ihn hoffnungsvoll an.

„Ist schon gut, Opa", stammelte er und wollte sich auf den Weg nach Hause machen.

Plötzlich rief der Trail-Boss: „Bill, du bist der Erste, den ich auswähle. Du bist dabei!"

Schlagartig blieb er stehen, schaute zum Trail-Boss, der aufgestanden war und fing zaghaft zu lächeln an.

Irritiert stand der Rancher auf und flüsterte dem Trail-Boss etwas ins Ohr.

„Ich entscheide, wer mich begleitet! Oder Sie können sich einen anderen für Ihren Trail suchen", sagte der Boss bestimmt. Der Rancher schüttelte den Kopf, als er sich wieder hinsetzte. Alle anderen starrten Bill fassungslos an, als sie die weiteren Worte hörten: „Bill, du wirst unser Wrangler sein. Du kannst mit Pferden umgehen wie kein anderer! Bist du dabei?"

Mit einem jubelnden „ja" schrie Bill all seine Freude hinaus.

Einige Zuschauer klatschten. Selbst Conny nickte anerkennend.

Nachdem sich die Menge wieder beruhigt hatte, sprach der Trail-Boss weiter:

„Alle anderen, die ich gesehen habe, sind auch dabei. Nur du nicht, Tom."

Schlagartig wurde es still in der Arena. Tom war kalkweiß im Gesicht.

Damit hatte niemand gerechnet!

‚Hat er wirklich gesehen, dass Toms Reitstil den Pferden nicht guttut?', dachte Bill und lauschte.

„Du magst zwar ein Teufelskerl sein, doch was du mit deinem Pferd getrieben hast, ist mehr als verwerflich. Ein Pferd ist wie eine Frau und will respektvoll behandelt werden. Du aber richtest dein Tier nur zu Grunde. Als Wrangler würde ich dir raten, an deinem Reitstil zu arbeiten. Das war's! In drei Tagen brechen wir auf. Bereitet euch darauf vor."

Er setzte sich wieder, und sofort redeten der Rancher und Conny wild gestikulierend auf ihn ein.

38

Die Menge zerstreute sich. Tom stand alleine am Gatter, immer noch fassungslos. Bill ging langsam auf ihn zu. Als er ihn erreicht hatte, sagte er:

„Tom, er braucht dich. Du bist der Beste! Geh einfach hin und gelobe Besserung. Dann nimmt er dich mit, ganz bestimmt."

Verdutzt starrte Tom in Bills Augen und flüsterte: „meinst du?"

„Geh hin und probiere es", antwortete Bill und verschwand.

„Was hast du zu ihm gesagt?", fragte Old John.

Bill antwortete wahrheitsgemäß: „Er soll seinen Reitstil ändern und Besserung geloben."

„Du bist zu gut für diese Welt", antwortete Hugh, der sich zu ihnen gesellt hatte.

„Er ist ein guter Junge", sagte Kajika.

„Und jetzt lasst uns das Ereignis gebührend feiern."

Hinter ihnen trabte Tom zum Trail-Boss und unterhielt sich mit ihm.

Nach längerem Zögern nickte der Trail-Boss. Wie Bill gesagt hatte, war Tom doch mit dabei.

Nach einem leckeren Essen verabschiedete sich Old John kurz und kam mit einer riesigen Kiste zurück. Neugierig streckten sich alle Hälse zur Kiste.

Old John lächelte, als er sie feierlich öffnete.

„Bill, ich möchte, dass du meine Cowboy-Ausrüstung übernimmst."

Mit großen Augen verfolgte Bill jedes Teil, das Old John aus der Kiste zauberte.

„Mein Lasso, Besteck, Jackett, Wollhose, Chaps, kniehohe Stiefel, Wildlederhandschuhe und mein schwarzer Stetson-Filzhut mit dem Klapperschlangenband", zählte Old John auf, während er jedes Teil feierlich auf dem Tisch legte.

„Meinen Sattel, und was dazugehört, hast du ja schon bekommen. Jetzt möchte ich, dass du mit diesen Sachen auf deinen ersten Trail gehst."

„Von mir bekommst du noch ein extra großes Nickituch. Du wirst als Wrangler am Ende der Herde viel Staub schlucken", sagte Hugh und überreichte Bill sein Geschenk.

„Ich weiß gar nicht, was ich sagen soll", stammelte Bill total überwältigt.

„Wie wäre es mit Dankeschön", erwiderte Hugh lachend.

Dann wurde Old John wieder ernst und sagte:

„Bill, bitte nimm dir noch Folgendes zu Herzen: Bleib dir treu und lass dich nicht verbiegen. Prahle nicht mit deinen Taten, denn die Gerechtigkeit siegt immer."

„In jedem Lebewesen steckt etwas Gutes. Manchmal täuschen bestimmte Situationen darüber hinweg. Denke auch daran", ergänzte Hugh mit erhobenem Zeigefinger.

„Mach ich, versprochen", sagte Bill und umarmte seinen Opa.

Sie quatschten noch ein wenig über Besonderheiten auf einem Trail, bis Bill müde wurde und sich ins Bett verabschiedete.

Als Bill nach oben verschwand, sagte Hugh: „Ich freue mich für ihn.

Doch glaubst du, dass er es schaffen wird, und dass er mit der Rolle des Wranglers zurechtkommt?"

„Seine Stunde wird kommen. Der Trail-Boss wird sein Potenzial ausschöpfen", antwortete Old John.

Am nächsten Morgen fand eine Versammlung statt. Der Trail-Boss stand auf einem Podest und sagte: „Guten Morgen, Mitstreiter! Wie ihr bestimmt schon mitbekommen habt, trage ich auch einen Namen. Aber ich möchte nur mit Boss angesprochen werden, damit sich keiner den Namen merken muss.

So, nun zu den Fakten: Wir werden circa tausend Rinder mit dreißig Pferden nach Miles City bringen. Ich habe den Trail in drei Etappen eingeteilt. Jede Etappe wird ungefähr einhundert Meilen lang sein. Wir werden pro Etappe circa fünf Tage benötigen. Nach unserem Start, morgen früh, treiben wir die Herde von Cody zum Bighorn-See, immer am Shoshone-Fluss entlang. Danach geht es am Big Horn-Fluss entlang, durch das Gebiet der Crow-Indianer. Der Häuptling ist informiert, und es sollte keine Probleme geben. In Hardin machen wir Halt. Danach folgt das letzte Drittel des Trails nach Miles City.

Auf der Strecke durchqueren wir eine Steppe und eine Hügelkette, also von allem etwas dabei. Der Trail hört sich leicht an und ist auch relativ kurz, aber sehr anspruchsvoll. Ich verlange uneingeschränkte Disziplin, trotzdem kann jeder zu mir kommen, wenn es ein Problem geben sollte. Ich werde jetzt die Positionen der einzelnen Cowboys bekannt geben. Die anderen können sich bei unserem Chuckwagen eine Rindfleischbrühe gönnen. Ich hoffe, sie schmeckt euch, denn das Essen müsst ihr mindestens fünfzehn Tage ertragen."

Ein gemeinsames Auflachen erklang, dann ging Bill zum Chuckwagen und begrüßte den Trail-Koch oder Old Woman, wie man ihn eigentlich nennt. Erstaunt hob er die Augenbrauen, als er einen kleinen schmalen Chinesen erkannte, der ihn freundlich mit der Suppenkelle herbeiwinkte.

Die Suppe schmeckte ausgezeichnet. Bill suchte sich einen Platz zum Beobachten. Ihm gefiel nicht, was er sah, denn die Cowboys waren nicht unbedingt nett zum Koch. Komischerweise blieb der immer freundlich. Doch Bill hatte das Gefühl, dass er sich jeden Einzelnen merkte und beschloss, den Koch später danach zu fragen.

Als alle Rollen verteilt waren und sich die Menge an ihre Aufgaben machte, kehrte Ruhe ein. Bill schlenderte langsam auf den Koch und seinen Wagen zu, blieb vor ihm stehen und sagte freundlich: „Ihre Suppe schmeckte sehr lecker."

Der Koch schaute ihn verdutzt an und sagte erst einmal nichts. Dann räusperte er sich und antwortete: „Wenn du mich velalbeln willst, dann behandle ich dich wie die andelen Idioten."

Das saß! Bill wiegelte sofort ab: „Nein, nein! Ich meine das ehrlich."

Der Koch nickte und sein langer geflochtener Zopf wippte dabei hin und her, als er erwiderte: „Dachte mil doch schon, dass du zu den Guten gehölst. Mein Name ist Hop Sing, und deinel?"

„Ich bin Bill. Sehr angenehm, Hop Sing."

„Hallo Bill! Wie du unschwel elkennen und hoelen kannst, bin ich ein gebültigel Chinese. Meinen echten Namen kann keinel aussplechen, dahel einfach nul Hop Sing."

Bill, der die offene freundliche Art des Mannes mochte, traute sich, die Frage zu stellen: „Du hast dir die Leute alle sehr genau angeschaut. Warum hast du das gemacht?"

Hop Sing lachte und antwortete: „Du bist ein gutel Beobachtel. Ich melke mil die unsympathischen Gesichtel ganz genau, denn ich hab fül die immel eine Besondelheit palat."

„Aber die sind doch nicht nett zu dir, warum dann eine Besonderheit?", fragte Bill verwirrt.

„Weißt du, was passielt, wenn man zu viel Öl im Essen zu sich nimmt, odel wenn das Essen velsalzen ist? Soll ich weitel machen, neuel Fleund?"

Bill verstand und beide lachten lauthals.

„Bill, wil beide welden uns gut velstehen auf dem Tlail. Sei unbesolgt. Du bekommst keine Besondelheit von mil."

42

Bill verabschiedete sich und schlenderte zur Koppel, auf der die Cowboys mit dem Boss die Hutzeichen nochmals übten, und schaute interessiert zu.

Eigentlich kannte er alle Zeichen, die man benötigte, um eine Herde zu steuern, im Schlaf. Aber jeder Trail-Boss hat zusätzliche Zeichen, und schaden konnte es auch nicht. Mit dem komischen Hut vom Boss sah das Ganze auch noch ulkig aus.

In dieser Nacht drückte er kein Auge zu, die Aufregung war einfach zu groß.

Er freute sich auf seinen ersten Trail!

TRAIL

Nach einem kurzen Frühstück verabschiedete sich Bill von seinem Opa und von Hugh. Beinahe hätte er einen Teil seiner neuen Ausrüstung vergessen. Er wollte auf keinen Fall zu spät kommen. Zuerst begrüßte er Storm, dann machte er sich daran, die dreißig Pferde fertig zu machen. Nach nicht einmal einer Stunde stand er bereit, und wenig später ging es auch schon los. Der Boss ritt mit Kajika voraus und die Pointreiter übernahmen die Führung der Herde, gefolgt von den Swing- und den Flankenreitern. Am Schluss der Herde kümmerten sich die Dragreiter um die Nachzügler. Nach dem Küchenwagen reihte sich Bill mit seinen Pferden ein.

Als er die Staubwolke sah, die auf ihn zukam, packte er das Tuch von Hugh aus und bedeckte damit Mund und Nase. Der Staub aber drang ungehindert in seine Augen, und er überlegte, was er verbessern könnte. Schnell wurde ihm klar, dass die Lösung seines Problems die Windrichtung war. Um auch die Pferde vor dem Staub zu schützen, bildete er eine Zweierreihe und änderte entsprechend der Staubwolke die Richtung. Als Hop Sing Bills Idee verstand, veränderte er die Richtung ebenfalls. Bald schon benötigten beide nur noch selten das Tuch.

Von einem Hügel aus beobachtete der Boss die Aktion, grinste und nickte, ehe er weiterritt.

Am ersten Tag trieben sie die Herde mehr als zwanzig Meilen weit, damit die Rinder den Rückweg nicht mehr fanden. Am späten Nachmittag stoppte der Boss die Herde auf einer saftig grünen Wiese, damit sich die Tiere satt essen konnten. Jetzt hatte Bill alle Hände voll zu tun, da jeder Cowboy sein Pferd wechseln musste. Die abgeschafften Tiere führte er zum Trinken an den Fluss, danach durften sie auf einer provisorisch abgesteckten Koppel grasen und ausruhen.

Als die Dämmerung einbrach, trieben die Cowboys die Herde in einen Kreis, bis er so eng wurde, dass sich die Tiere automatisch hinlegten.

46

Bill sammelte Holz und brachte es zu Hop Sing, der ein Feuer entfachte. Der Boss kam vorbei und schaute zuerst zu Hop Sing, dann auf die Deichsel.

Zufrieden nickte er und ritt weiter.

Bill schaute zu Hop Sing, der sagte: „Die Deichsel wird jeden Abend in die Richtung gedreht, in die wir am nächsten Morgen weiterziehen."

Bill nickte, dankbar für die Information, und sammelte weiter Holz für das Lagerfeuer. Das Abendessen bestand aus einem Bohneneintopf mit Rindfleisch. Bill aß drei Teller leer, so hungrig war er. Danach schaute er nochmals nach den Pferden. Zufrieden legte er sich auf seine Decke, den Kopf auf seinem Sattel und schlief sofort ein.

Er bekam nicht mehr mit, wie die Cowboys sich um das Lagerfeuer versammelten, Conny ihre Gitarre und Andy seine Mundharmonika auspackten. Während die beiden sanfte Musik spielten, versuchte sich Tom als Sänger. Doch als die Herde dabei unruhiger wurde, stellte er seinen Gesang ein. Alle atmeten erleichtert auf. Wenig später legten sich alle, die keinen Nachtdienst hatten, schlafen.

Chris weckte ihn unsanft mit einem Schwall Wasser ins Gesicht. Bill erschrak, und Storm, der neben seinem Schlafplatz stand, begann laut zu wiehern, so dass der Boss vorbeikam und fragte, was los sei. Bill schaute zu Chris und entschied sich, ihn nicht zu verpfeifen, sondern wiegelte ab und stammelte etwas von ‚erschrocken'. Chris verschwand, und Bill begab sich zur Nachtwache.

Kajika ritt neben ihm um die Herde. Sie unterhielten sich flüsternd.

„Und, zufrieden mit dem ersten Tag, Bill?", fragte er.

„Ich hatte es mir nicht so anstrengend vorgestellt, muss ich zugeben", erwiderte Bill.

„Das war doch noch gar nichts", lachte Kajika.

Plötzlich wurde die Herde unruhig. Bill erschrak, doch Kajika flüsterte lächelnd: „Alles gut. Pass mal auf, was jetzt passiert."

Auf einmal stand eines der Leittiere auf, dann noch eines und noch eines, immer mehr Tiere erhoben sich.

Bill wurde unruhig und flüsterte: „Sollten wir nicht den Boss wecken?"

„Nein, schau doch", antwortete Kajika und zeigte auf den Stier, der zuerst aufgestanden war.

Das Tier schüttelte sich kurz und legte sich auf der anderen Seite wieder zu Boden. Bills Augen wurden immer größer, als er zusah, wie sich alle Tiere nacheinander einfach umdrehten und auf der anderen Seite wieder hinlegten. Nach weniger als fünf Minuten war das Schauspiel beendet, und die Herde lag friedlich am Boden.

Fragend starrte Bill zu Kajika, der sagte: „Die Tiere können nicht die ganze Nacht auf einer Seite liegen, daher drehen sie sich wie auf Kommando einmal in der Nacht auf die andere Seite. Das ist alles. Genau wie du dich im Schlaf auch immer umdrehst."

Die Nacht war schnell vorbei. Bill hatte viel zu tun, bis es wieder losging. Heute würden sie überwiegend durch Weideland ziehen. Doch am Nachmittag mussten sie den Shoshone-River überqueren. Der Boss würde die beste Stelle suchen, um gefahrlos über den Fluss zu kommen. Aber Bill wusste, dass es nicht ungefährlich war, die Tiere durch das Wasser zu treiben.

Ohne weitere Zwischenfälle trafen sie am Nachmittag an der Stelle ein, die der Boss als geeignet ausgesucht hatte. Die Cowboys trieben die Herde wieder in einen Kreis. Zwei Cowboys wurden ausgewählt, die Enten und anderes Federvieh am Fluss zu vertreiben. Da Rinder Fluchttiere sind, reicht ein Flügelschlag, um ein Chaos zu verursachen.

48

Der Boss befahl, zuerst den Küchenwagen auf die andere Seite des Flusses zu bringen. Natürlich blieb eines der Räder an einem Felsen hängen, und die vier Pferde schafften es nicht alleine, den Wagen herauszuziehen. Hop Sing versuchte alles, doch er schaffte es nicht! Bill wollte helfen, doch er hatte seine Pferde schon als Kette aneinandergebunden und musste zusehen, wie die Cowboys ins Wasser sprangen und mit vereinten Kräften den Wagen befreiten. Als Hop Sing dem Boss das Okay-Zeichen gab, startete Bill seine Pferdekette. Mit Storm an der Spitze führte Bill die Tiere wohlbehalten über den Fluss. Dabei beobachtete er, wie sich Tom und Chris flussabwärts balgten, anstatt auf die Vögel oder andere Tiere zu achten, was eigentlich ihre Aufgabe war. Kopfschüttelnd stieg er von Storms Rücken, lief ans Ende seiner Pferdekette und gab dem Boss das Zeichen.

Während Bill die Pferde in Vierergruppen aufteilte, trieben die Cowboys die Rinder durch den Fluss. Als etwa zwei Drittel der Tiere wohlbehalten am anderen Ufer ankamen, erklang ein Schuss. Alle Köpfe flogen in Richtung des Geräusches, und jeder sah, wie Chris mit gezogener Waffe lachend auf seinem Pferd saß.

Der Boss stieß sofort einen lauten Pfiff aus, der im Lärm der wildgewordenen Herde unterging. Trotzdem verstanden alle, dass sie die erschrockenen Tiere aufhalten mussten. Bill stand fassungslos am Ufer und schaute mit geweiteten Augen zu, wie das Chaos begann. Im Moment waren nur die Tiere im Wasser außer Kontrolle geraten. Vier Cowboys kümmerten sich um die Herde, die sich schon an Land befand, und hatten den Kreis fast geschlossen.

Bill musste mit ansehen, wie die Tiere flussabwärts stürmten. Dann hatte er eine Idee. Ein Blick reichte, um zu sehen, wie viele Pferde sich noch in der Kette befanden. ‚Fünfzehn müssen reichen‘, dachte er und sprintete los. Mit einem Satz landete er auf Storm, der sich sofort in Bewegung setzte. Die vierzehn anderen Pferde mussten Storm zurück ins Wasser folgen. Bill bildete mit seinen Pferden einen lebenden Zaun, um die Rinder aufzuhalten - und es gelang.

Er war sich bewusst, dass sich in diesem Teil der Herde keine Führungstiere befanden, ansonsten hätte sein Manöver anders ausgehen können. Nach einer Viertelstunde war die Herde wohlbehalten auf der anderen Seite angekommen. Nachdem der Boss alles inspiziert hatte, lief er zur Gruppe, in der sich Chris befand. Im Gehen warf er seinen Hut davon, zog seinen Revolvergürtel aus und stellte sich direkt vor Chris. Wutentbrannt gab Chris keinen Millimeter nach und schob provozierend sein Kinn nach oben. Auge um Auge standen sich die zwei ungleichen Männer schweigend gegenüber, umringt von Cowboys.

Dann trat Chris einen Schritt zurück und schrie: „Was soll das? Das kann doch jedem einmal passieren."

Der Boss stand immer noch bewegungslos und starrte sein Gegenüber nur an.

Chris war das unangenehm, er wurde zusehends nervöser und unsicherer. Dicke Schweißperlen tropften von seiner Stirn, und noch immer sagte keiner ein Wort! Chris begann leicht zu zittern, dann überraschte er alle mit einer Aktion, mit der niemand gerechnet hatte. Er zog seine Waffe und zielte genau auf den Boss! Doch jemand hatte damit gerechnet - und ein Zischen erklang, gefolgt von einem lauten Knall! Dann lag Chris' Pistole auf dem Boden. Ungläubig starrte Chris zu Conny, die mit ihrer Peitsche in der Hand neben ihm stand. Als er sich umdrehte, erwischte ihn ein voller Kinnhaken und er taumelte rückwärts. Ein zweiter Fausttreffer schlug ihn zu Boden. Benommen blieb Chris auf dem Boden liegen, und der Boss stellte sich über ihn.

„Du bist nicht würdig, ein Cowboy zu sein. Verschwinde sofort! Ich will dich nie mehr sehen", schrie er, drehte sich um, nahm seinen Revolvergurt und den Hut, den er gereicht bekam, entgegen und lief auf Tom zu. Verängstigt lief Tom mit kleinen Schritten langsam rückwärts, bis er von einem Baumstamm aufgehalten wurde.

„Möchtest du deinem Freund gleich folgen?", blaffte der Boss ihn an.

Tom schüttelte wie wild seinen Kopf.

„Okay! Aber merke dir, ein einziger Fehltritt und du kannst ihm folgen. Ist das klar?"

50

Tom nickte erleichtert. Damit war die Ansprache beendet und der Boss machte sich davon.

Conny stand neben Chris, der immer noch auf dem Rücken lag, und sagte:

„Du bist entlassen, du Idiot". Dann ging auch sie davon, nachdem sie ihre Peitsche aufgewickelt hatte. Bill, der alles mitbekommen hatte, war beeindruckt von der Strenge des Bosses und dem resoluten Auftreten von Conny.

Er war sich im Klaren, was hätte passieren können. Anscheinend war sich Chris dessen nicht bewusst. Wie ein räudiger Hund machte er sich auf und davon, ohne Waffe und ohne Pferd. Wenig später war er in der einsetzenden Dämmerung verschwunden.

Irgendwie hatte Bill ein ungutes Gefühl. Er war sich sicher, dass er Chris eines Tages wiedersehen würde - und es würde kein freudiges Wiedersehen sein!

Er schüttelte den Gedanken aus seinem Kopf und sammelte Holz für Hop Sing. Das Nachtlager wurde errichtet. Doch dieses Mal gab es keine Musik, alle gingen früh schlafen.

Kajika schnappte sich Bill und flüsterte ihm zu: „Kleiner, das hast du ausgezeichnet gemacht."

„Du hättest dasselbe getan, wenn du gekonnt hättest", wiegelte Bill das Kompliment ab.

Grinsend gab der Indianer ihm noch einen Klaps auf die Schulter, dann ging er zur Nachtwache.

Bill schlief sehr schlecht in dieser Nacht, doch er wusste nicht warum. Verkatert stand er am nächsten Morgen auf und bereitete die Pferde vor. Der Boss hatte noch einmal alle versammelt und hielt eine kleine Ansprache. Als sich Bill auf Storm setzen wollte, lag er plötzlich auf dem Boden und schaute sich verdutzt um. Im Liegen sah er die geöffnete Schnalle an seinem Sattel, der seitlich an Storm herabhing.

„Was ist los, Bill?", fragte der Boss, der hoch zu Ross neben ihm stand.

„Ich weiß auch nicht. Vielleicht habe ich vergessen, den Sattel richtig fest zu machen", stammelte er, obwohl er sich sicher war, dass ihm das niemals passieren würde.

Der Boss schüttelte den Kopf und erschrak, als plötzlich jemand rief:

„Das war nicht Bill, denn das würde ihm niemals passieren! Richtig, Andy Miller?"

Es war die Stimme von Conny! Jetzt staunte nicht nur Bill, als sich Andy mit gesenktem Kopf in Richtung Boss bewegte.

„Unglaublich! Bin ich hier nur von Kindern umgeben, oder was? Ich dulde keine Streiche mehr, ist das klar? Und du, Witzbold, wirst den Platz mit Bill tauschen - und zwar sofort", brüllte der Boss aufgebracht.

„Ja, Sir", stammelte Andy und half Bill auf die Beine.

Und ehe sich Bill versah, wurde er zum Flankenreiter und galoppierte selbstbewusst neben der Herde. ‚Ich habe es geschafft', dachte er voller Stolz. Doch Andy tat ihm leid. Er hatte es bestimmt nicht böse gemeint. Chris oder Tom hatten ihn angestiftet. Dessen war er sich sicher.

Am Abend half er Andy bei dem Verpflegen der Pferde und sammelte Holz mit ihm.

„Warum tust du das für mich?", fragte Andy verwirrt.

Bill antwortete lachend: „Du bist doch kein schlechter Kerl, oder? Außerdem musst du noch Einiges lernen, um mit den Pferden richtig umzugehen."

„Danke, aber das habe ich nicht verdient", erwiderte Andy.

Doch er freute sich über die Anteilnahme und auch über die Hilfe.

Nicht nur der Boss beobachtete die Szene wohlwollend.

Später half Bill Hop Sing beim Geschirrspülen am Fluss.

„Du bist ein gutel Junge. Hiel hab ich ein Stück Döllfleisch fül dich", flüsterte Hop Sing und schaute sich dabei verstohlen um. Bill teilte das Stück, reichte Hop Sing die eine Hälfte und antwortete: „Nur wenn wir teilen."

Lachend aßen sie das Stück und gingen zurück zu den anderen. Alle saßen am Lagerfeuer und unterhielten sich leise. Bill machte sich für die erste Nachtwache bereit. Er verabschiedete sich von Storm, der sich schonen sollte, damit er für morgen wieder fit wurde. Tom stieß zu ihm, und sie umrundeten schweigend die Herde. Irgendwann sagte Tom nur ein Wort zu ihm: „Angeber". Dann verschwand er und wurde von Roy abgelöst. Verwirrt begab sich Bill zu seiner Schlafstätte. Dieses Mal schlief er tief und fest.

Hop Sing weckte ihn mit den Worten: „Heute Abend welde ich dich mal lasielen, du wildel Mann". Dabei ging er lachend zu seinem Wagen und stieg auf.

Bill lächelte, trank den bitteren Kaffee, den Hop Sing neben ihn gestellt hatte, und machte sich auf den Weg zu Storm, der ihn schon freudig erwartete.

So vergingen weitere drei Tage, ohne besondere Vorkommnisse. Bill hatte seinen Spaß am neuen Job, von dem er schon als Kind geträumt hatte. Morgen würden sie den Bighorn-See erreichen. Der Boss machte sie nochmal darauf aufmerksam, dass sie an einer gefährlichen Klippe vorbei mussten. Äußerste Vorsicht war gefragt, und jeder war angespannt. Keiner wollte einen Fehler machen. Die Herde setzte sich langsam in Bewegung.

Von weitem sah Bill die Klippe, auf die sie zuritten. Etwa eine Meile vor der Klippe ging der Weg steil nach unten. Es würde eng werden. Er atmete tief durch. Dann erblickte er eine Maus, die zwischen der Herde herumirrte, und er hatte ein ungutes Gefühl! Plötzlich stieß ein Falke herab, genau zwischen zwei Langhornstiere.,

‚Ausgerechnet die anfälligsten Tiere', dachte Bill noch.

Sofort stob die Herde auseinander. Voller Panik stürmte ein Teil der Herde, angeführt von eben den zwei Langhörnern, genau auf die Klippe zu.

Bill überlegte fieberhaft, dann hatte er eine Idee. Aus der Tasche zog er das rote Tuch, das ihm Chris bösartigerweise überreicht hatte. Es war groß genug, und Bill atmete erleichtert auf. Blitzschnell band er es sich über seinen Rücken und trat Storm in die Flanke. Im wilden Galopp preschte das Gespann an den Leittieren vorbei. Bill wäre beinahe selbst über die Klippe geflogen, doch Storm hatte auch ohne Kommando gerade noch rechtzeitig einen Haken geschlagen. Eine kleine Gerölllawine stürzte die Klippe herab. Bill wurde für einen kurzen Augenblick bewusst, wie knapp es eben wirklich war. Als die Bullen das rote Leibchen sahen, begannen sie wild zu schnauben und nahmen zu Bills Erleichterung die Verfolgung auf.

Als sie die steile Weide erreicht hatten, verlangsamte Bill sein Tempo und sah, dass die Tiere den Langhörnern folgten. Erleichtert atmete er auf, als plötzlich der Boss neben ihm rief: „Tuch weg, sofort!"

Bill gehorchte. Dann galoppierte Tom an ihm vorbei. Bill steckte das Tuch ein und verfolgte das Schauspiel. Tom und der Boss ritten wie die Teufel. Immer wieder trieben sie die anderen dazu an, es ihnen gleich zu tun.

Schneller als gedacht, war die Stampede auch schon wieder vorbei.

Die Tiere begannen zu grasen. Auch die beiden Langhörner hatten sich beruhigt. Alle atmeten erleichtert auf.

An diesem Tag trieben sie die Tiere nur noch die zwei Meilen den Hang hinunter und schlugen ihr Lager direkt am See auf. Am Abend wurde Musik gemacht und sogar ein wenig gesungen. Der Boss hatte Bill und

Tom für ihren tollen Einsatz gelobt und die Musik ausdrücklich erlaubt. Ausnahmsweise wurden auch Steaks gegrillt, und die Stimmung war ausgelassen. Als Conny Tom und Bill noch einen Kuss auf die Wange gab, war es um den armen Bill geschehen. Irgendwie war er stolz.

Doch als Conny zu ihm trat, wurde er sich bewusst, wie widerlich er eigentlich stank. Schweiß, Staub und was sonst noch steckte in ihm. Er nahm sich vor, schnellstmöglich etwas dagegen zu tun.

In seine Gedanken versunken, sah er nicht, dass Conny sich bückte und das rote Tuch aufhob. Sie blickte zu Bill, dann grinste sie und steckte es einfach ein.

ELSU

Bill legte sich nach diesem aufregenden Tag hin, schlief aber nicht. Als es dunkel wurde, schlich er zum Fluss und wusch sich. Plötzlich hörte er ein Geräusch und blickte sich um. Sofort dachte er an einen Kojoten und schärfte seinen Gehörsinn. Dabei versuchte er, die Dunkelheit zu durchdringen, doch er konnte nichts erkennen und auch nichts mehr hören. Andy hatte die Pferde etwas höher am Anfang der Klippe festgemacht. Dort war das Gras frischer und saftiger. Der Boss war damit einverstanden. Bill beugte sich wieder ins Wasser, da erklang das Geräusch zum zweiten Mal. Plötzlich hörte er, wie kleine Steine in den See fielen. Er machte sich, ohne weiter nachzudenken, auf den Weg zu den Pferden, um nachzusehen. Er umrundete die provisorische Koppel, konnte aber nichts Ungewöhnliches feststellen. An der Klippe blieb er stehen, starrte auf den ruhigen See hinaus und lauschte. Plötzlich hörte er ein leises Stöhnen, und wieder fiel etwas Geröll in den See. Dann blickte Bill nach unten und erstarrte! Genau zu seinen Füßen hing ein Indianerjunge über der Klippe in der Luft. Er hielt sich verzweifelt mit einer Hand an einer Wurzel fest. Beide konnten zusehen, wie sich die Wurzel langsam, aber sicher vom Felsen zu lösen begann. Ohne weiter nachzudenken, beugte sich Bill nach unten und schnappte nach der freien Hand des Indianers. In letzter Sekunde, denn die Wurzel fiel nach unten ins Wasser, während der Indianer nur an Bills Hand über der Klippe hing. Stöhnend zog Bill ihn mit aller Kraft zu sich auf sicheres Gelände. Sichtlich geschafft von der Anstrengung, lagen beide nebeneinander im Gras.

„Warum hast du das getan?", flüsterte der Indianer, immer noch außer Atem.

Bill antwortete: „Warum nicht? Hätte ich dich fallen lassen sollen?"

„Ich wollte dir ein Pferd stehlen."

„Hast du aber nicht. Stattdessen wärst du fast die Klippe hinuntergefallen."

„Hörst du mir nicht zu? Ich wollte dir ein Pferd klauen und damit abhauen."

Bill stützte sich auf seine Arme, schaute zu dem Indianer und antwortete: „Warum?"

„Diebstahl eines angebundenen Pferdes ist eine Mutprobe für junge Krieger", erwiderte der Indianer kleinlaut.

Bill ließ sich Zeit mit seiner Antwort. Er wählte die Worte mit Bedacht und sagte: „Was passiert mit dir, weil du es nicht geschafft hast?"

„Nichts. Ich hab ja nicht gesagt, dass ich es machen werde. War ein spontaner Einfall - und ein blöder dazu."

„Also, wenn ich nichts sage, dann passiert dir nichts, wenn du ohne Trophäe heimkommst!"

„Bleichgesicht, ich könnte dich immer noch überwältigen, wenn ich wollte und mit der Beute heimkehren."

„Könntest du nicht, Rothaut", antwortete Bill lachend und ging in die Hocke.

Jetzt musste der Indianer auch lachen.

Plötzlich rief jemand: „Hey, ist da wer?"

Bill stellte sich auf und rief: „Alles okay! Ich bin's, Bill. Habe nur noch einen Rundgang gemacht."

„Alles klar", kam die Antwort, und es wurde wieder ruhig.

Bill drehte sich um, doch der Indianer war verschwunden.

‚Schade! Ich hätte ihn gerne noch gefragt, wo er unsere Sprache so gut gelernt hat'.

Langsam schritt er vom Rand der Klippe weg, streichelte noch kurz Storm, dann legte er sich zum Schlafen nieder.

Am nächsten Morgen brachen sie nach einem starken Kaffee auf. Der zweite Teil des Trails begann, und der Boss hatte noch eine kleine

Ansprache gehalten. Sie sollten jetzt besonders vorsichtig sein, da sie nun das Gebiet der Crow- Indianer durchquerten. Bill schaute noch einmal über den riesigen See, der in Nebelschwaden vor ihm lag, und saugte das Naturschauspiel in sich auf.

Als die ersten Sonnenstrahlen durch die Wolken drangen, löste sich der Nebel schnell auf und das Wasser begann zu glitzern, wie Millionen von Diamanten. Das alles sah Bill und merkte nicht, dass plötzlich Conny neben ihm ritt.

Als sie ihn ansprach, erschrak er. Als er Conny erkannte, verdoppelte sich sein Pulsschlag.

„Morgen, Cowboy! Ich wollte dir nur sagen, dass ich froh bin, dass der Boss dich mitgenommen hat. Old John kann stolz auf dich sein."

Außer einem peinlichen Seufzer brachte er keinen Ton heraus, und schon ritt Conny wieder davon. Ihr Pferdeschwanz wippte dabei hin und her.

Bill konnte den Blick nicht von ihr abwenden.

Plötzlich räusperte sich jemand neben ihm. Er erschrak zum zweiten Mal!

„Will mich denn heute jeder erschrecken?", sagte er und schaute in das freundlich grinsende Gesicht von Kajika.

„Bleichgesicht muss Ohren besser spitzen", sagte er lachend.

Bill lachte mit.

Am Abend saßen sie wieder beisammen. Andy, Hop Sing, Kajika und Bill hatten sich angewöhnt, beim Küchenwagen zu schlafen. Auf der anderen Seite lagen die Cowboys am Lagerfeuer oder schliefen bereits. Die Freunde unterhielten sich, als plötzlich ein Schatten auftauchte und überraschenderweise Conny vor ihnen stand. Etwas verlegen zeigte sie auf ihre Gitarre. Andy verstand, holte seine Mundharmonika heraus und sie spielten zusammen. Auf einmal gesellten sich immer mehr Cowboys zu ihnen. Selbst der Boss setzte sich in ihre Nähe, um der

60

Musik zu lauschen. Nur Tom saß noch alleine griesgrämig am Lagerfeuer und stocherte darin herum. Vielleicht lag es daran, dass sie im Indianergebiet waren und deshalb alle etwas angespannt waren. Vielleicht war es aber auch die schöne Musik. Bill war es egal, denn es war der schönste Abend auf dem Trail bisher. Sie waren alle zu einer großen Gemeinschaft zusammengewachsen, genau wie Old John es ihm immer erzählt hatte.

Nach seiner Nachtwache schlief Bill ein und träumte davon, ein großer berühmter Cowboy zu werden.

Am nächsten Tag zur Mittagszeit kam Conny mit wedelnden Armen auf ihn zugeritten. „Du musst mir helfen. Eine Kuh kalbt, schnell!", stammelte sie völlig außer Atem und ritt wieder davon.

Bill gab mit seinem Hut dem Boss ein Zeichen, dass er seinen Platz verlassen würde. Roy ritt sogleich zu ihm. Storm galoppierte nach hinten in die Richtung, in der Conny verschwunden war. Neben dem Küchenwagen lag eine Kuh am Boden. Conny trat zu ihr. Bill überlegte nicht lange, und mit vereinten Kräften halfen sie der Kuh, ihr Kälbchen zur Welt zu bringen.

Erleichtert und völlig verschwitzt, schauten sie zu, wie das kleine Tier erste Gehversuche unternahm.

„Hallo, Eltern! Ihr wisst schon, dass wir das Kleine zurücklassen müssen. Es würde die ganze Herde behindern. Somit kämen wir später an als geplant", sagte der Boss in ernstem Ton.

Conny und Bill starrten ihn verständnislos an. Gerade, als sie etwas erwidern wollten, erhob Hop Sing seine Stimme: „Ich hätte da einen Volschlag zu machen."

„Wir werden es nicht essen!", riefen Bill und Conny gleichzeitig.

Hop Sing hob abwehrend die Hände: „Nein, nein. Ich nehme es so lange auf meinem Wagen mit, bis es lichtig laufen kann."

Missmutig stimmte der Boss zu, nachdem Conny und Bill um die Wette gebettelt hatten.

Mit vereinten Kräften hoben sie das Jungtier auf den Wagen, und Hop Sing trieb die Pferde seines Wagens an, um den Trail wieder einzuholen.

Conny ritt neben Bill und rief lachend: „Kleines Wettrennen, Cowboy?"

Ehe Bill antworten konnte, wurde er in eine Staubwolke eingehüllt. Obwohl sich Storm sehr bemühte, schaffte er es nicht mehr, Conny einzuholen und gab sich geschlagen.

Lachend beugte sich Bill zu Storm hinunter und sagte: „Mein Freund, das müssen wir noch üben."

Dann verabschiedeten sie sich und jeder nahm wieder seine Position ein.

In jeder Pause wechselten sich Conny und Bill mit der Verpflegung des Kälbchens ab. Bald schon würde es schnell und sicher genug auf den Beinen sein, um mit der Herde mithalten zu können.

An diesem Abend waren alle zu müde zum Musizieren, und schnell wurde es ruhig.

Bill konnte nicht schlafen und sah, dass Hop Sing auch noch wach war. Er ging zu ihm, setzte sich auf die Deichsel des Wagens und flüsterte: „Warum schläfst du noch nicht?"

Nachdenklich schaute der schlanke Chinese Bill lange an, bis er sagte:

„Ich bin zu alt fül den Scheiß!"

„Das glaube ich nicht", antwortete Bill überrascht.

„Weißt du, mein weißel Fleund, ich habe schon so viele Tlails mitgemacht. Ich bin es leid. Ich wülde mich gelne zul Luhe setzen odel ilgendwo nul als Koch albeiten. Und ich bin ältel, als ich aussehe", erwiderte Hop Sing.

62

Bill überlegte, dann antwortete er: „Soll ich mal mit Conny reden? Vielleicht gibt es ja auf der Ranch Bedarf?"

„Das wüldest du fül mich tun?"

„Aber natürlich. Du bist ein toller Koch. Warum also nicht?"

Dann hörten sie plötzlich, wie Tom fluchend aufstand und in die Hecken ging.

Bill schaute Hop Sing fragend an. Dann verstand er und musste sich beherrschen, nicht laut zu lachen.

„Schon das dritte Mal heute, dass ich kacken muss', fluchte Tom und legte sich wieder hin.

Hop Sing winkte mit einer Ölflasche.

Bill flüsterte: „Bist wohl doch kein so guter Koch."

„El ist del Einzige, den ich nicht leiden kann", gab Hop Sing lächelnd zur Antwort.

„Ruhe dahinten!", rief plötzlich jemand.

Bill ging zu seinem Schlafplatz zurück.

Der nächste Tag war sehr anstrengend durch das unwegsame Gelände. Zusätzlich war jeder immer noch sehr angespannt und hielt ständig Ausschau nach Indianern. Doch es ließ sich keiner blicken.

Die Nacht brach herein, und alle legten sich sofort zum Schlafen hin.

Diese Nacht sollte allen noch in Erinnerung bleiben, denn sie wurden unsanft geweckt!

Als Bill die Augen aufschlug, starrte er genau in das Gesicht eines Indianers. Auch die anderen erschraken, als sie erkannten, dass mehr als fünfzig Indianer um sie herum standen. Es war ein schauriger Anblick. Obwohl sie keine Kriegsbemalung aufgelegt hatten, überkam alle ein ungutes Gefühl.

Keiner traute sich, eine Bewegung auszuführen.

Als Tom die Hand zu seinem Revolver bewegen wollte, stellte sich ein Fuß auf seinen Arm. Verwundert schaute er zu dem Besitzer des Fußes und musste überrascht feststellen, dass es der Fuß vom Boss war.

„Mach keinen Scheiß, Tom! Verstanden?"

Tom nickte und der Druck des Fußes entfernte sich.

Die Nase des Indianers - seinem Kopfschmuck nach zu urteilen, zumindest ein Unterhäuptling - war nur wenige Millimeter von Bills Nase entfernt. Ruckartig zog sich der Kopf zurück und rief einen Befehl. Wenig später stand der Indianerjunge, den Bill gerettet hatte, vor ihm und blickte beschämt zu Boden. Nachdem er leicht genickt hatte, rief der Häuptling einen weiteren Befehl, und alle Indianer versammelten sich hinter ihrem Anführer.

Bill lag immer noch am Boden, bis ihn jemand von hinten hochhob und in sein Ohr flüsterte: „Bleichgesicht, was hast du wieder angestellt?"

Es war die Stimme von Kajika.

„Was wollt ihr von ihm?", fragte Kajika.

Der Häuptling antwortete, indem er mit dem Finger auf Bill zeigte und sagte: „Ihn wollen wir."

Der Boss positionierte sich links neben Bill und sagte in ruhigem, sanftem Ton:

„Warum? Was hat er getan?"

Der Häuptling antwortete auf Indianisch.

Kajika übersetzte: „Das wird ihm unser Häuptling selbst sagen."

64

„Nur unter der Bedingung, dass ich und Kajika mitkommen", erwiderte der Boss. Der Indianer nickte stumm, drehte sich um und setzte sich in Bewegung. Ohne Pferde liefen sie zu dritt hinter den Indianern her.

Der Boss drehte sich noch einmal um und rief: „Conny, du bist jetzt der Boss. Ihr wartet, bis wir wieder hier sind. Wenn wir bis zum Morgengrauen nicht zurück sind, schicke Tom nach Hardin und meldet es dort der Armee."

Dann waren alle in der Dunkelheit verschwunden. Conny versuchte, alle zu beruhigen, obwohl sie selbst aufgewühlt war. Aber sie schaffte es! Schnell waren alle Nachtwachen wieder auf ihren Posten. Natürlich konnte keiner mehr schlafen. Alle fragten sich, wie es die Indianer geschafft hatten, sie so lautlos zu überraschen. Selbst die schreckhafte Herde hatte nichts bemerkt.

Dann begann das Warten!

Kajika fragte Bill noch einmal, was er denn angestellt hatte. Doch Bill konnte nicht mehr antworten, denn wie aus dem Nichts standen sie vor einem unglaublich großen Indianerdorf. Fassungslos schaute sich Bill um, und sein Herz rutschte noch weiter in die Hose.

Dann blieb die kleine Karawane stehen, und der Anführer unterhielt sich mit Kajika. Kajika nickte ständig, dann überzog ein Grinsen sein Gesicht und er nickte wieder. Nachdem das Gespräch beendet war, zog Kajika den Boss zu sich und flüsterte ihm etwas ins Ohr. Der Boss nickte und lächelte. Doch das alles beruhigte Bill in keinster Weise. Ohne weitere Worte trat der Anführer zu Bill, schnappte ihn an der Hand und zog ihn grob in das größte Zelt.

Als Bill im Inneren ankam, war er überrascht, wie groß das Tipi wirklich war. Vor ihm saß ein alter Indianer, der den schönsten und mächtigsten Kopfschmuck trug, den Bill sich vorstellen konnte. Mit einer Pfeife in der Hand gab er Bill zu verstehen, er solle sich auf den Fellen vor ihm niederlassen. Langsam ließ sich Bill herab und tat es dem Manne gleich. Beide saßen sich im Schneidersitz gegenüber und fixierten sich ohne

Worte. Mittlerweile traten auch Kajika und der Boss in das Tipi, hielten sich aber im Hintergrund.

Hinter dem Häuptling erhob sich plötzlich der Indianer, dem Bill das Leben gerettet hat. Er trat hervor und setzte sich neben den Häuptling, immer noch den Kopf demütig tief gebeugt.

Bill wurde die Pfeife angeboten. Instinktiv ergriff er sie und nahm einen kleinen Zug. Er wusste von Hugh, dass es einer abwertenden und unhöflichen Geste gleichkam, die Pfeife nicht anzunehmen. Natürlich musste er husten!

Der Häuptling grinste. Dann wurde er wieder ernst und sprach:

„Stimmt es, dass ihr meinen Sohn Elsu, den fliegenden Falken - wie er sich nennt - beim Stehlen eines eurer Pferde erwischt habt?"

„Mehr oder weniger, Sir", stammelte Bill.

„Warum habt ihr ihn nicht bestraft, wie es sich für Bleichgesichter gehört?"

Jetzt verstand Bill! Seine Selbstsicherheit kehrte zurück. Zuerst blickte er zu Elsu, dann zum Häuptling und sagte: „Großer Häuptling, euer Sohn hätte es geschafft, seine Mutprobe auszuführen. Nur durch einen Zufall stieß ich auf ihn. Doch er war flinker als ein Wiesel und entwischte mir."

„So, so! Und das soll ich dir glauben? Wie könnte er entwischen, als durch den ehrenhaften Sturz über die Klippe, frage ich dich, Bleichgesicht."

‚Mist', dachte Bill und versuchte, ruhig zu bleiben.

„Du hast ihm das Leben gerettet, Bleichgesicht. Sag mir, warum?"

Mit der Frage hatte Bill gerechnet und antwortete im überzeugenden Ton:

„Mein Großvater hat mich gelehrt, dass jeder eine weitere Chance verdient hat. Und wenn er etwas dabei gelernt hat, dann stärkt es ihn auf seiner weiteren Reise des Lebens."

Elsu starrte Bill fassungslos an.

Dieser fuhr fort: „Fliegender Falke wird es beim nächsten Mal besser machen."

‚Außer, wenn ich da bin', dachte er und sagte weiter: „Ich denke, die erfolgte Demütigung ist Strafe genug für ihn, Häuptling der Crow."

Stille! Keiner atmete und alle starrten zum Häuptling.

Der nahm einen tiefen Zug aus seiner Pfeife und antwortete: „Du bist noch jung und schon so weise, Bleichgesicht. Elsu wird sich dir anschließen und zukünftig auf dich aufpassen, bis seine Schuld beglichen ist. Hugh, Pretty Eagle hat gesprochen." Ohne weitere Worte stand er auf und verließ das Tipi. Bill erhob sich, drehte sich um und schaute zum Boss, der wohlwollend nickte. Wenig später verließen vier Männer das Indianerdorf, und zur Morgendämmerung trafen sie bei der Herde ein.

Erleichterung machte sich breit, als sie die Heimkehrer erkannten.

Nachdem der Boss mit Bill gesprochen hatte, trat Bill zu Elsu und sagte:

„Ich dachte, es hat keine Konsequenzen?"

„Leider hat mich einer meiner Kameraden verpfiffen", erwiderte Elsu und blickte immer noch zu Boden.

„Hör zu! Ich möchte, dass wir Freunde werden. Der Boss ist derselben Meinung wie ich, und deshalb bist du ab sofort für die Pferde verantwortlich. Wir haben einen Cowboy unterwegs verloren und sind froh über jede Hilfe. Aber denk daran, ich habe dich immer im Auge."

Jetzt mussten beide lachen und gingen Arm in Arm zu Andy, um ihn vom Dienst des Wranglers zu erlösen.

Nachdem Bill alle Aufgaben an Elsu übergeben hatte, ging er zurück zu den anderen. Doch Elsu hielt ihn zurück. Er raunte ein aufrichtiges „danke".

Bill nahm seinen Zeigefinger, legte ihn unter Elsus Kinn und hob seinen Kopf nach oben. Dann sagte er: „Du bist ein stolzer Indianer! Also zeige es auch, mein neuer Freund."

Dann ließ er den verdutzten Elsu einfach stehen, schwang sich auf Storm und trat seinen Dienst an.

„Ein besonderer Junge", sagte Kajika, der neben dem Boss stand.

„Habe ich vom ersten Augenblick an gewusst", antwortete der Boss und gab das Zeichen zum Start.

Elsu erledigte seine Aufgabe professionell, und alle waren sehr zufrieden mit ihm. Nur Bill ging es ein wenig auf die Nerven, dass er immer versuchte, in seiner Nähe zu sein, um ihn zu beschützen.

Durch die Tatsache, dass Elsu die Sprache der Bleichgesichter sehr gut beherrschte, wurde er in der Gruppe sehr schnell integriert und akzeptiert. Ab und zu wurde auch wieder Musik am Lagerfeuer gemacht. Elsu war sehr überrascht, dass niemand dazu tanzte. Musik ohne Tanz war für einen Indianer einfach unvorstellbar. Aber die Musik gefiel ihm, und er lauschte ihr gerne, wie alle anderen auch.

Die folgenden fünf Tage verliefen ohne weitere Probleme.

Am Morgen des letzten Tages ihrer Reise öffnete sich ein weites Tal vor ihnen. Schon von weitem konnte man die Stadt Miles City erkennen.

MILES CITY

Bill stoppte Storm und ließ das Bild der für ihn riesigen Stadt auf sich wirken. So viele Häuser hatte er noch nie zuvor gesehen. Es machte ihn sprachlos.

„Beeindruckend, oder?", fragte Conny, die plötzlich neben ihm stand.

Mehr als nicken konnte Bill nicht, denn sie hatte ihn beim Zählen der Häuser unterbrochen.

Und als ob der Boss Bills Gedanken lesen konnte, sagte er:

„Mehr als 350 Gebäude mit ungefähr 550 Einwohnern, davon 23 Saloons. Der schwarze Rauch kommt von der Eisenbahn, und seit die hier durch Miles City fährt, steigt die Einwohnerzahl immer weiter.

Bill konnte sich vom Anblick einfach nicht lösen. Der Kontrast zwischen dem schwarzen Rauch, der feinen Staubwolke über der Stadt und dem silbernen Glitzern des Yellowstone-Rivers überwältigte ihn. Conny klatschte Storm auf das Hinterteil, und Bill wäre beinahe vom Pferd gefallen, als Storm erschrocken loslief.

Conny und der Boss lachten. Bill, der sich schnell wieder gefangen hatte, lachte mit ihnen.

„Wohin jetzt?", fragte Bill.

Der Boss sagte überraschenderweise: „Na, mitten durch die Stadt natürlich", und galoppierte nach vorne.

Langsam, ohne Hektik, führten sie die Herde wirklich mitten durch die Stadt auf die schwarze Wolke der Eisenbahn zu.

Bill fand es schon komisch, dass die Leute ihnen freundlich zujubelten. Immerhin versank dank ihrer Herde die Hauptstraße in einer undurchsichtigen riesigen Staubwolke.

Bill ritt mittlerweile hinter der Herde, neben ihm ritt Elsu.

„Hast du schon so eine große Stadt gesehen?", fragte Bill.

70

Elsu antwortete: „Eine Bleichgesichter-Stadt? Nein, nur von weitem. Aber eine Indianerstadt, die mehr als doppelt so groß ist."

„Echt, jetzt?", antwortete Bill erstaunt.

„Ja, wenn wir unser alljährliches Powwow feiern. Dann kommen die Fluss- und die Berg-Crow zusammen, und wir feiern bis in den Morgengrauen."

„Davon habe ich schon gehört. Ihr habt dabei viele Rituale, es wird getanzt und gelacht, stimmt das?"

„Ja, und auch Wettkämpfe veranstaltet."

„Welche Wettkämpfe denn?", fragte Bill interessiert.

„Pferderennen zum Beispiel. Ich habe im letzten Jahr das Pfeilspiel gewonnen", erwiderte Elsu stolz.

„Erklär mal."

„Eigentlich ist es ganz einfach. Jeder deiner Mitstreiter nimmt sich zehn Pfeile zur Hand, dann werden die Pfeile in die Luft geschossen. Nachdem der erste Pfeil losfliegt, versucht man so schnell wie möglich den nächsten Pfeil abzuschießen. Wer die meisten Pfeile gleichzeitig in der Luft hat, gewinnt das Spiel."

„Interessant! Und wie viele Pfeile hattest du gleichzeitig in der Luft bei deinem Sieg?"

„Zehn", antwortete Elsu selbstbewusst.

Zum ersten Mal sah Bill, dass Elsu wirklich ein stolzer Indianer war. Seine Körperhaltung strahlte förmlich Tapferkeit und Mut aus. So hatte er Elsu noch nie gesehen, und es gefiel ihm.

„Respekt, mein roter Freund", antwortete Bill aufrichtig.

Elsu antwortete: „Danke. Wir können gerne auch einmal einen Wettstreit ausüben, wenn dir danach ist, weißer Mann."

„Ganz gewiss", erwiderte Bill. Beide ritten laut lachend als letzte in die Koppel neben der Bahnlinie ein. Nachdem der Boss Elsu mit den Pferden nach links schickte, ritt Bill nach rechts und half, die Tiere einzukreisen. Dann bestimmte der Boss Tom und Roy für die Zählung. Die anderen sollten sich bereithalten, falls etwas schief gehen sollte. Die beiden trieben jedes Tier einzeln durch eine Art Schleuse, neben der ein Buchmacher stand.

Bill musste grinsen, als das Kälbchen als zweites durch das Gatter ging.

Im Augenwinkel sah er, wie auch Conny sich darüber freute.

Der Buchmacher zählte die Tiere und war für die Zahlung zuständig. Es dauerte mehr als zwei Stunden, bis alle Tiere gezählt waren. In der Zwischenzeit wollte sich Bill den Zug anschauen und war etwas enttäuscht, dass er ihn verpasst hatte. Als der Buchmacher das Zählen beendete, ging er zum Trail-Boss und überreichte ihm das vereinbarte Geld. Mit dieser Geste war der Trail nun offiziell beendet.

Der Boss rief alle zu sich, und vergaß auch Elsu nicht. Dann sagte er mit viel Stolz in seiner Stimme: „Der Anfang unserer Reise war hart, doch ihr habt euch alle gut entwickelt. Ich habe die richtigen Cowboys ausgewählt und auch den richtigen Koch."

Dann zählte er seinen Anteil ab und überreichte Conny den Rest des Geldes. Die wiederum zahlte jedem seinen Anteil aus und steckte den Rest in ihre Satteltasche, die sie über ihrer Schulter trug. Elsu bekam ebenfalls einen anteiligen Lohn für seine Arbeit, was wohl ihn am meisten überraschte.

„Was machst du mit deinem Geld?", fragte Tom Bill, der zuerst gar nicht antworten konnte.

„Langweiler", hörte er noch und sah zu, wie Tom, Roy und einige der anderen zum ersten Saloon liefen.

„Baden", flüsterte Bill und lief zu Elsu.

Schnell war klar, dass Elsu und Kajika bei den Pferden bleiben würden. Rothäute waren nicht sehr beliebt in Saloons, und es macht ihnen gar

72

nichts aus. Nachdem das geklärt war, schnappte sich Bill seine Satteltaschen, trat auf die Hauptstraße der Stadt und schlenderte langsam auf die andere Seite.

Plötzlich bog eine Postkutsche um die Ecke und Bill musste zur Seite springen, um nicht überfahren zu werden. ‚Ich muss besser aufpassen‘, dachte er und lief aufmerksamer weiter. Er lief suchend an einem Saloon neben dem anderen vorbei.

An den Krämerläden, die dazwischen ihre Ware feilboten, blieb er stehen und ergötzte sich an der unglaublichen gebotenen Auswahl. Dann sah er zuerst das Büro des Sheriffs und daneben das gesuchte Badehaus. Diesmal vorsichtiger, ging er über die Straße und blieb vor der Tür des Badehauses stehen. Noch einmal tief durchatmend öffnete er die Tür und trat ein.

Eine kleine Glocke begleitete seinen Eintritt, und eine feine Dame in einem seidenen Kleid erschien wie aus dem Nichts hinter der Theke vor ihm.

Sie säuselte: „Was wünschen der Herr?"

Dann schaute sie an ihm herab, räusperte sich und ergänzte: „Ich empfehle das Komplettprogramm, junger Mann."

Fragend schaute er zu der Dame auf, die ihn wieder so komisch ansah.

„Baden, rasieren und Kleidung waschen. Du hast doch bestimmt Ausgehkleidung dabei?", fragte sie. Bill nickte nur.

Sie zeigte stumm auf die Treppe, und er setzte sich in Bewegung, während die Dame leise Anweisungen gab. Oben angekommen, stand ein junges Mädchen und zeigte auf eine Tür, durch die er dann trat.

Nun befand er sich in einem einfachen Raum mit einem Badezuber und einer spanischen Wand. Das Mädchen zeigte auf seine Kleider und machte ihm klar, dass er sich ausziehen sollte. Bill verstand. Das Mädchen verschwand, um wenig später mit einem Eimer heißen Wassers zurück zukommen. Ohne Bill beim Ausziehen zuzusehen, verschwand sie und holte noch einen Eimer. Bill, in Unterwäsche, zog sich hinter der spanischen Wand zurück und wartete, bis das Mädchen das Zimmer verlassen hatte. Vorsichtig lugte er hinter der Wand hervor, tippelte nackt zum Badezuber und wollte beherzt hineinsteigen. Als sein Fuß jedoch ins heiße Wasser eintauchte, fluchte er laut, stolperte, fiel auf den Hosenboden - und die Tür öffnete sich. Schnell wie ein Blitz sprang Bill auf und verkroch sich hinter der Wand. Kichernd trat das Mädchen an den Zuber und füllte kaltes Wasser hinzu. Dann schaute sie zu ihm und zeigte auf die Kleidung. Bill verstand und warf ihr den Rest seiner Kleidung zu. Sie schnappte sich alles und verschwand, immer noch kichernd.

Wenig später saß Bill in dem Zuber und wusch sich.

,Unglaublich, wie viel Dreck sich auf der Haut sammelt', dachte er und betrachtete das Wasser, das sich zusehends dunkler färbte.

Nachdem er sich kräftig geschrubbt hatte, wurde das Wasser allmählich kalt. Er stieg aus dem Zuber und trocknete sich mit dem bereitgelegten Tuch ab. Dann schlüpfte er in die beste Ausgehkleidung, die er hatte, und betrachtete sich im Spiegel. Die Tür öffnete sich wieder, und das Mädchen forderte ihn auf, ihr zu folgen. Sie führte ihn wieder nach unten in den Barbiershop, wo ein kahlrasierter Mann auf ihn wartete. Ohne weitere Worte nahm Bill auf dem Stuhl Platz, und der Glatzkopf rasierte ihn gründlich. Zufrieden betrachtete er sich im Spiegel, nickte und gab dem Barbier ein wenig Trinkgeld. Immerhin hatte er ihn nicht ein einziges Mal geschnitten. Nach Hop Sings Rasur musste er zwei Tage mit einem Tuch die Schnitte bedecken, um nicht ausgelacht zu werden. Froh gelaunt ging er zum Tresen und überreichte der feinen Dame das verlangte Geld.

„Warum spricht das junge Fräulein denn nicht?", fragte er neugierig.

Die Dame antwortete leise, im verschwörerischen Ton: „Sie wurde von Indianern entführt. Man hat ihr die Zunge abgeschnitten."

Entsetzt stöhnte Bill auf. Daraufhin lachte die Lady laut.

74

„Junger Mann, du warst bestimmt zum ersten Mal in einem Badehaus. Den Mitarbeitern ist es grundsätzlich verboten, mit den Kunden zu sprechen. Das ist so üblich. Also, alles gut mit ihrer Zunge."

Erleichtert verließ Bill das Badehaus, mit einem Zettel für die morgige Abholung seiner gewaschenen und getrockneten Kleidung.

Ziellos ging er weiter und blieb vor einem Saloon stehen. Schüchtern starrte er über die Schwingtür auf das bunte Treiben im Inneren.

Am Tresen standen Männer in zwei Reihen und tranken immer wieder Whisky, den ihnen der Barkeeper reichte. Am Klavier versuchte jemand, gut zu spielen, was aber kläglich misslang. Eine wie ein Pfau geschmückte Dame entlockte ihrer Kehle komische Töne. Kopfschüttelnd trat er etwas zurück - gerade noch rechtzeitig! - denn ein Mann flog aus der Tür und landete auf dem Boden. Bill ging noch einen Schritt zurück und sah zu, wie sich der Betrunkene aufraffen wollte.

Dann stieß jemand die Schwingtür auf, trat hinaus und packte den Betrunkenen beim Schlafittchen. Mit einem kräftigen Tritt ins Hinterteil flog der Mann auf die Straße und blieb bewegungslos liegen. Dann trafen sich Bills und des Schlägers Blicke.

„Willst du auch fliegen lernen wie der Zechpreller?", rief der Mann, immer noch wütend. Bill schüttelte den Kopf so schnell, wie es ging. Dann drehte sich der Riese um und betrat wieder den Saloon. Als auch Bill sich umdrehte, um dem Betrunkenen zu helfen, war dieser schon wieder verschwunden. Kopfschüttelnd setzte sich Bill auf den Rand der Wassertränke vor ihm und beobachtete das bunte Treiben auf der Straße. Die Abenddämmerung war eingebrochen, und bald schon konnte er immer weniger Einzelheiten erkennen. Gerade, als er sich auf den Weg zu Elsu machen wollte, räusperte sich jemand neben ihm. Langsam drehte er sich um und starrte Conny direkt in die Augen. „Oh, du hast dich hübsch gemacht. Steht dir gut, Bill."

Er benötigte einige Sekunden, um sich zu sammeln, und stotterte: „Du bist trotzdem viel hübscher als ich."

„Danke für das Kompliment! Darf ich mich zu dir setzen?", fragte Conny.

Ehe er antworten konnte, saß sie neben ihm. Er blickte in ihre grünen Augen und wollte am liebsten darin versinken. Eine Frage riss ihn aus seinen Träumen.

„Warum bist du denn nicht im Saloon, wie die anderen?"

„Das ist nichts für mich."

„Bill, ich habe gesehen, was du am Fluss und an der Klippe gemacht hast. Ohne dein Eingreifen hätten wir es nicht vollzählig geschafft. Ich werde es meinem Vater berichten. Er wird dir bestimmt einen besseren Job auf der Ranch anbieten."

„Wirklich? Das würde mich freuen", antwortete Bill aufgeregt.

Dann wurde ihr Gespräch jäh unterbrochen!

Wie aus dem Nichts waren vier Cowboys aufgetaucht und hatten sie umringt.

Einer von ihnen sagte lässig: „Lady, werden Sie belästigt?"

Dabei grinste er unverschämt.

Bill dachte sofort an das Geld, das Conny ganz bestimmt bei sich trug, und antwortete, während er sich schützend vor Conny stellte.

Der Anführer spuckte Bill ins Gesicht und sagte: „Ich habe die Lady gefragt und nicht dich."

„Lasst uns in Ruhe, ihr Tölpel", rief Conny, die ebenfalls aufgestanden war und sich angriffslustig neben Bill positionierte.

Der Anführer lachte und sprach: „Lady, ich habe heute gesehen, wie du viel Geld an dich genommen hast, und das möchte ich gerne haben. Rück es raus und du darfst dein hübsches Gesicht behalten. Deinem Freund hier werden wir auch nicht so sehr weh tun."

76

Mit einem Messer in der Hand fuchtelte er vor Connys Nase herum, die sich davon nicht beeindrucken ließ.

‚Scheiße', dachte Bill. ‚Ich hab's gewusst'.

Ohne weiter nachzudenken, schlug er mit der einen Hand das Messer zur Seite und stieß den Anführer auf einen seiner Mitstreiter. Somit wurde eine Gasse für Conny frei. Bill schrie: „lauf", was Conny auch sofort tat. Conny war schnell, sehr schnell, und die Banditen entschieden sich, ihr nicht zu folgen, Stattdessen wollten sie ihren Frust an Bill auslassen. Bill hatte keine Chance - der erste Schlag traf ihn direkt am Kinn. Taumelnd, nach Halt suchend, stieß er sich den rechten Fuß an einem Stein, doch er spürte keine Schmerzen.

Das Adrenalin in ihm arbeitete auf Hochtouren, und er begann wild mit den Armen zu rudern. Es half nichts, ein weiterer Schlag traf ihn an der Schulter. Er verlor das Gleichgewicht und fiel zu Boden. Benommen versuchte er, wieder auf die Beine zu kommen. Mehrere Füße, die sich auf seinen Rücken stellten, verhinderten es. Dann wurde sein Kopf an den Haaren angehoben. Der Anführer schaute ihm in die Augen und rief wutentbrannt:

„Du hast uns um eine Menge Kohle gebracht, du Dummkopf!"

Dann ließ er ihn los, und Bill schlug unsanft auf dem staubigen Boden auf. Dann verschwand der Druck auf seinem Rücken, gleichzeitig wurde er von mehreren Armen hochgehoben.

Jemand rief: „Oh, jetzt ist er ganz schmutzig"!

Ehe sich Bill versah, kniete er vor der Pferdetränke, und sein Kopf näherte sich dem Wasser. Immer noch benommen, hörte er, wie jemand sagte: „Wascht ihn", und eine eiserne Hand drückte seinen Kopf immer weiter nach vorne. Als Bills Verstand registrierte, was gleich kommen würde, hatte er kaum noch Zeit, Luft zu holen. Die Hände drückten seinen Kopf gnadenlos nach unten ins Wasser. Langsam bekam er keine Luft mehr. Panisch versuchte Bill sich zu befreien. Aber die Hände waren stärker als er. Gerade, als er dachte, seine letzte Stunde hätte geschlagen, zog sich plötzlich die Hand zurück.

Bill stieß blitzartig seinen Kopf aus dem Wasser und japste nach Luft. Als er wieder einigermaßen sehen konnte, traute er seinen Augen nicht. Elsu saß auf dem Rücken des Anführers wie auf einem Pferd, während die anderen drei versuchten, ihrem Anführer zu helfen. Dann erklang ein Schuss - und blitzartig waren die vier Banditen in der Dunkelheit verschwunden! Bill schüttelte die letzten Wassertropfen aus seinem Gesicht. Dann erkannte er den Sheriff und an seiner Seite Conny. Erleichtert atmete er auf, dann spürte er erst den Schmerz in seinem rechten Fuß. Mit einer Hand stützte er sich auf den Trog und wollte sich aufrichten, dann verlor er das Gleichgewicht und fiel zu Boden.

Im Unterbewusstsein registrierte er Connys kleine silberne Haarspange direkt neben seiner Hand. Instinktiv ergriff er sie. Dann verlor er endgültig das Bewusstsein.

Eine Ladung Wasser in seinem Gesicht holte ihn zu den Lebenden zurück.

„Ich kann kein Wasser mehr sehen", fluchte er, und Conny musste unweigerlich lachen. Sie hielt noch den Eimer in der Hand, füllte ihn aber nicht mehr auf, sondern stellte ihn auf den Boden. Besorgt kniete sie neben Bill und fragte: „Alles in Ordnung, tapferer Cowboy?"

Bill musste zuerst überlegen, dann blickte er an sich herab und fühlte, wie eine Schmerzwelle seinen Körper überflutete.

Er atmete den Schmerz weg, dann lokalisierte er ihn.

„Mein rechter Fuß ist nicht in Ordnung", sagte er mit zusammengebissenen Zähnen.

„Lass uns zum Arzt gehen und nachschauen. Elsu, hilf mir bitte", sagte Conny. Gemeinsam hievten sie ihn in die Höhe. Bill schlang seinen Arm links über Conny und rechts über Elsu. Als sie einigermaßen sicher standen, sagte Conny: „Kann es los gehen, Bill?"

Bill nickte mit schmerzverzerrtem Gesicht und erwiderte plötzlich:

„Wo ist denn der Sheriff?"

78

„Der verfolgt die vier Banditen, nachdem er gesehen hat, dass du in sicheren Händen bist", antwortete Elsu.

Mehr schlecht als recht humpelten die drei über die Hauptstraße und hielten an einem Barbiershop an.

Fragend schaute Bill zu Conny, die sagte: „Ich habe den Sheriff gefragt, und der hat gesagt, der Friseur betreibt einen Drugstore und ist sowas wie ein Arzt."

Wieder nickte Bill. Wenig später lag er auf einer einfachen Pritsche in einem fensterlosen Hinterzimmer. Die Schmerzen wurden immer unerträglicher, feine Schweißperlen tropften von seiner Stirn.

Als der vermeintliche Doktor eintrat, staunte Bill nicht schlecht. Der Mann wog mindestens 150 Kilogramm. Trotzdem bewegte er sich so geschmeidig wie eine Feder. Ohne große Worte untersuchte er Bill von Kopf bis Fuß. Als er mit dem Finger an Bills Sprunggelenk tippte, konnte Bill nicht vermeiden, laut aufzuschreien.

„Okay, junger Mann. Das wird jetzt gleich wehtun", sagte er.

Ehe Bill etwas erwidern konnte, zog er ihm mit einem Ruck den rechten Stiefel aus. Bill hielt den Atem an, und nur weil Conny seine Hand nahm, unterdrückte er den Schrei, der auf seinen Lippen lag.

„Ich dachte, Bleichgesichter wären tapferer", sagte Elsu, der neben Conny stand, kopfschüttelnd. Ein böser Blick von Conny ließ ihn sofort verstummen.

Der Doktor verschwand und kam wenig später mit einer Whiskyflasche und einem Holzstück zurück. Dabei schaute er in drei fragende Gesichter, räusperte sich und sagte: „Die gute Nachricht: Es scheint nichts gebrochen zu sein. Die schlechte Nachricht: Dein Sprunggelenk ist ausgekugelt."

„Was ist daran schlecht, Doc?", fragte Conny.

Er antwortete: „Es wird sehr schmerzhaft werden, es wieder einzurenken.

So, junger Mann. Nimm mal einen kräftigen Schluck aus der Flasche und sei nicht sparsam, es können auch zwei oder drei Schluck sein."

Bill verstand, setzte die Flasche an und trank. Der Alkohol brannte wie Feuer in seiner Kehle, und er musste sich beherrschen, weiter zu trinken. Mehr als vier Schlucke schaffte er nicht, dann bekam er einen Hustenanfall. Elsu tätschelte seinen Rücken und Conny streichelte seine Hand. Das beruhigte ihn! Schneller als gedacht, setzte die Wirkung des Alkohols ein und ihm wurde schwindelig. Nach fünf Minuten kam der Doc zurück und steckte Bill das Holzstück zwischen die Zähne. Mit der anderen Hand drückte er Bills Kopf auf die Liege und sagte: „Ihr zwei müsst ihn festhalten, ist das klar?"

Conny und Elsu nickten erschrocken und nahmen eine entsprechende Position ein.

„Ich zähle langsam bis drei, dann drehen wir das Ding wieder an seinen Platz", sagte der Doktor, und begann: „1."

Bill durchzuckte ein noch nie erlebter Schmerz, und er biss so fest auf das Holz zwischen seinen Zähnen, dass es durchbrach. Dann begann er zu stöhnen und spürte, dass der Schmerz im Fuß allmählich nachließ.

Er atmete noch mehrere Male tief ein und aus. Dann sagte er, oder besser gesagt - er versuchte zu sagen: „Isch dachde, sie zällennnn bissss dreiiiiiiiiii?"

Dann kicherte er wie ein kleines Kind.

„Der Alkohol zeigt seine Wirkung", erwiderte der Doktor, und Bill schlief ein.

„Er darf mindestens fünf Tage nicht fest auftreten. Dann müsste er wieder wie neu sein - und immer schön kühlen. Macht dann zehn Dollar! Oder soll ich ihm noch die Haare schneiden?", fragte der Doktor und hielt seine speckige Hand auf. Conny schüttelte den Kopf, gab ihm fünfzehn Dollar und bedankte sich bei ihm. Als sie sich umschaute, war Elsu verschwunden. Sie wunderte sich. Doch wenig später traten der

80

Boss, Hop Sing und Elsu in das Hinterzimmer und halfen ihr, Bill hinauszutragen.

Als Bill erwachte, hatte er üble Kopfschmerzen und ihm war fürchterlich schlecht. Dann brach er plötzlich in Panik aus und schaute zu seinem rechten Fuß. Erleichtert atmete er auf und flüsterte: „Puuh, er ist da, wo er hingehört. War doch nur ein Traum".

Er blickte auf den in Eisbeuteln gehüllten Fuß, und die Erinnerung kam langsam zurück.

„Was hast du denn geträumt?", vernahm er Elsus Stimme aus dem Hintergrund.

„Nichts! Sag mir lieber, wo ich bin."

„Im Planwagen von Hop Sing, der in einem Stall steht, damit es dir nicht zu kalt wird."

„Oh gut! Und wie lange war ich weg?"

„Sechsunddreißig Stunden hast du deinen Rausch ausgeschlafen", sagte Elsu lachend, der jetzt neben ihm kniete.

Bill wollte sich auf seine Ellenbogen stützen. Aber ihm wurde fürchterlich schwindelig und er ließ sich zurückplumpsen.

„Komm, ich helfe dir, mein Freund", sagte Elsu. Gemeinsam brachten sie Bill in eine sitzende Position. Elsu schob einen Sattel in Bills Rücken, damit er nicht wieder nach hinten kippen konnte.

„Dieser verdammte Whisky! Warum saufen die den alle so gerne? Verstehe ich nicht. Man bekommt Kopfschmerzen - und hundeelend wird einem davon", sagte Bill. Er schöpfte eine Kelle Wasser aus dem Topf, den Elsu ihm hinhielt. Gierig trank er mehrere Kellen, bis sein flaues Gefühl im Magen verschwand.

„Feuerwasser nennen wir es", sagte Elsu.

Bill antwortete: „Ein guter und passender Name. Brennt im Hals, im Magen und in den Eingeweiden." Er seufzte und fuhr fort: „Hat der Sheriff die Bande gestellt?"

Elsu schüttelte verneinend den Kopf.

„Hab ich mir gedacht, leider", sagte Bill, und musste seine Augen zusammenkneifen, als die Plane aufgeschlagen wurde und die Helligkeit ins Innere des Wagens strömte.

Nach mehrmaligem Blinzeln erkannte er Hop Sing, der vor ihm kniete und eine Schüssel in der Hand hielt.

„Das ist eine Hühnelsuppe, nach einem alten chinesischen Lezept", sagte Hop Sing und grinste dabei.

Bill musste sich immer beherrschen, nicht zu lachen, weil Hop Sing den Buchstaben „R" nicht aussprechen konnte und immer durch ein „L" ersetzte.

Er wollte nach der Suppe greifen. Plötzlich fühlte er einen Gegenstand in seiner Hand. Dann kam die Erkenntnis, und er steckte Connys Haarspange in seine Hosentasche. ,Das wird mein Glücksbringer', dachte er.

Dankbar nahm er die Suppe entgegen und trank sie in einem Zug leer.

Sie schmeckte köstlich! Er konnte richtig spüren, wie die Lebensgeister in seinen Körper zurückkehrten.

Er schwor sich, nie mehr Alkohol zu trinken und stellte eine Frage:

„Was ist mit den anderen? Sind sie schon auf dem Heimweg?"

Hop Sing wollte ihm antworten. Doch plötzlich tauchte Conny auf und erwiderte: „Die anderen werden nachher mit dem Boss zusammen zurückreiten. Ich werde aber bei euch bleiben." Und ehe sich alle versahen, saß sie neben Bill, der sie ebenfalls verdutzt anschaute. Eigentlich müsste er sich darüber freuen, doch stattdessen sagte er:

„Conny, das geht nicht. Dein Vater wartet auf dich und auch auf das Geld. Er würde sich nur Sorgen machen."

„Willst du das wirklich, Bill?", fragte sie ihn.

Bill schluckte und antwortete: „Ehrlich gesagt, freue ich mich über deine Nähe. Doch mein Vorschlag ist leider vernünftig und logisch, findest du nicht?"

Etwas beleidigt verzog Conny ihr Gesicht. Doch dann lächelte sie wieder und sagte: „Du hast wie immer Recht, Cowboy. Wir sehen uns dann später auf der Ranch."

Ehe sich Bill versah, gab sie ihm einen Kuss auf die Stirn und verschwand.

„Du Glückspilz", sagte Elsu. Doch Bill hörte ihm nicht zu. Traurig schaute er hinter Conny her, und mit einem Seufzer schloss er die Augen.

Am nächsten Tag stürmten Elsu und Hop Sing in den Planwagen und sagten aufgeregt: „Wir haben eine Überraschung für dich."

Sie hievten ihn auf den Kutschbock und legten sein Bein auf eine gepolsterte Vorrichtung. Verwirrt schaute Bill zu, wie seine Freunde den Wagen mit den Pferden bespannten und dann langsam aus dem Gebäude steuerten. Wenig später standen sie auf einem kleinen Hügel, unweit der Eisenbahnschienen. Fragend schaute er Hop Sing an, der ihn nur freudig angrinste. Ein lautes und langes Pfeifen zwang Bill, zu den Gleisen zu blicken - und dann sah er die Überraschung! Von weitem stieg schwarzer Rauch in den Himmel, und er konnte sehen, wie ein Zug immer näher kam. Fasziniert verfolgte er das Schauspiel und war beeindruckt von der unglaublichen Größe der Lokomotive.

Als der Zug abbremste, quoll weißer Rauch um die Räder, bis er laut quietschend stehenblieb. Dann erklang nochmals die Pfeife und es wurde still. Aber nicht lange, denn die Türen der Personenwaggons öffneten sich und eine bunte Menschenmenge strömte heraus.

‚Was für ein lustiges Treiben', dachte Bill und sah, dass seine Freunde genauso beeindruckt waren wie er.

Er hatte zwar schon viel über die Züge gehört. Doch das schwarze Ungetüm direkt zu sehen, war etwas ganz anderes. Die Stelle, die Hop Sing und Elsu ausgesucht hatten, war perfekt.

Sie konnten zusehen, wie die Rinder in die Waggons gebracht wurden und wie der Wasservorrat der Lokomotive aufgefüllt wurde. Die schwerste Arbeit hatten aber die Kohlebeschicker. Sie mussten die Kohle mit einer Schippe von einem Wagen in den höheren Kohleanhänger schippen.

‚Die armen Männer werden nicht nur schmutzig, sie werden auch ganz schön müde sein nach der Arbeit', dachte Bill und war froh, ein Cowboy zu sein.

Sie blieben noch zwei Tage, dann machten sie sich auf den Heimweg. Bills Fuß ging es schon viel besser. Trotzdem würde er den Rat des Doktors befolgen und sich noch zwei oder drei Tage schonen. Zusammen mit Hop Sing machte er es sich auf dem Bock des Wagens bequem, und der kleine Treck machte sich auf den Weg, zuerst in die Stadt. Vor einem Laden hielt Hop Sing an und verschwand darin. Nach einer gefühlten Ewigkeit kam er in Begleitung zweier Männer zurück, die schwere Säcke im Wagen verstauten. Immer wieder kamen die Männer beladen zurück, bis der Planwagen unter dem Gewicht ächzte.

„Ploviant fül die Lanch", sagte Hop Sing und gab den vier Pferden das Signal zum Aufbruch.

Der Planwagen setzte sich langsam in Bewegung, gefolgt von Storm und vier weiteren Pferden. Am Ende des Trecks ritt Elsu, fröhlich pfeifend.

Plötzlich überlief Bill eine Gänsehaut, denn er hatte das ungute Gefühl, beobachtet zu werden!

84

Er wusste nicht, dass er damit Recht hatte! Vier Augenpaare beobachteten den Treck genau; und sie wussten, was sie als nächstes tun würden.

„Diesmal wird dir keiner helfen, Großmaul", flüsterte der Anführer der Bande, und sie nahmen die Verfolgung auf.

RACHE

Bill wurde es auf dem Kutschbock langweilig. Seinem Fuß ging es viel besser. Er konnte schon wieder ohne Schmerzen auftreten. Doch seine zwei Begleiter umsorgten ihn so sehr, dass es ihn nur noch nervte. Er wollte nicht wie ein Kleinkind behandelt werden. Aber er wusste auch, was passieren konnte, wenn man sich zu schnell zu viel zumutete. Also schluckte er seinen Ärger hinunter und genoss die Landschaft. Heute Morgen waren sie am Bighorn-See angekommen und würden an der Stelle übernachten, an der er Elsu kennengelernt hatte. Dann fiel ihm ein, dass er seinen indianischen Freund noch etwas fragen wollte. Eigentlich waren es zwei Fragen. Er winkte ihn zu sich.

„Was gibt's, Bill?", fragte Elsu, der nun auf seinem Pferd neben dem Planwagen ritt.

„Wieso kannst du so gut unsere Sprache sprechen?", fragte Bill.

Elsu antwortete sofort: „Mein Vater ist der Meinung, je besser man seinen Feind kennt, je besser..." Dann schloss er seinen Mund und schaute beschämt zu Boden.

„...besser kann man ihn besiegen, wolltest du sagen. Das ist verdammt schlau. Ein Weißer käme nie auf die Idee, die Sprache der Indianer zu erlernen. Wir sind einfach zu überheblich", antwortete Bill. Dabei lachte er so herzlich, dass Elsu mit lachen musste, ob er wollte oder nicht.

Hop Sing schaute die beiden an und schüttelte den Kopf. Dabei sagte er:

„Aus euch soll einel schlau welden", und lachte einfach mit.

Als sich die Drei wieder beruhigt hatten, sagte Bill:

„Elsu, sind wir nicht quitt, nachdem du mir in Miles City das Leben gerettet hast?"

„So einfach ist das nicht, Bill. Unser Ritual besagt, dass man eine vollbrachte Tat immer doppelt begleichen muss", antwortete Elsu ernst.

„Dann hab ich also noch etwas gut bei dir", erwiderte Bill.

Hop Sing ergänzte: „Foldelt das Glück nicht unnötig hellaus, Jungs."

Wenig später hatten sie den Platz erreicht und schlugen ihr Nachtlager auf.

Nachdenklich stand Elsu an der Stelle, an der er fast abgestürzt wäre.

Bill stand neben ihm, sagte aber nichts.

Wenig später sammelten sie gemeinsam Holz und trugen es zu Hop Sing, der damit das Lagerfeuer entfachte. Es war später Nachmittag - und der Bohneneintopf verbreitete einen köstlichen Geruch!

Bill schaute fasziniert auf den See, der in der Abendsonne glitzerte wie Millionen von Edelsteinen.

Plötzlich sprang Elsu auf, griff in einen Beutel unter seinem Lendenschurz und rief: „Geht in Deckung, sofort!"

Verwirrt schauten sich Hop Sing und Bill an.

Doch Elsu zischte noch einmal: „Sofort unter den Wagen."

Bill schnappte sich sein Gewehr und Hop Sing an der Schulter und zog ihn mit sich unter den Planwagen. Aus dem Augenwinkel sah er, wie Elsu Pulver ins Feuer warf. Es entwickelte sich eine dunkle Rauchfahne, über der Elsu breitbeinig stand und mit einer Decke in der Hand den Rauch verwedelte.

‚Er gibt Rauchzeichen', dachte Bill.

Dann hörte er Pferdehufe, die sich im Galopp näherten.

„Vier", rief er. Sofort fielen ihm die vier Banditen aus Miles City ein.

Das Wort „Scheiße" drang aus seiner Kehle, da ertönte schon der erste Schuss. Mit einem Satz lag Elsu neben ihm, in der Hand Pfeil und Bogen.

„Hab ich doch richtig gelegen", sagte er grimmig.

Bill schaute ihn fragend an.

„Wir werden, seit wir aus der Stadt sind, von ihnen verfolgt."

„Und warum sagst du nichts?"

„Weil ich sie seit gestern nicht mehr gesehen habe", antwortete Elsu.

Dann begann eine wilde Schießerei!

Die vier saßen hoch zu Ross zwanzig Meter vor dem Planwagen und feuerten ihre Revolvertrommeln leer.

„Miese Typen, miese Schützen", sagte Bill mehr zu sich selbst und erwiderte das Feuer. Sein erster Schuss traf die Hand des Anführers, dessen Revolver zu Boden fiel.

Elsus Pfeil bohrte sich genau vor dessen Pferd in den Boden. Der Gaul erschrak so sehr, dass er sich aufbäumte. Wie in Zeitlupe fiel der Anführer krachend zu Boden und blieb benommen liegen.

Als die anderen das sahen, trieben sie ihre Pferde zurück. Wenig später gingen sie mit ihrem Anführer hinter einem großen Felsen in Deckung und stellten das Feuer ein.

„Was soll das denn?", flüsterte Bill und erschrak, als ihm eine Kugel dicht am Ohr vorbeiflog.

„Die schießen jetzt mit ihren Gewehren, und damit wesentlich besser als mit den Revolvern", antwortete Elsu und zog sich hinter das Wagenrad zurück.

Die nächste Kugel traf das Wasserfass, hinter dem sich Hop Sing versteckt hatte.

„Wil sind vellolen", rief der Koch und versuchte, rückwärts zu kriechen. Plötzlich schrie er auf und lag jammernd neben Bill.

„Elsu, hinter uns hat sich auch einer versteckt", sagte Bill.

Elsu robbte auf die andere Seite. „Ich sehe ihn auf der Anhöhe. Von dort kann er uns nicht in den Rücken schießen, dazu muss er runterkommen", sagte Elsu.

„Mist, die werden uns umzingeln, dann haben wir keine Chance."

90

Mehrere Minuten passierte gar nichts, dann rief der Anführer:

„Ihr seid umzingelt, aber wir lassen euch am Leben. Ich will nur den, den ihr Bill nennt. Er hat uns das Geschäft versaut. Daher will ich Rache."

Wieder trat Stille ein und nur das Plätschern kleinerer Wellen vom See war zu hören.

Nach weiteren fünf zähen Minuten erklang wieder die Stimme:

„Ich zähle bis drei, dann machen wir euch den Garaus. Eins, zwei und drei."

Vier Schüsse auf einmal fielen aus jeder Himmelsrichtung.

Dann fing Hop Sing zu schreien an.

„Ja, schrei nur. Ihr hattet die Wahl, jetzt müsst ihr alle drei dran glauben", lachte der Bandit höhnisch.

„Was ist, Hop Sing?", fragte Bill.

Hop Sing antwortete: „Ich bin getloffen und … oh nein, ich blute."

Dann wurde er ohnmächtig.

Plötzlich erklang der Schrei eines Kojoten. Komischerweise fing Elsu zu grinsen an.

Bill versorgte die Wunde an Hop Sings Arm und stillte die Blutung.

Auf einmal wurde es kurz laut, sehr laut! Zuerst hörten sie überraschte Rufe, dann Indianergeschrei - und schon war es wieder still.

„Elsu", rief plötzlich jemand.

Elsu antwortete: „Howgh kola" und verließ sein Versteck.

Ein Indianer stand plötzlich vor Elsu. Die beiden unterhielten sich, dann umarmten sie sich. Schließlich halfen sie Bill dabei, den immer noch ohnmächtigen Hop Sing unter dem Wagen hervorzuholen.

Wenig später wurden vier gefesselte und geknebelte Männer von mehreren Indianern zum Planwagen gebracht und an jeweils einem Rad angebunden.

Bill schaute Elsu an, der sagte: „Rauchzeichen können hilfreich sein".

Dann zuckte er mit den Schultern und ging wieder zum Unterhäuptling der indianischen Kampftruppe.

Als Bill Hop Sings Wunde sah, musste er schmunzeln. Es handelte sich lediglich um einen Streifschuss, und Bill war klar, dass sein Freund das überleben würde. Dann kam Elsu zurück, und alle anderen Indianer waren schlagartig verschwunden.

„Bald wird der Sheriff kommen, hat roter Büffel gesagt. Sie wollten nichts mit den weißen Männern zu tun haben."

„Aber warum kommt der Sheriff?', erwiderte Bill.

Elsu zuckte nur mit den Schultern.

Als die Abenddämmerung anbrach, erwachte Hop Sing. Er schlug die Augen auf und untersuchte sofort seinen Arm. Erleichtert stellte er fest, dass ein sauberer Verband an der Stelle angebracht war, die ihn schmerzte.

Langsam erhob er sich. Er erschrak fürchterlich, als er zwei der Halunken gefesselt an den Rädern des Planwagens sah. Elsu und Bill beobachteten grinsend das Ganze vom Lagerfeuer aus. Hop Sing stand langsam auf, umrundete auf wackeligen Beinen den Wagen und kam völlig perplex zum Lagerfeuer.

„Wie habt ihl das gemacht?", stotterte er immer noch unsicher.

Ehe Bill antworten konnte, erklangen Pferdehufe. Wenig später standen der Sheriff und zwei Deputys in ihrem Lager. Die Drei staunten auch nicht schlecht, als sie die gefesselten Halunken sahen.

„Wie? … Ach, was soll's! Habt ihr gut gemacht", sagte der Sheriff.

„Wo kommen Sie denn her?", fragte Bill.

92

Der Sheriff antwortete: „Ich dachte mir, dass sie euch auflauern würden. Ich hatte nur gehofft, dass wir sie vor euch fangen. Aber das habt ihr ja jetzt erledigt."

Nachdem sich Hop Sing wieder gefangen hatte, bereitete er eine Kanne Kaffee zu, die alle dankbar annahmen. Der Sheriff wollte, solange es noch nicht stockdunkel war, zu einer Ranch in der Nähe reiten. Sie ketteten die Vier aneinander, entfernten ihnen die Knebel und machten sich auf den Weg. Morgen würden sie dann die Banditen nach Miles City zum Richter überführen.

Als der Anführer an Bill vorbeilief, spuckte er vor dessen Füße und sagte:

„Ich werde dich finden, und ich werde meine Rache bekommen."

Bill schüttelte nur den Kopf und machte sich mit seinen Freunden daran, das Lager abzuräumen.

BLUTSBRÜDER

Als der kleine Trupp außer Sichtweite war, hielt Elsu Bill an der Schulter fest und sagte: „Jetzt sind wir quitt. Ich habe meine Schuld beglichen, Freund."

„Das bedeutet, du wirst uns jetzt verlassen?", antwortete Bill traurig.

„Ich habe eine bessere Idee, mein Bruder."

„Mein Bruder?"

„Bill, ich möchte, dass wir Blutsbrüder werden. Dann kann ich für immer an deiner Seite reiten."

Bill war sprachlos und wusste gar nicht, was er sagen sollte. Dann nahm er Elsu einfach in den Arm und drückte ihn fest an sich.

„So, so Blutsblüdel wollt ihl also welden", sagte Hop Sing, der hinter ihnen stand.

Wie aus dem Nichts tauchten plötzlich wieder die Indianer auf, und ihr Anführer trat zu Elsu. Die beiden umarmten sich herzlich und redeten miteinander.

Hop Sing sah Bill wissend an und sagte: „Habe ich mil doch gedacht, dass ihl das nicht alleine geschafft habt."

„Aber du hast es zuerst geglaubt, gib es zu", antwortete Bill lachend.

Elsu unterbrach die beiden und sagte voller Freude: „Mein Bruder Tasa und meine Schwester Doli möchten das Ritual gerne vorbereiten. Dann könnten wir schon heute Nacht Blutsbrüder sein. Natürlich nur, wenn du das möchtest?"

Bill nickte, und ehe Elsu die frohe Botschaft weitergeben konnte, sagte Bill:

„Zuerst möchte ich Tasa und Doli willkommen heißen."

Überrascht nickte Elsu. Wenig später stand ein Hüne von einem Mann vor Bill auf der einen Seite und auf der anderen eine wunderhübsche Kriegerin.

„Das ist Doli, blauer Vogel. Und das Tasa, roter Büffel genannt", sagte Elsu.

Bill streckte die Hand zur Begrüßung aus. Zu seiner Überraschung nahm Tasa seine rechte und Doli seine linke Hand. Beide lächelten ihn freundlich an.

„Ich bin Bill und hocherfreut, euch kennen zu lernen", sagte er. Elsu übersetzte. Beide nickten, ließen dann Bills Hände los und machten sich daran, Befehle zu geben, um ein Lagerfeuer zu errichten.

Hop Sing half trotz seiner Verletzung mit, und bald schon erleuchtete ein riesiges Lagerfeuer die kleine Anhöhe am See.

Der Vollmond strahlte vom Himmel - und dann war es soweit!

Tasa eröffnete mit einem lauten Aufschrei das Ritual.

Bill und Elsu stellten sich neben das Lagerfeuer und blickten sich tief in die Augen. Bill wusste schon, was nun kommen würde, da ihm Elsu alles genauestens gefühlt tausendmal erklärt hatte.

Tasa, der sich das Gesicht mit roter Farbe angemalt hatte, stand auf der einen und Doli mit einem dunkelblauen Federschmuck auf der anderen Seite.

„Wicasa Iyotanyapi Wanagi", flüsterte Tasa.

Bill wusste, dass es so viel wie „seid ihr Ehrenmänner geistig bereit" bedeutete.

Elsu antwortete „ho". Bill erwiderte „hoye", für die Bereitschaft und die Zustimmung.

Doli reichte Tasa ein kunstvoll verziertes Messer. Während er melodische Worte flüsterte, schnitt er zuerst Elsu, dann kam Bill an die Reihe. Beide legten ihre blutenden Hände ineinander und drückten fest zu.

Feierlich flüsterte Elsu: „Thiblo", und Bill antwortete: „mein Bruder."

Doli reichte jedem ein feines Tuch, um sich das Blut abzuwischen. Anschließend landeten die Tücher im Lagerfeuer, und alle Indianer fingen zu heulen an. Auch Hop Sing war nicht zu halten und heulte kräftig mit. Nun war der Bund besiegelt. Die beiden Freunde waren jetzt Blutsbrüder, für immer und ewig!

Bis zum Morgen tanzten die Indianer um das Lagerfeuer. Bill hätte gerne mitgetanzt, aber seine Verletzung ließ es noch nicht zu.

Elsu tanzte ausgelassen mit Hop Sing und schien sich prächtig zu amüsieren. Lachend schaute Bill zu, bis sich eine zarte Hand auf seine Schulter legte. Er drehte sich nach hinten und schaute in die blauen Augen von Doli, die ihn anlächelte.

„Bill, Bruder meines Bruders! Die Zeremonie ist erst abgeschlossen, wenn du dir einen Schutzgeist ausgesucht hast."

Bill schaute sie fragend an.

Sie erwiderte: „Hinter jeder Naturerscheinung steckt ein Geist, und alle Geister sind mit Manitu verbunden. So besagt es unser Glaube. Also, welchen Geist wirst du wählen?"

Bill überlegte nicht lange und antwortete feierlich: „Den Geist der Pferde werde ich wählen, Schwester meines Bruders."

„Das ist eine gute Wahl", sagte Doli. „Nun benötigst du noch einen indianischen Namen."

Diesmal überlegte Bill länger. Gerade, als Doli etwas sagen wollte, stellte er ihr eine Frage: „Was heißt ‚der Freund' in eurer Sprache?"

Doli grinste und antwortete: „Du überraschst mich mit deiner Schlauheit. Der Name des Fuchses würde ebenfalls ausgezeichnet zu dir passen. ‚Amarok' wird nun dein neuer Name sein. Doch vergiss niemals, dass du diesen Namen nur unter deinesgleichen verwenden darfst. Er könnte sonst seine Magie verlieren. Verstehst du das, Amarok?"

„Hoye", antwortete Bill. Doli nahm ihn lächelnd in den Arm.

98

„Wieso kannst auch du so gut unsere Sprache sprechen?", fragte er Doli, als sie wieder neben ihm saß.

„Mein Vater meinte, dass es von Vorteil wäre", antwortete sie.

Bill fragte weiter: „Und, ist es von Vorteil?"

„Na klar, sonst könnte ich mich mit dir nicht so gut unterhalten", antwortete Doli und fügte hinzu: „Tasa sieht das leider nicht so."

„Habe ich mir schon gedacht. Er ist ein großer Krieger und wird bestimmt eines Tages Häuptling eures Stammes werden."

Doli nickte zustimmend. Plötzlich hatte sie etwas in der Hand und reichte es Bill mit den Worten: „Dies habe ich fast vergessen. Jeder von uns hat einen Medizinbeutel zum Sammeln seiner Talismane."

Bill nahm den kunstvoll bemalten Hirschfellbeutel entgegen und öffnete ihn. Dann holte er aus seiner Hosentasche Connys silberne Haarspange und legte sie feierlich hinein. Doli machte große Augen, sagte aber nichts dazu. Sie zog eine kleine blaue Feder aus ihrem Kopfschmuck und reichte sie Bill mit den Worten: „Das ist mein Talisman für dich, Amarok".

Dann stand sie auf, küsste ihn auf die Stirn und zog sich in den Hintergrund zurück.

Als sich Bill umdrehte, stand Tasa vor ihm. Bill erschrak ein wenig. Die rote Farbe seines Gesichts war durch den Schweiß vom Tanzen verwischt. Er sah eher aus, als wäre er verletzt.

Ohne Worte überreichte er Bill ein Amulett, auf dem ein Totem abgebildet war. Bill verstand, sagte „danke" und legte es in den Beutel.

Der Morgen erwachte, und das Lagerfeuer war heruntergebrannt. Bill schmerzte die Hand ein wenig, nachdem sich alle Indianer mit Handschlag und dem Nennen seines Namens verabschiedet hatten.

99

Während Hop Sing zum See lief, um Wasser zu holen, damit er das Feuer löschen konnte, setzte sich Elsu neben seinen Bruder.

„Amarok, also. Guter Name, passt zu dir. Du bist jedermanns Freund, und den Geist der Pferde hast du bestimmt Storm zu verdanken", sagte er lachend.

Bill nickte und schaute überrascht zu Elsu, der in seinen Haaren herumfingerte. Wenig später reichte er Bill einen kleinen Zopf, der mit einem goldenen Bändchen umwickelt war.

„Das ist meine erste Trophäe, die ich erlangte. Frag nicht, für was. Ich werde es dir nie verraten. Ich möchte, dass du sie als Talisman anerkennst und sie den Weg in deinen Beutel findet."

Dann stand er auf und lief zu Hop Sing, um ihn zu helfen.

Bill war sichtlich ergriffen. Dann rief er Elsu hinterher: „Danke, Bruder".

Elsu drehte sich um und lachte. Ein Lachen, das wie immer sehr ansteckend war. Bill war dankbar, unsagbar dankbar, einen Bruder wie Elsu gefunden zu haben.

Eine Stunde später machten sie sich wieder auf den Heimweg.

Bill saß auf Storm. Es war ein gutes Gefühl, ein sehr gutes Gefühl.

Nach vier Tagen erreichten sie die Ranch.

Bill freute sich, endlich Conny und Old John wiederzusehen.

RÜCKKEHR

Schon von weitem konnte man erkennen, dass irgendetwas nicht stimmte.

Bill dachte: ‚Es ist so still auf der Ranch. Das ist äußerst ungewöhnlich'.

Er legte die Stirn in Falten. Auch Elsu und Hop Sing bemerkten es, und die Freude der Heimkehr wurde durch beängstigende Ungewissheit verdrängt.

Sie passierten den Eingang der Ranch. Doch kein Cowboy war bei der Arbeit. Alle Rinder und Pferde standen friedlich auf der Weide. Hop Sing steuerte den Wagen vor den Eingang des Haupthauses und hielt an. Als Bill und Elsu von den Pferden stiegen, öffnete sich plötzlich die Tür, und Tom schaute erstaunt zu ihnen. Als er den Indianer Elsu sah, griff er instinktiv nach seinem Revolver, doch Bills Blick reichte, um die Hand wieder zurück zu nehmen. Ein kurzes „Hi" war das Einzige, was Tom zwischen seinen Zähnen hervor presste, dann verschwand er wieder im Haus. Hop Sing schaute Bill an und schüttelte ungläubig den Kopf. Bill überlegte, was er tun sollte und entschied sich, mit Elsu zu seinem Opa zu gehen. Sie führten ihre Pferde in den Stall und gingen gemeinsam zur Hütte, aus der der Duft von frisch gekochtem Kohl strömte.

Als Old John seinen Enkel sah, ließ er die Kelle fallen, rannte zu Bill und schloss ihn in seine Arme. Als sich die beiden voneinander lösten, wischte sich Old John eine Träne aus dem Augenwinkel, bevor er sich Elsu zuwandte.

„Hallo, entschuldige die Unhöflichkeit. Aber ich hörte keine guten Nachrichten über meinen Enkel und machte mir viele Sorgen. Also, ich bin Old John und du bist bestimmt Elsu, richtig?"

Elsu schaute dem alten Mann grinsend in die Augen, ignorierte die ausgestreckte Hand und schloss ihn einfach in die Arme. Lachend erwiderte Old John die herzliche Begrüßung, und wenig später saßen sie gemeinsam am Tisch und löffelten die Suppe. Gerade, als Bill nach gefühlten eintausend Aufforderungen anfangen wollte, endlich zu erzählen, klopfte es an der Tür.

Conny betrat den Raum, ging direkt auf Bill zu und umarmte ihn herzlich. Dann bekam Elsu einen freundschaftlichen Handschlag und Old John ein Nicken, ehe sie sich zu ihnen setzte.

Old John bot ihr einen Teller Suppe an, was sie dankend ablehnte.

‚Sie sieht nicht gut aus, so voller Sorgen‘, dachte Bill und wollte sie gleich danach fragen. Aber sie hob ihre Hand und sagte: „Zuerst möchte ich wissen, warum ihr für den Rückweg so lange gebraucht habt."

Bill verdrängte seine Frage und erzählte, was ihnen widerfahren war. Immer wieder musste er in ungläubige Gesichter blicken, doch keiner traute sich, ihn zu unterbrechen.

„Wow", war das einzige Wort, das Conny herausbrachte.

Old John räusperte sich und beglückwünschte die beiden Jungs zu ihrer Blutsbrüderschaft.

In der folgenden Stille fasste Bill all seinen Mut zusammen und fragte, an Conny gewandt: „Was ist los, was bedrückt dich, Conny?"

Das Schweigen dauerte lange, dann wechselten Conny und Old John einen Blick, und Old John begann zu erzählen: „Du hast doch bestimmt den Steckbrief der Reno-Bande gesehen?"

Bill nickte, und Conny erzählte weiter: „Die vier Brüder, zwei Freunde und der Revolverheld Butch sind vor fünf Tagen in Cody eingeritten. Der Boss der Bande, John Reno, hat den Sheriff in sein Gefängnis gesteckt und die Herrschaft über Cody an sich gerissen. Alle Bandenmitglieder benehmen sich natürlich überhaupt nicht, und es gibt ständig Schlägereien und auch Schießereien. Die Frauen der Stadt werden ständig belästigt, und ein Saloon ist auch schon bis auf die Grundmauern abgebrannt. Aber das reicht den Banditen noch nicht. Sie haben alle Rancher aufgefordert, ihr Vieh an die Banditen zu übergeben. Wer dem Befehl nicht folgt, bekommt es mit dem Revolverheld Butch zu tun. Gestern haben sie unseren Nachbar, der sich weigerte, an ein Pferd gebunden und ihn durch die Hauptstraße der Stadt geschleift, als Abschreckung."

„Oh Mann! Wirklich, den armen alten Nat? Wie geht es ihm?", rief Bill aufgebracht und wütend zu gleich.

Conny antwortete: „Er hat Schürfwunden und mehrere blaue Flecken, aber er hat es überlebt. Seine Rinder wurden ihm abgenommen, und dieser John hat ihn zum Sheriff ins Gefängnis gesteckt."

Bill wurde immer wütender. Plötzlich flog die Tür auf und Andy betrat den Raum. Nach Atem ringend schaute er Bill verblüfft an, dann stammelte er: „Sie haben Kajika zu dritt zusammengeschlagen. Er konnte noch flüchten, bevor sie ihm noch etwas Schlimmeres antun konnten. Und Frank Sparks, der Stellvertreter von John Reno, ist auf dem Weg hierher. Der Marshall aus Cheyenne ist auf dem Weg nach Cody und soll heute Nachmittag eintreffen. Bill, ich wusste nicht, dass du schon da bist – entschuldige."

Dann fielen sich die beiden in die Arme. Bill beruhigte ihn, dann hörten sie plötzlich ein lautes Rufen.

Vor der Treppe zum Haupthaus saß ein furchteinflößender Mann auf seinem Pferd. Links und rechts neben ihm saßen zwei Jungs in Bills Alter.

„Mister Douglas, ich möchte mit ihnen reden", rief der Ungehobelte.

Zögerlich öffnete sich die Tür.

Sie beobachteten die Szene sprachlos aus dem Fenster von Old Johns Hütte.

„Ah schön, dass Sie für uns Zeit haben, Mister Douglas. Wir möchten Sie bitten, morgen früh Ihre Rinder in die Stadt zu treiben, damit wir ihnen ein neues Brandzeichen setzen können. Ich hoffe doch, Sie sind damit einverstanden?"

„Was habe ich für ein Wahl?", fragte Connys Vater.

Frank antwortete laut und bösartig lachend: „Na ja, wenn nicht, brennen wir die Farm nieder und holen uns die Rinder mit Gewalt."

104

Mister Douglas bemühte sich, nicht vor Angst zu zittern und antwortete:

„Wir werden sie morgen früh nach Cody bringen."

Frank tippte mit seinem Zeigefinger an den Hut und erwiderte:

„Sie sind ein vernünftiger Mann! Dann bis Morgen."

Langsam ritten die Drei davon, und Connys Vater musste sich hinsetzen. Jetzt war Conny nicht mehr zu halten. Sie sprintete zu ihrem Vater, der weinend auf der Veranda saß. Bill und die anderen versammelten sich vor der Treppe und warteten, wie es weitergehen sollte. Mister Douglas raffte sich auf und sagte:

„Wer hilft mir, die Rinder morgen zur Stadt zu bringen?"

Keiner meldete sich! Dann räusperte sich Bill: „Glaubt Ihr wirklich, die sind mit den Rindern zufrieden? Sie werden wiederkommen und das Geld verlangen, genauso wie sie danach die Pferde haben wollen. Und zum Schluss wird die Ranch sowieso abgebrannt, bevor sie weiterziehen."

„Und was willst du tun? Nach Cody reiten und sie alle umbringen?", rief Tom. Roy fügte hinzu: „John Reno, Simeon Reno, William Reno, Frank Reno, Charlie Anderson, Frank Sparks und der berüchtigte Revolverheld Butch Cassidy. Gegen die willst du es aufnehmen? Bill, der Nobody, der sich selbst in den Fuß schoss."

Stille! Keiner traute sich etwas zu sagen. Alle Augen waren auf Bill gerichtet.

Bill zog seinen Hut ab und sagte: „Ist das das einzige Argument, das du zu bieten hast, Roy? Hier geht es um mehr, um viel mehr. Alles, was unser Boss aufgebaut hat, wird den Bach hinuntergehen. Ihr, wir alle, werden nie mehr so leben können wie vorher. Alles war dann für umsonst, alles woran ihr geglaubt habt, wofür ihr hart gearbeitet habt. Wollt ihr das alles einfach so hinnehmen?"

Keiner sagte etwas!

Plötzlich rief Tom: „Du bist ja verrückt", schwang sich auf sein Pferd und ritt mit Roy kopfschüttelnd einfach davon.

Bill sah in die Augen jedes Einzelnen.

Dann sagte er voller Überzeugung: „Ich jedenfalls werde es nicht hinnehmen."

Eine halbe Stunde später machte sich Bill auf den Weg nach Cody. An seiner Seite ritt Elsu, mit erhobenem Haupt. Bill wollte ihm ausreden, mitzukommen. Doch Elsu würde seinen Bruder niemals alleine reiten lassen.

Plötzlich folgten den beiden Old John und Andy.

Hop Sing, auf einem Pferd, gesellte sich auch zu ihnen, und zu guter Letzt reihte sich Conny mit ein.

Mit gemischten Gefühlen ritten sie auf Cody zu.

RENO-BANDE

Als die Stadt in Sichtweite kam, hielt Bill an. Dann stiegen alle von ihren Pferden und stellten sich um Bill herum.

„Wir brauchen einen Plan", sagte er. Seine Mitstreiter nickten.

Es dauerte fast eine Stunde, dann stand ihr Plan fest. Bill entfernte sich und zog sich hinter einen Busch zurück. Selbstzweifel quälten ihn plötzlich und er fragte sich, ob er wirklich verrückt sein. Plötzlich hielt er seinen Medizinbeutel in der Hand. Er hatte gar nicht gemerkt, dass er ihn aus seiner Hosentasche geholt hatte. Vorsichtig öffnete er ihn und griff mit der Hand hinein.

Conny, die zu ihm gehen wollte, wurde von Elsu aufgehalten.

„Was macht er denn?", fragte sie.

Elsu antwortete mit ernster Miene: „Mein Bruder wird seine Talismane bitten, ihm zu helfen, so wie ich es unterwegs auch getan habe."

Conny schaute ihn etwas fassungslos an, dann sagte sie: „Hoffen wir, dass es hilft", und lief zu ihrem Pferd.

Bill starrte Tasas Amulett an. Das Totem blickte ihn stumm an. Plötzlich spürte er etwas! Ein Kribbeln durchdrang seinen Körper. Es verstärkte sich, als er das Amulett gegen die blaue Feder austauschte. Elsus Haarzopf verstärkte das Gefühl nochmals. Dann nahm er Connys Haarspange in die Hand und drückte sie, so fest er konnte. Etwas machte sich in ihm breit, und dann erkannte er, was dieses Etwas war: Es war die Zuversicht, die immer stärker wurde! Der Mut und der Wille wuchsen ebenfalls, doch am Stärksten war die Zuversicht. Bill atmete tief durch, steckte die Spange zurück in den Beutel und ging zu Storm. Mit einem Satz sprang er auf den Rücken seines Pferdes. Dann drehte er sich um und rief mit voller Begeisterung: „Los geht's, Freunde!"

Conny konnte das Funkeln in Bills Augen sehen und schaute Elsu an, der nur nickte und sein Pferd anspornte. Getrennt voneinander ritten sie zur Stadt.

108

James Averill, der Trail-Boss, stand am Tresen im Saloon und nippte an seinem Whisky, als sich die Pendeltür öffnete. Ein leicht betrunkener junger Mann betrat den Saloon und steuerte auf den Tresen zu. Direkt neben James kam er zum Stehen und griff nach dem Glas, welches der Barkeeper ihm reichte. In einem Zug leerte er es und drehte sich zu James herum. Belustigt starrte er auf den ungewöhnlichen Hut, den der Trail-Boss trug, und sagte lachend:

„Was bist denn du für ein Clown, mit einem so dämlichen Hut?"

Ehe James etwas erwidern konnte, schnappte sich sein Gegenüber den Hut und warf ihn in eine Ecke. Herausfordernd schaute er ihm in die Augen. Doch der Trail-Boss wusste, wen er vor sich hatte. Es war der Jüngste der Reno-Bande, Frank Reno, gerade mal sechzehn Jahre alt und ein richtiges Großmaul. James wollte seinen Ärger herunterschlucken. Doch ehe er sich versah, schnappte sich Frank sein Glas und schüttete den Whisky direkt in James' Gesicht. Der Trail- Boss kochte innerlich vor Wut. Doch er blieb ruhig und wusch sich mit dem Handrücken die Flüssigkeit aus den Augen. Frank stand vor ihm, mit der Hand am Revolver. Bereit, sofort zu schießen! Doch der Trail-Boss ließ sich nicht provozieren und bestellte mit einer Geste beim Barkeeper ein neues Glas. Im Saloon redete keiner mehr, alle Augen blickten zu den beiden Männern. Mit zittrigen Fingern stellte der Barkeeper das Glas auf den Tresen. James griff danach und trank es in einem Zug leer. Jeder hatte damit gerechnet, dass er den Inhalt auf Frank Reno schütten würde. Doch so leicht ließ sich der Trail-Boss nicht auf eine Schießerei ein, bei der er wusste, dass er sowieso nicht gewinnen konnte.

Frank, überrascht von der Geste, fing zu lachen an und schlug James auf die Schulter: „Du gefällst mir. So ein cooler Cowboy!"

Aber dann boxte er ihm einfach in den Bauch, so dass James die Luft wegblieb.

„So, und jetzt erzähle ich dir von unserem letzten Zugüberfall", flüsterte Frank bösartig.

Ein Schuss erklang in der Stille, und auf einmal betrat der Rest der Reno-Bande den Saloon.

„Frank, lass den Feigling in Ruhe, bevor er sich noch in die Hosen macht", rief John Reno, und Frank lief wankend zu seinen Brüdern.

Alle sieben Mitglieder setzten sich an einen großen Tisch. Der Barkeeper stellte wortlos mehrere Flaschen darauf. Als er sich umdrehte, stellte ihm Frank ein Bein und der arme Mann flog auf den Boden. Beschämt stand er wieder auf und hörte das höhnische Lachen der Bande hinter seinem Rücken.

James hatte genug und verließ unbehelligt den Saloon. Auf der Veranda vor dem Saloon sog er zuerst frische Luft in seine Lungen, dann stutzte er!

‚Habe ich eben richtig gesehen?', dachte er und schärfte seinen Blick. Wieder ließ er seinen Blick schweifen und zählte leise. Als er bei vier angekommen war, schaute er sich nochmals um, doch es wurden nicht mehr!

‚Conny, Hop Sing, Andy und den alten Mann habe ich erkannt. Wo könnten die anderen sein? Und wo ist Bill?', dachte er. ‚Er wird doch keine Dummheiten machen', überlegte er und verschwand unauffällig im Hintergrund.

Wenig später kam ein Reiter auf den Saloon zu und blieb vor den Stufen der Veranda stehen. Jeder konnte den Stern an seiner Brust sehen. Und jeder wusste, dass jetzt gleich Ärger in der Luft lag. Die wenigen Leute auf der Straße machten sich aus dem Staub oder gingen neugierig in Deckung.

„John Reno, ich werde Sie verhaften! Und den Rest der Bande gleich mit", sagte der Marschall mit zittriger Stimme.

‚Furchteinflößend war das nicht gerade', dachte James.

110

Er wartete, was nun als Nächstes passieren würde.

Die Pendeltür schwang auf und ein Bandit nach dem anderen positionierte sich auf der Veranda. John Reno, der in der Mitte stand, trat einen Schritt vor und fragte: „Wer ist so verrückt und will mich verhaften?"

„Wyatt Herb, Bundesmarshall", antwortete der stattliche Mann auf dem Pferd.

„Und wo ist deine Verstärkung? Oder willst du es mit uns alleine aufnehmen"?, erwiderte John Reno grinsend. Alle lachten laut.

„Verstärkung ist unterwegs, doch ich appelliere an eure Vernunft", rief der Marshall über das Lachen hinweg.

Schlagartig wurde es still. Plötzlich, wie aus dem Nichts, stand Bill neben dem Marshall und sagte ruhig: „Ich würde auf den Marshall hören".

Dem Trail-Boss fielen fast die Augen aus dem Kopf! Er dachte:

‚Scheiße, nein Bill! Das schaffst du nicht, auch nicht mit deinen Freunden'.

John Reno zog eine Zigarre aus seinem Jackett und zündete sie sich genüsslich an. Nach zwei Zügen drehte er sich zu seinem Revolverhelden um und sagte: „Butch, würdest du dem Rotzlöffel zeigen, was passiert, wenn man sich mit der Reno-Bande anlegt."

Grinsend zog Butch seinen Ledermantel aus und lief über die Veranda auf Bill zu. Dabei sagte er voller Verachtung: „Okay, Kleiner! Du willst also ein Duell? Das kannst du haben!"

Butch stellte sich direkt vor Bill. Beide blickten sich tief in die Augen. Dann drehte sich der Revolvermann um und lief zehn Schritte zur Straßenmitte. Ohne weitere Worte stellte sich Bill ihm gegenüber. Beide ließen ihre Arme locker über ihren Waffen baumeln.

Der Wind blies ihnen um die Ohren und erzeugte das einzige Geräusch.

Alle hielten den Atem an!

Selbst John Reno zog nicht mehr an seiner Zigarre, sondern hielt sie sich vor den Mund.

Mit Genugtuung sah Bill, wie sich auf der Stirn von Butch ein Schweißfilm bildete. Bill konzentrierte sich und dachte daran, was ihm Old John immer wieder erklärt hatte. Nicht die Geschwindigkeit ist wichtig, sondern die Treffsicherheit. Leise flüsterte er:

„Ich ziele nicht mit der Hand, ich ziele mit dem Auge.

Ich schieße nicht mit der Hand, ich schieße mit dem Verstand."

Plötzlich bemerkte Bill, dass Butchs Augenbrauen leicht zuckten - und dann ging alles blitzschnell!

Fast gleichzeitig lösten sich zwei Schüsse, doch Butch war schneller. Wenige Millimeter an Bills Kopf zischte Butchs Kugel vorbei, aber Bills Kugel traf den Revolver von Butch. Fassungslos musste der Revolverheld mit ansehen, wie seine Waffe auf den Boden fiel. Bill schoss ein weiteres Mal und Butchs Gürtel zerriss. Fassungslos sahen alle mit an, wie seine Hose langsam zu Boden rutschte. Doch Bill hatte noch nicht genug! Ein weiterer Schuss aus der Drehung zerfetzte die Zigarre von John Reno, der wie gelähmt auf Bill starrte.

Langsam schlich sich der Trail-Boss an der Wand entlang, bis er genau hinter John Reno stand. Dann zog er leise seinen Revolver.

Auf einmal zogen alle Banditen gleichzeitig ihre Waffen und zielten auf Bill. Im gleichen Moment erhoben sich mehrere Personen aus ihren Verstecken und zielten mit ihren Waffen auf die Reno-Bande. Auch der Marshall zielte mit seiner Winchester auf John Reno.

Keiner sagte ein Wort und keiner feuerte!

112

„Ich würde keine Dummheiten machen", flüsterte der Trail-Boss John Reno ins Ohr und drückte seinen Revolver fest zwischen dessen Schulterblätter.

„Scheiße, Bruder! Wir werden vor dem Haufen nicht kuschen", rief der Jüngste der Reno-Bande aufgebracht und wollte mit seinem Revolver auf Bill feuern. Doch plötzlich surrte ein Pfeil durch die Luft und blieb in seiner Hand stecken. Frank Reno ließ die Waffe fallen und begann zu jammern wie ein kleines Kind.

„Lasst die Waffen fallen", sagte der Marshall, und die Reno-Bande gehorchte! Der Marshall, Bill, Old John, Conny, Andy, Elsu und der Trail-Boss atmeten erleichtert auf. Elsu und Andy sammelten die Waffen auf, da erklang plötzlich ein Horn.

„Die Verstärkung", rief der Marshall.

Ein Trupp der Kavallerie mit einem Gefängniswagen kam um die Ecke und blieb vor der Menschenmenge stehen. Erstaunt hob der Leutnant seine Augenbrauen und schaute den Marshall fragend an.

Der antwortete: „Ihr kommt genau richtig, Leutnant! Würdet ihr uns helfen, die Bande in den Gefängniswagen zu sperren?"

„Das wird eng für das Lumpenpack. Doch sagt, wie habt ihr die Bande dingfest gemacht?", fragte der Leutnant.

„Mit der Hilfe der mutigen jungen Truppe dort", erwiderte der Marshall und zeigte auf Bill, neben dem Elsu, Andy und Conny standen.

Der Leutnant nickte anerkennend und sagte: „Auf die Belohnung müsst ihr noch warten, lange warten". Dann gab er seinen Leuten den Befehl. Zehn Minuten später saßen die Banditen zusammengepfercht im Gefängniswagen.

Auf einmal war in Cody der Teufel los. Alle Menschen der Stadt versammelten sich vor dem Saloon und ließen den furchtlosen Bill und seine Freunde hochleben. Immer wieder hörte Bill die Worte

„furchtlos", „mutig", „wie ein Fels", „tapfer", aus den Gesprächen der Menge, und ihm war gar nicht wohl in seiner Heldenrolle. Plötzlich ergriff jemand seine Hand und zog ihn aus der Menschentraube. Erst als er um die Ecke bog, schaute er, wer ihn befreit hatte. Erstaunt sah er Conny, die ihn in die Arme nahm und fest drückte. Dabei sagte sie immer wieder: „Danke Bill, danke für alles". Dann küsste sie ihn auf die Wange und zeigte auf die Pferde, die bereitstanden.

Er verstand. Beide liefen zu den Pferden und ritten zurück zur Ranch. Bill würde sich die Wange nie wieder waschen und war in diesem Moment der glücklichste Mensch auf der Welt. Am Tor der Ranch angekommen, ritt Conny vor, um ihrem Vater die frohe Botschaft zu verkünden.

„Bis später, Bill", rief sie noch, dann war sie verschwunden.

Bill trauerte dem magischen Moment hinterher, den er mit Conny hatte.

Plötzlich stellte sich ihm ein Reiter in den Weg und er musste abbremsen. Als er Chris erkannte, war er mehr als verwirrt. Feindselig, mit eisigem Blick, stierte der auf Bill und spuckte die Worte wie Giftpfeile in seine Richtung:

„Diesmal hast du Glück gehabt. Doch das Glück wird dir nicht immer hold sein, Nobody."

„Ich habe vor dir alleine keine Angst, wenn du das meinst", erwiderte Bill.

„Oh, du wirst dich wundern, wer noch hinter mir steht", rief Chris.

Ehe Bill etwas erwidern konnte, drückte Chris seinem Pferd die Sporen so fest in die Flanken, dass das Tier vor Schmerzen aufheulte, und verschwand.

,Was war das denn?', dachte Bill.

114

Ein leichtes Drücken machte sich in seinem Magen breit. Er fühlte förmlich, dass er Chris wiedersehen würde. Und es würde kein freundliches Wiedersehen sein, dessen war er sich sicher.

Noch in Gedanken, erreichte er die Ranch. Connys Pferd stand vor der Veranda der Ranch, und Bill musste lächeln, als er an Conny dachte.

„Hey weißer Mann, hier ist noch ein Platz frei", rief Elsu und winkte ihm von Old Johns' Blockhausterrasse zu. Bill lief zu Elsu, setzte sich schweigend neben seinen Bruder und wartete auf die Rückkehr der anderen.

Am späten Abend trudelten sie einer nach dem anderen ein.

„Verdammt Junge, ich bin so stolz auf dich", sagte Old John mit einer Träne im Auge.

„Ich weiß. Danke, dass du immer an mich geglaubt hast, Opa", erwiderte Bill.

„Kennst du schon deinen neuen Namen?", fragte Andy lachend.

Hop Sing fuhr fort: „Wild-Bill nennen sie dich."

Bill war das peinlich. Wieder rettete Conny ihn aus der unangenehmen Situation.

„Wir haben ein Fest für euch alle vorbereitet. Kommt, lasst uns feiern", sagte sie überschwänglich, und alle folgten ihr ins Haupthaus.

„Ist das langweilig! Kein Tanzen, nur essen und Geschwätz", nörgelte Elsu.

Kajika antwortete: „Daran wirst du dich gewöhnen müssen, Blutsbruder, denn Hop Sing ist jetzt fest angestellter Koch der Ranch."

Beide lachten und Bill gesellte sich zu ihnen. Mit ernster Miene sagte er:

„Connys Vater hat mich zum Vormann ernannt."

115

„Das ist doch toll, herzlichen Glückwunsch", entgegnete Elsu.

„Ich habe dann gleich die ersten Befehle erteilt, und einer davon betrifft euch beide", antwortete Bill in ruhigem Ton.

Er schaute in zwei fragende Gesichter und wollte sie noch ein wenig auf die Folter spannen. Doch dann hatte er Mitleid und sagte lachend:

„Ihr beide seid ab sofort für die Pferde der Ranch verantwortlich. Old John wird euch, soweit er kann, zur Hand gehen."

Elsu lachte und sagte: „Wenn ich aber nicht für den weißen Mann arbeiten will?"

„Dann kommst du an den Marterpfahl."

„Sowas habt ihr doch gar nicht".

„Dann wirst du am Kuhfänger des eisernen Pferdes festgebunden."

Die beiden kugelten sich vor Lachen.

Old John, der gerade zu ihnen wollte, steckte den Brief wieder ein, den er Bill geben wollte.

Sie feierten ausgelassen die ganze Nacht. Immer wieder ließen sie Wild-Bill hochleben.

Bill fügte sich in die Rolle des Helden und schlief irgendwann in Connys Schaukelstuhl auf der Veranda des Ranchers ein.

Mit dröhnendem Kopf wachte er auf, als die Sonne sich langsam über dem Horizont erhob. Sie schien blutrot heute Morgen und kündigte das baldige Ende des Sommers an. Eine Ladung Wasser aus dem Brunnen erweckte die Lebensgeister in ihm, doch ein komisches Gefühl blieb zurück.

Er lief zur Hütte seines Opas und trat ein. Wie immer war Old John schon auf den Beinen, und Kaffeeduft erfüllte den Raum.

Dann sah er ihn! Er lag auf dem Tisch, leicht zerknittert, doch die Schrift war sehr gut zu lesen. Sein Name stand darauf. Er schaute Old John fragend an.

„Vor zwei Tagen kam die Postkutsche an. Andy hat den Brief mitgebracht", sagte Old John.

Mit zittrigen Fingern ergriff Bill den Brief und öffnete ihn.

POST

Beim Öffnen des Umschlages hätte er das dünne Papier des Briefes beinahe zerrissen. Mit immer größeren Augen überflog er die Zeilen. Nachdem er ihn dreimal gelesen hatte, ließ er sich auf den Stuhl sinken und reichte ihn Old John. Schweigend griff er zum Becher und leerte den heißen Kaffee in einem Zug. Mit starrer Miene blickte er zu Boden und registrierte nicht, dass sich die Tür öffnete. Elsu betrat den Raum.

Feinfühlig, wie es Elsus Art war, erkannte er sofort, dass etwas nicht stimmte. Er schluckte seinen Witz, den er auf den Lippen hatte, herunter und setzte sich Bill wortlos gegenüber.

Old John nahm das Stück Papier entgegen und las laut vor:

„Hallo geliebter Sohn,

leider muss ich dir schlechte Nachrichten übermitteln. Das Leben in einer Goldgräberstadt tut deiner Mutter nicht gut. Der Staub aus den Minen hat sie krank gemacht. Ich arbeite dort bei einer größeren Minencompany in Bodie und versuche, so viele Dollars wie möglich zur Seite zu legen. Sobald wir das Geld zusammen haben, wollen wir mit einem Treck nach Westen an die Küste ziehen. Die Meeresluft wird deiner Mutter besser bekommen. Dort werden wir ein Krankenhaus suchen, welches deiner Mutter helfen kann. Am Meer soll es solche speziellen Krankenhäuser geben. Das sagt jedenfalls der Minenbesitzer. Wir glauben ihm.

Sobald wir dort sind, werden wir dir wieder einen Brief schreiben.

Liebe Grüße von deiner Mutter, und mach dir keine Sorgen, mein Sohn."

Kit Carson, 12. Mai 1861

„Das war schon vor über einem Jahr", flüsterte Elsu.

„Ich weiß. Vielleicht lebt Mutter schon nicht mehr", entgegnete Bill.

120

„Jetzt aber mal langsam. Vielleicht, vielleicht auch nicht. Deine Mutter ist ein zähes Mädchen gewesen und hat in ihrer Kindheit jeder Krankheit getrotzt.

Dein Vater mag zwar nicht geschickt mit Pferden oder Rindern umgehen können, doch er ist ein schlauer Mann. Ich wette, die beiden haben es bis zu ihrem Ziel geschafft", sagte Old John und versuchte, so zuversichtlich wie möglich dabei zu klingen.

„Warum ist dann kein Brief mehr gekommen?", fragte Bill.

Andy, der mittlerweile in der Stube stand, antwortete:

„Bill, du weißt genau, wie gefährlich es für Pony-Express-Reiter ist. Und wie oft werden Postkutschen überfallen oder die Ladung geht einfach verloren. Vielleicht wirst du es nie erfahren."

Beim letzten Satz verzog Old John sein Gesicht, als hätte er Schmerzen.

Bill atmete aus, stand auf, lief aus der Hütte und sagte beim Hinausgehen:

„Ich möchte jetzt alleine sein."

Bill lief zum Stall, sattelte Storm und ritt ziellos über die Weide. Erst als es dunkel wurde, hielt er an und setzte sich auf eine Lichtung. Es war kühl hier oben auf der Anhöhe. Er war froh, die Decke mitgenommen zu haben. Er legte sich die wärmespendende Decke um die Schultern und öffnete seinen Medizinbeutel. Behutsam legte er alle Gegenstände vor sich auf den Boden.

Die Patrone von Butch, die ihn nicht getroffen hatte, fand durch Andys Hilfe in den Beutel.

Bill hob die im Mondlicht glitzernde Patrone hoch und flüsterte: „Du hast mir Glück gebracht. Doch Entscheidungen zu treffen, ist nicht so dein Ding, oder?"

Dabei musste er selbst schmunzeln und legte die Patrone zurück.

Elsus Haarzopf wanderte durch seine Finger. Doch auch dieser Glücksbringer gab ihm keine Antwort, und er griff nach der Feder.

Er kitzelte damit seine Nase. Doch außer einem lauten Nießen verriet sie ihm nicht die Lösung. Enttäuscht starrte er auf das Amulett.

Die Augen des Totems schienen ihn eher fragend anzublicken.

So griff er zum letzten Gegenstand.

Er hob Connys Haarspange hoch gegen das Mondlicht und stellte sich Connys Haare darin vor.

Plötzlich sagte eine Stimme: „Da ist also meine Haarspange, du Dieb!"

„Elsu, ich wollte alleine sein", antwortete Bill sauer und steckte vorsichtig alle Glücksbringer zurück in seinen Beutel.

Elsu trat hinter dem Baum hervor und setzte sich Bill gegenüber.

Mit ernstem Gesichtsausdruck schaute er Bill tief in die Augen und sagte:

„Hör mir zu, mein Bruder! Jedes Teil in deinem Beutel kann dich beschützen. Doch Entscheidungen können sie dir nicht abnehmen. Bei uns Indianern hat alles einen Geist, und auch in dir ist ein Geist vorhanden, nämlich dein persönlicher Geist. Dein Kopf sagt dir dies, dein Herz sagt dir das. Doch nur dein Geist kann dir helfen, auf dein Herz oder auf deinen Verstand zu hören. Gehe in dich, mein Bruder. Erforsche deinen Geist und ich verspreche dir, Manitu wird dir helfen, deinen Weg zu finden - und es wird der Richtige sein!"

Dann stand er einfach auf und ließ den sprachlosen Bill alleine zurück.

Auf der Ranch hatte sich der Inhalt des Briefes schnell herumgesprochen.

Alle waren gespannt, was Bill tun würde. Sich mit dem Schicksal abfinden oder nachsehen, was wirklich passiert war.

122

Einige wussten bereits die Antwort, noch bevor Bill wusste, was er machen würde.

Am Morgen des zweiten Tages ritt Bill zurück auf die Ranch. Wortlos betrat er Old John's Hütte und begann zu packen. Sein Opa hatte sich schon gedacht, dass sein Enkel auf die Reise gehen würde und ein Proviantpaket vorbereitet.

Er überreichte ihm seine Winchester, eine Karte und einen Lederbeutel voller Münzen.

„Old John, das musst du nicht. Mein Erspartes wird reichen, um nach Bodie zu kommen."

Doch jeder Widerspruch wurde im Keim erstickt. Dankbar nahm Bill alles an sich und trat auf die Veranda.

Elsu und Conny saßen auf ihren Pferden und warteten auf ihn.

„Tausend Meilen! Also ungefähr zwanzig Tage. Ich hoffe, du hast genug eingepackt", sagte Elsu mit seinem ansteckenden Lächeln.

„Du hast mir mit meiner Familie geholfen. Jetzt helfe ich dir bei deiner Familie", sagte Conny.

Bill hatte gelernt, ihr nicht zu widersprechen, da es sinnlos sein würde. Also freute er sich, dass ihn seine Freunde begleiten wollten. Jeder hatte ein Ersatzpferd dabei, auf dem Proviant und Decken verstaut waren.

Wehmütig schauten Kajika, Andy, der Rancher, Hop Sing und Old John den Reisenden hinterher. Old John wünschte seinem Enkel viel Glück und hoffte, ihn wieder zu sehen. Die Drei drehten sich noch einmal um und winkten zum Abschied.

Irgendwann verschmolzen ihre Silhouetten mit dem Horizont, und ihre aufregende Reise begann.

AUFBRUCH

Sie ritten schweigend Richtung Westen durch Wälder und Wiesen. Elsu bestimmte zur Abenddämmerung ihren ersten Rastplatz. Nicht nur er war froh,

endlich vom Pferd absteigen zu können. Als erstes schaute er in seinem Gepäck nach, das ihm Kajika zur Verfügung gestellt hatte.

Erleichtert atmete er auf, als er im Lederbeutel den Hirschtalg erblickte.

‚Den werden wir noch brauchen, bei dem langen Ritt', dachte er.

Dann versorgte er die Pferde. Conny und Bill sammelten Holz und entfachten ein Feuer, auf dem wenig später weiße Bohnen in einem Topf kochten. Das Dörrfleisch wollten sie sich für später aufheben. Widerwillig begann Elsu, einige Bohnen zu löffeln - und verzog das Gesicht.

Zum ersten Mal, seit sie die Ranch verlassen hatten, lächelte Bill und sagte:

„Na Rothaut, schmeckt es?"

„Der weiße Mann kann nicht kochen. Ab Morgen werde ich das Abendmahl zubereiten, hugh.

Conny musste lachen und erwiderte: „Ich habe nichts dagegen."

Endlich taute Bill auf und verdrängte seine Gedanken.

Sie unterhielten sich noch lange, bis die Sterne am Himmel funkelten.

Bill schaute in den Himmel, als ob er etwas Bestimmtes suchen würde.

„Bill, bist du noch wach?", fragte Conny plötzlich.

Bill antwortete: „ja."

„Was denkst du, werden deine Eltern noch in Bodie sein?"

„Ich hoffe, sie haben es bis zum Hospital geschafft und sind nicht auf einen Quacksalber hereingefallen."

126

„Ich wünsche mir, dass sie es geschafft haben und es deiner Mutter besser geht."

„Danke Conny! Ich bin froh, dass du bei uns bist."

„Ich auch Bill! Doch nun lass uns schlafen, wir haben noch einige Tage vor uns."

Am nächsten Morgen weckte Elsu die beiden mit seiner unnachahmlichen Freundlichkeit und reichte jedem einen Fladen.

Bill roch zuerst daran, dann biss er herzhaft zu.

„Das schmeckt ja köstlich", rief Conny.

Bill antwortete: „Ist ja auch Pone, indianisches Maisbrot."

Bill sah den verdutzten Elsu an und sagte: „Schon vergessen, dass Kajika bei meinem Opa wohnt?"

Nachdem jeder einen Becher Kaffee, von Bill zubereitet, getrunken hatte, packten sie ihre Sachen. Elsu löschte das Feuer, und Tag zwei ihrer Reise begann.

Dann folgte Tag drei und vier.

Elsu bereitete das Abendessen, Conny das Frühstück. Nur den Kaffee, den bereitete Bill zu. Wie selbstverständlich teilten sie auch alle anderen Arbeiten auf. So vergingen zwei weitere Tage.

Mittlerweile mussten sie das Nachtlager früher aufbauen, damit Elsu noch Zeit zum Jagen hatte. Jedes Mal, wenn er mit einem Kleintier als Beute zurückkam, sagte er grinsend: „Der Bison war zu schwer zum Herbringen".

Und immer wieder grinsten Bill und Conny.

Nachdem sie das gegrillte Fleisch gegessen hatten, begab sich Bill an den kleinen Bach in der Nähe, um das Geschirr abzuspülen. Elsu begleitete ihn und buddelte ein Loch in die Erde, um die Reste zu vergraben. Die Kojoten sollten erst morgen angelockt werden, heute Nacht wollten sie ihre Ruhe haben. Es war ein etwas unheimlicher Ort, denn direkt hinter dem Bach befand sich ein düsterer Wald, den sie schon seit zwei Tagen umritten. Plötzlich erklang ein Stöhnen! Die beiden Blutsbrüder schauten sich überrascht an. Sie lauschten! Wieder hörten sie ein Stöhnen, dieses Mal etwas lauter. Bill bekam eine Gänsehaut, während Elsu neugierig den Bach überqueren wollte. Bill hielt ihn zurück und wisperte: „Nicht ohne Waffen! Und Conny können wir auch nicht alleine zurücklassen. Vielleicht ist es ja eine Falle."

Elsu nickte. Wenig später betraten sie zu dritt - und bewaffnet - den Wald.

Elsu übernahm die Führung und kämpfte sich durch das Gestrüpp, was in der mittlerweile herrschenden Dunkelheit nicht einfach war.

Das Stöhnen wurde lauter, und plötzlich rief eine brüchige Stimme:

„Bleib stehen, Rothaut, oder ich hole mir deinen Skalp!"

Elsu ging blitzartig in Deckung. Doch nichts passierte.

„Hallo, wir wollen Euch nichts tun. Wir haben Euer Stöhnen gehört und wollen nur helfen", rief Bill.

„Wer bist du?", wisperte die Stimme.

Bill antwortete: „Bill, Bill Carson aus Cody. Und wer seid Ihr?"

Es kam keine Antwort mehr, und Bill befürchtete das Schlimmste. Mutig stand er auf, gab Conny und Elsu zu verstehen, dass sie in ihrem Versteck bleiben sollten und betrat eine kleine Lichtung. Durch den Mondschein sah er im hohen Gras eine Muskete in die Luft ragen. Langsam ging er auf die Waffe zu, sofort bereit, sich hinzuwerfen, sollte sich die Waffe bewegen. Doch sie bewegte sich nicht, keinen Millimeter. Dann sah Bill die Gestalt auf dem Rücken liegen. Als er näher kam, erkannte er, dass es sich um einen Trapper handeln musste. Die Kleidung und die Bibermütze waren eindeutig. Er sah auch, dass der Trapper die Augen geschlossen hatte.

Vorsichtig flüsterte er: „Hallo, ich bin hier. Kann ich Euch irgendwie helfen?" Doch der Mann antwortete nicht. Vorsichtig beugte sich Bill über den Mann, dann sah er die Wunde an seiner Schulter und erschrak. Blitzschnell erhob sich die Hand des Trappers und drückte Bills Kopf nach unten. In der anderen Hand blitzte ein Messer, direkt vor Bills Nase.

„Was willst du wirklich?", flüsterte der Trapper.

Der überrumpelte Bill raunte: „Immer noch Euch helfen. Ihr seid verletzt, und Ihr werdet nicht mehr lange das Messer auf mich richten können. Also, habt endlich Vertrauen."

Ein Stöhnen erklang, dann fiel das Messer zu Boden und die Augen schlossen sich wieder. Als die Hand erschlaffte, erhob sich Bill und rief seine Freunde zu sich. Zu dritt schleiften sie den verletzten Mann in ihr Lager.

Conny kümmerte sich um die Wunde und wusch sie, so gut es ging, aus.

„Hat einer von euch Whisky dabei", fragte sie.

Bill durchsuchte seine Sachen. Und tatsächlich, Old John hatte eine kleine Flasche eingepackt. Er reichte sie Conny, die damit die Wunde desinfizierte.

Der Trapper zuckte kurz zusammen, wachte aber nicht auf.

Elsu kam vom Kräutersammeln zurück und rührte einen Brei an. Die Masse mit Heilkräutern schmierte er auf die Wunde, und Conny legte einen Verband an.

Dann legten sie sich abwechselnd zum Schlafen hin. Einer hielt Wache, man wusste ja nicht, wie der Trapper reagieren würde, wenn er aufwachte. Außer den Kojoten, die die Reste gefunden hatten, die Elsu nicht mehr vergraben konnte, passierte nichts mehr in dieser Nacht.

Der Duft von frischem Kaffee weckte den Trapper auf. Es dauerte einen Moment, bis er begriff, was mit ihm passiert war.

„Entschuldigt bitte, dass ich so garstig war", sagte er beschämt.

„Kein Problem. Doch sagt, was ist Euch passiert, Trapper?"

Der Trapper begann zu erzählen:

„Mein Name ist Jim Bridger. Ich bin seit ich denken kann in der Wildnis unterwegs. Trapper, das war für mich eine Berufung, und ich liebe diesen Job immer noch. Bisher gab es auch nie Probleme, bis auf gestern Abend. Ein Indianer vom Stamm der Shoshonen überraschte mich beim Kontrollieren der Biber-Fallen. Er grüßte zuerst freundlich, doch dann fiel mir die Kriegsbemalung in seinem Gesicht auf und ich mahnte mich zur Vorsicht. Doch es war schon zu spät. Mehr als zwanzig Indianer standen plötzlich keine zwanzig Meter vor mir, alle mit erhobenem Speer oder mit Pfeil und Bogen.

Geistesgegenwärtig drehte ich mich um und rannte, so schnell ich konnte. Ich wusste, nur im Wald konnte ich mich verstecken. Aber bis dahin waren es noch mehr als einhundert Meter. Ein plötzlich auftauchender Hirsch rettete mir in letzter Minute das Leben. Aber zuvor erwischte mich ein Pfeil an meiner Schulter. Er bohrte sich schmerzhaft zwischen die Knochen, und mir wurde schwindelig. Der Hirsch war nicht alleine. Sein Rudel war bei ihm, und zwischen den Indianern und mir liefen plötzlich mehr als vierzig Tiere in Panik kreuz und quer. Ich nutzte die Gelegenheit und verschwand im Wald. Nach weiteren hundert Metern erklomm ich einen Baum und wägte mich in Sicherheit. So war es dann auch, denn die Indianer begnügten sich mit dem Wild und hatten kein Interesse mehr an mir. Sie dachten bestimmt, dass ich sowieso an der Verletzung draufgehen würde. Ich wartete mehr als zwölf Stunden, bis ich vom Baum herabstieg. Mein Ziel war der Bach am Waldrand. Ohne Wasser würde ich nicht überleben. Doch ich schaffte es nicht mehr. Dann hörte ich Geräusche und dachte, die Indianer sind zurück, um mich zu holen. In Panik, und unter Schmerzen, war ich nicht mehr Herr meiner Sinne. Verzeiht mir noch einmal, und danke für die Verpflegung der Wunde. Die Schmerzen sind schon fast verschwunden. Jetzt würde ich mich über einen anständigen

Kaffee freuen. Dann erklärt ihr mir mal, was ihr Drei hier alleine in der Wildnis macht."

Nachdem Elsu ihm einen Becher mit dampfendem Kaffee eingeschenkt hatte, begann ihm Bill zu erklären, warum sie hier waren. Als Bill Cody erwähnte, zuckten die Augenbrauen des Mannes nach oben, doch er unterbrach Bill nicht. Erst als Bill seine Erzählung beendete, fragte der Trapper:

„Kennt ihr Old John?"

Jetzt war Bill sprachlos.

Conny antwortete: „Klar, das ist Bills Opa."

„Was für ein Zufall! Ich war mal mit ihm auf einem Trail, bei dem alles schief gegangen ist, was nur schief gehen konnte.

Danach war ich froh, wieder als Trapper zu arbeiten. Ich war dann mit unserem gemeinsamen Freund Hugh Glass unterwegs. Aber der gute Hugh hatte irgendwann die Schnauze voll von Menschen und ging alleine los. Ich konnte ihn nicht mehr überreden, bei mir zu bleiben. Wie es ihm wohl geht?"

„Hugh hat Old John vor Kurzem besucht, und ich durfte ihn kennenlernen.

Ist ein prima Typ und ganz gut in Schuss."

„Das freut mich zu hören. Vielleicht komme ich Old John auch mal besuchen."

„Mein Vater würde sie bestimmt auf der Ranch willkommen heißen", erwiderte Conny.

Sie plauderten noch ein wenig, bis sich Elsu zu Wort meldete:

„Ich kapiere eines nicht bei Eurer Geschichte, Jim Bridger. Die Shoshonen, die auch ich nicht mag, haben meines Wissens nicht das Kriegsbeil ausgegraben. Würde mich bei denen zwar nicht wundern, doch wir Crow wären die Ersten, die davon erfahren würden."

Jim Bridger sah Elsu erstaunt an, grinste und antwortete:

„Du bist ein kluger und aufmerksamer Krieger. So einen Blutsbruder würde jeder weiße Mann gerne an seiner Seite haben. Kennst du den Unterhäuptling Red Cloud?"

„Natürlich kenne ich Machpiya-Luta, besser bekannt unter dem Namen „Red Cloud", also rote Wolke. Ein von Hass zerfressener, gnadenloser Jäger mit der hässlichsten Nase im ganzen Westen, den keiner leiden kann."

„Ja, genau der garstige Typ. Aber es gibt einen Trupp von mehr als fünfzig Shoshonen, die sich ihm angeschlossen haben. Er hat sich selbst zum Häuptling erklärt und das Kriegsbeil ausgegraben. Jetzt reiten sie umher und überfallen jeden. Egal, welche Hautfarbe er hat."

„Und Euch hat Red Cloud überfallen?"

„Ihn höchstpersönlich habe ich gesehen. Seine hässliche Fratze ist unverkennbar, und diese Nase… fürchterlich! Ich bin eigentlich bisher sehr gut mit den Shoshonen ausgekommen. Übrigens, auch mit den Crow hatte ich nie Probleme."

„Das freut mich zu hören, Jim Bridger", erwiderte Elsu.

„Können wir noch etwas für Euch tun?", fragte Conny.

Wenig später liefen sie mit ihren Pferden durch den unheimlichen Wald. Plötzlich, wie aus dem Nichts, tauchte eine kleine Hütte auf einer Lichtung auf. Jim steuerte genau darauf zu. Conny erkannte ihr Ziel erst, kurz bevor sie es erreicht hatten. Der Trapper öffnete die Hütte und holte mehrere Pelze hervor.

„Die sind für euch. Immerhin habt ihr mir das Leben gerettet. Das ist das Wenigste, was ich für euch tun kann.

Elsu, sieh, für dich habe ich ein besonderes Geschenk."

Zusammen rollten sie ein größeres dünnes Fell aus. Zum Vorschein kamen mehrere gleichlange Äste.

Bill schaute erstaunt, aber unwissend.

Nicht so Elsu, der lachte und Jim herzlich in den Arm nahm.

„Was ist das?", fragte Conny.

Jim antwortete: „Ein kleines Indianerzelt. Wenn ihr über die Rocky Mountains wollt, werdet ihr es brauchen. Genauso wie die Felle hier."

„Bill, das ist für dich", sagte Jim. Bill nahm ein gerolltes Papier entgegen.

„Eine Karte", erwiderte Bill. „Und eine sehr detaillierte dazu. Vielen Dank, Jim. Die können wir gut gebrauchen."

Sie nahmen noch ein gemeinsames Mahl ein, dann machten sie sich wieder auf den Weg.

Als Bill außer Hörweite war, flüsterte Jim Conny zu:

„Bodie ist mittlerweile eine Geisterstadt. Wusstet ihr das nicht?"

Erstaunt antwortete Conny: „Nein, aber dort finden wir vielleicht einen Hinweis, wohin Bills Eltern gegangen sind."

Jim nickte nachdenklich und sagte: „Viel Glück, und passt auf die Shoshonen auf, sie sind gefährlich."

Nach zwei Tagen und einer Nacht in ihrem neuen Tipi, erreichten sie den kleinen Ort Eagle Rock. Eine Brücke überspannte den Snake-River. Auf der anderen Seite befand sich die Wagenburg eines Trecks.

Fasziniert schaute Conny zu den Wasserfallkaskaden, während Bill und Elsu eher von der Wagenburg angezogen wurden. Sie gönnten ihren Pferden eine Nacht im Stall von Eagle Rock. Da es noch früh am Abend war, liefen sie zu dritt über die Brücke auf die mehr als dreißig Planwagen zu, die im Kreis aufgestellt waren. Als ein Kind Elsu sah, schrie es plötzlich so laut es konnte: „Indianer" und lief schreiend davon. Es dauert nicht lange und die Freunde wurden von mehreren

Siedlern umringt. Es war keine schöne Situation für alle, und der Treck-Führer schickte die Siedler zurück zu ihren Familien.

Der Treck-Führer stieg von seinem Pferd und sagte:

„Ihr müsst entschuldigen. Die Siedler sind sehr besorgt. Wir wurden schon drei Mal von Indianern angegriffen und haben dabei zwei Planwagen verloren. Jetzt warten wir hier auf Unterstützung durch die Armee. Also seid den Leuten bitte nicht böse."

Bill fasste sich als erstes und antwortete: „Wir sind nicht nachtragend. Wohin führt euer Treck?"

„Wir müssen noch etwas nach Norden, um auf den Oregon-Trail zu gelangen, dann geht es weiter nach Portland", erwiderte der Treck-Führer und fügte hinzu: „Und wo wollt ihr hin?"

„Nach Bodie", antwortete Bill.

Der Führer fragte: „Gold suchen? Wisst ihr nicht, dass es dort kein Gold mehr geben soll? Man sagt, die Stadt sei verlassen, da alle nach Kalifornien weitergezogen sind."

Bill schaute ihn entgeistert an. Dann flüsterte er: „Wir suchen meine Eltern."

„Na, vielleicht sind sie ja noch dort. Ich wünsche euch viel Glück auf eurer Reise. Passt auf die Shoshonen auf". Dann ritt er einfach davon.

Gemeinsam liefen sie wortlos zum Stall, erklommen den Heuboden und schliefen sofort ein. Am nächsten Morgen kauften sie in Eagle Rocks einzigem Laden neuen Proviant. Sie füllten ihre Wasserbeutel auf, bestiegen ihre Pferde und überquerten die Brücke. Um die Wagenburg machten sie einen großen Bogen, was Elsu mehr als recht war. Nach drei ereignislosen Tagen kamen sie an eine Stelle, an der es auf ihrer Seite nicht mehr weiter ging. Der Snake-River schlängelte sich an einer steilen Felswand entlang. Sie mussten den Fluss überqueren, doch wie? Der Snake-River war sehr tief und die Strömung barg ungeahnte Gefahren.

Gefährliche Strudel bildeten sich in der Flussmitte. Sie ärgerten sich, dass sie nicht mit der Fähre, die sie vor sieben Stunden passierten, übergefahren waren.

„Schlagen wir unser Lager auf. Morgen reiten wir zur Fähre zurück", sagte Bill und stieg von Storm.

Als er den Boden berührte, bekam er plötzlich eine Gänsehaut. Vorsichtig schaute er sich um, doch nichts war zu sehen. Trotzdem hatte er ein ungutes Gefühl. An Connys und Elsus Gesichtsausdruck sah er eindeutig, dass nicht nur er etwas Eigenartiges fühlte.

„Sollen wir hier bleiben?", flüsterte er.

Conny antwortete ebenso leise: „Mir gefällt es hier nicht".

„Mir auch nicht", sagte Elsu.

„Dann lasst uns zurückreiten, solange es noch ein wenig hell ist", sagte Bill.

Elsu antwortete: „Ich fühle mich wie in einer Falle. Vor uns die Felswand, rechts der Fluss und links das undurchdringliche Dornengebüsch."

Conny nickte nur und stieg auf ihr Pferd.

Da passierte es!

RED CLOUD

Auf ihrem einzigen Rückweg versperrten ihnen mehr als zwanzig Indianer den Weg. Keine freundlichen Indianer, denn alle hatten Kriegsbemalung angelegt. Als sie Elsu erkannten, begannen sie furchteinflößend aufzuheulen.

Elsu versuchte, nach Pfeil und Bogen zu greifen.

Doch Bill, der jetzt neben ihm stand, hielt ihn zurück.

Er flüsterte: „Es sind zu viele."

„Ich bin ein Crow, der größte Feind der Shoshonen. Und ich soll ruhig bleiben?", antwortete Elsu. Doch er sah es ein und entspannte sich wieder etwas. Conny zitterte vor Angst. Bill ritt neben sie, legte seine Hand auf ihre Schulter und flüsterte: „Du brauchst keine Angst zu haben. Dir als Frau werden sie nichts tun. Aber um Elsu mache ich mir ernsthafte Sorgen."

Sie wurden eingekreist, und die kreischenden Indianer zogen den Kreis immer enger. Dann wurden sie von ihren Pferden gezogen und gefesselt. Elsu erfuhr eine Sonderbehandlung. Er wurde auf ein Pferd gesetzt, während Conny und Bill laufen mussten. Tief in der Nacht, und völlig entkräftet, trafen sie in einem Indianerlager ein.

Unsanft wurden sie vor einem Tipi zu Boden geworfen. Auf dem Rücken liegend harrten sie der Dinge, die da kommen würden. Es dauerte nicht lange, da stand plötzlich ein muskulöser, stolzer arroganter Mann vor ihnen.

‚Das muss Rote Wolke sein', dachte Bill. So war es auch. Als Bill die riesige Hakennase im hässlichen Gesicht des Häuptlings sah, lief ihm eine Gänsehaut über den Rücken. Zuerst schaute sich Rote Wolke Conny unter dem Licht mehrerer Fackeln genau an. Dann erteilte er einen Befehl und sie wurde aufgerichtet. Zwei ältere Squaws eilten hinzu und lösten ihre Fesseln. Dann zerrten sie Conny an den Haaren aus Bills Blickwinkel.

‚Hoffentlich tun sie ihr wirklich nichts', dachte Bill.

Plötzlich schaute er in die Augen des Häuptlings. Wieder erklangen Befehle in der Sprache der Indianer, die Bill nicht verstand. Er wurde auf die Beine gezerrt und in die Dunkelheit gezogen. Dann lösten sich die Fesseln und er stand frei inmitten des Indianerdorfes.

„Nicht davonlaufen! Das ist es, was sie wollen. Sie wollen dich jagen. Bleib einfach stehen", rief Elsu - und wurde sofort mit einer Ohrfeige bedacht!

Bill verstand und blieb einfach stehen. Nach einer gewissen Zeit kamen zwei Krieger, spuckten angewidert vor seine Füße und brachten ihn zu einem Pfahl. Er wurde am Marterpfahl festgebunden. Als die Krieger fertig waren, spuckten sie nochmals vor seine Füße.

Bill konnte genau in die Richtung sehen, in der sich Elsu und der Häuptling befanden. Elsu stand auf seinen Füßen und wurde von den Fesseln befreit. Dann begutachtete Red Cloud sehr genau Elsus Kopfschmuck. Plötzlich trat er einen Schritt zurück und rief laut Elsus Name. Sofort versammelten sich alle Indianer um Elsu. Red Cloud stolzierte um Elsu herum wie um eine Trophäe. Auf einmal wusste Bill warum. Sie hatten erkannt, dass Elsu ein Häuptlingssohn der so verhassten Crow war. Und das war nicht gut, gar nicht gut!

Plötzlich zuckte Red Cloud ein Messer und trat auf Elsu zu. Bill schloss die Augen und befürchtete das Schlimmste. Doch als die Indianer lachten, öffnete er sie wieder.

Jeder Zopf, den Red Cloud bei Elsu abschnitt, wurde mit höhnischem Lachen quittiert. Elsu war tapfer und ließ die demütigende Zeremonie über sich ergehen. Es gab nichts, was erniedrigender für einen stolzen Indianer war, als seine Haarpracht zu verlieren. Als der letzte Zopf abgeschnitten war, sah Elsu wie ein gerupftes Huhn aus. Doch er hob stolz sein Kinn in die Luft. Wieder wurden Befehle erteilt, und wenig später stand Elsu neben Bill am zweiten Marterpfahl.

Bill wusste nicht, was er zum Trost zu seinem Bruder sagen sollte.

Und so standen sie schweigend bis zum Morgengrauen.

Als die Sonne aufging, traute sich Bill endlich und sagte:

„Es tut mir leid, dass du das wegen mir erdulden musstest, Bruder."

„Sag das ‚B-Wort' nicht so laut, sonst geht es dir bald auch an den Kragen", wisperte Elsu.

Als die beiden Wachen sich wieder entfernt hatten, fragte Bill:

„Wie geht's jetzt weiter?"

„Wenn du Glück hast, wirst du nur verhöhnt und Conny wird als Sklavin gehalten. Mich werden sie gegen Lösegeld zu meinem Vater bringen oder auch Schlimmeres. Bei den Wilden weiß man das nicht so genau."

Dann kamen die Wachen zurück und schütteten einen Kelch Wasser in ihre Gesichter. Bill versuchte, so viel davon zu trinken, wie nur ging. Aber es waren letztendlich nur wenige Tropfen, die den Weg in seine Kehle fanden.

Elsu grinste und sagte: „Sie werden uns nicht verdursten lassen. Keine Angst, es wird noch schlimmer."

„Danke für die Aufmunterung", antwortete Bill, und sah eine Delegation auf den Marterpfahl zukommen. An der Spitze Red Cloud, der Elsus abgeschnittenen Haare in der Hand hielt.

Angewidert warf der Häuptling das Bündel vor Elsus Füße und trat darauf herum. Dann gab er ihm eine schallende Ohrfeige, die Elsu tapfer wegsteckte. Plötzlich drehte sich der Häuptling um und starrte Bill aus funkelnden Augen an. Er rief etwas - und alle Indianer begannen zu lachen.

Elsu sparte sich diesmal die Übersetzung. Auch Bill bekam eine Ohrfeige.

Dann bildete sich eine lange Schlange. Ein Indianer nach dem anderen trat zu ihnen heran. Die Männer spuckten verächtlich vor ihre Füße, und die Frauen schlugen ihre Zöpfe in ihre Gesichter.

Beide waren froh, als es vorbei war. Ihre Beine schmerzten, und die Fesseln hatten die Haut an mehreren Stellen aufgerieben.

Nachdem die öffentliche Demütigung vorbei war, kamen zwei Ältere und entfernten die Fußfesseln. Erstaunlicherweise lockerten sie auch die Handfesseln, und es gab eine Kelle Wasser zum Trinken.

Bill trank so gierig, dass er sich verschluckte. Die Indianer machten sich über ihn lustig, und Bill schämte sich ein wenig. Dann sah er zu Elsu und war erstaunt, was der gerade tat.

Er setzte sich langsam, trotz der noch vorhandenen Handfesseln. Es dauerte etwas, doch er schaffte es und atmete erleichtert auf.

Sofort machte Bill es Elsu nach. Dann saß auch er auf seinem Hintern.

Die Mittagssonne brannte auf sie herab, und Elsu versuchte sich zu entspannen. Wenig später schlief er ein, was für Bill unvorstellbar war. Seine Nase juckte. Er wurde fast verrückt, da er sich nicht kratzen konnte! Er versuchte sich abzulenken und sah sich nach einer Fluchtmöglichkeit um.

Das Dorf war größer, als er auf den ersten Blick gedacht hatte. Nachdem er alles in dieser Richtung gesehen hatte, drehte er den Kopf nach links und dann nach rechts. Plötzlich sah er zwei Planwagen im Hintergrund. Ihm fiel ein, dass der Treck-Führer von zwei verlorenen Planwagen erzählt hatte. Bill überlegte, ob er etwas mit der Information anfangen konnte. Doch ihm fiel nichts Brauchbares ein. Dann versuchte er sich etwas zu drehen, um zu sehen, was sich hinter seinem Rücken befand. Erstaunt sah er einen kleinen Wald, in dem die Pferde festgebunden waren. Dann sah er Storm und Storm sah ihn. Mit traurigen Augen sah ihn sein Pferd an und wieherte einmal kurz auf, als ob er Bills missliche Lage verstand.

Enttäuscht drehte sich Bill wieder nach vorne und versuchte, es seinem Blutsbruder gleich zu tun. Wenig später schlief er tatsächlich ein.

Conny lief mit einem großen schweren Krug zum Bach. Sie war in Squaw-Kleidung gehüllt. Hinter ihr stolzierte eine ihrer Aufpasserinnen, der es sichtlich Spaß bereitete, sie zu quälen.

Am Bach angekommen, füllte sie den Krug zum dritten Mal. Mit jedem Mal wurde der Krug schwerer und Conny stöhnte unter der Last. Das Kichern der Alten hinter ihr spornte sie mehr an, als sie zugeben wollte. Mit wackeligen Beinen trug sie den Krug zu der Stelle, die ihr die Alte dieses Mal zeigte. Beim Ausleeren in eine große Schüssel sah sie die zwei Planwagen und hielt inne. Die Alte sah Connys Blick und wies sie an, den Krug abzustellen. Kichernd gab sie Conny zu verstehen, ihr zu folgen.

Am ersten Wagen angekommen, hob die Indianerin die Plane ein wenig zur Seite und Conny konnte einen Blick ins Innere werfen. Erschrocken atmete sie ein, denn der Wagen war voller Waffen und Munition.

‚Die Alte will angeben', dachte Conny. Doch ihr war alles recht, nur um eine Arbeitspause einlegen zu können. Als die zweite Plane angehoben wurde, konnte Conny ein leichtes Stöhnen nicht unterdrücken.

„Feuerwasser", sagte die Alte. Dabei rieb sie sich ihren Bauch.

So viele Flaschen hatte Conny noch nie gesehen. Plötzlich kam ihr ein Gedanke, und sie musste sich beherrschen, nicht vor Freude zu jubeln. Sofort reifte ein Plan in ihr. Aber nach außen blieb sie so cool, wie nur möglich. Wenig später musste sie wieder Wasser schleppen. Dieses Mal wurde die Schüssel am Marterpfahl gefüllt.

Voller Mitleid schaute sie auf den schlafenden Bill und auf Elsu.

‚Ich werde euch befreien, noch heute Nacht', dachte sie und lief wieder zum Bach.

142

Als die Sonne unterging, wurde Conny von ihrer Arbeit erlöst und durfte sich ausruhen. Gemeinsam mit den zwei Alten wurde sie in ein Tipi geführt und angewiesen, sich auf das Fell zu legen. Die zwei legten sich jeweils neben Conny und schliefen bald schon ein. Conny aber war hellwach. Sie wartete noch ein wenig, dann bewegte sie sich. Vorsichtig erhob sie sich und suchte in ihren Sachen nach dem kleinen Dolch, den sie immer bei sich trug. Als sie ihn gefunden hatte, verließ sie das Tipi.

‚Keine Wachen', dachte sie und machte sich sofort auf den Weg zum Planwagen. Nach einigen Umwegen erreichte sie ihr Ziel, ohne gesehen zu werden. Vorsichtig schnappte sie sich zwei Flaschen und grinste beim Gedanken an Feuerwasser.

Sie erreichte ihr Ziel schneller als gedacht. Doch plötzlich hielt sie inne. Zwei Indianer bewachten das große Lagerfeuer. Conny überlegte, wie sie ihr Vorhaben am besten umsetzen konnte. Sie veränderte ihre Position, damit sie näher zum Marterpfahl stand.

Dann warf sie beide Flaschen gleichzeitig in das Lagerfeuer. Sie wartete noch auf das Geräusch von zerspringendem Glas, dann rannte sie mit ihrem Dolch in der Hand los.

Hinter ihr fuhr eine riesige Stichflamme in die Höhe, und die beiden Indianer begannen laut zu schreien. Es entstand ein unglaubliches Durcheinander - und das nutzte Conny! Außer Atem erreichte sie den Marterpfahl und schnitt zuerst Bills Fesseln durch. Als sie Elsu von seinen Fesseln befreien wollte, wurde sie an ihrem Zopf brutal zurückgerissen. Dabei fiel ihr der Dolch aus der Hand, genau zwischen Elsus Beine, der sofort reagierte und seine Beine übereinander schlug. Red Cloud höchstpersönlich hielt ihren Zopf in seiner Hand und starrte sie grimmig an. Bill wurde sofort wieder gefesselt und musste mit ansehen, wie Red Cloud sein Messer zog. Bill dachte verzweifelt, dass er Conny skalpieren würde. Doch er schnitt nur Connys Zopf ab. Dann stieß er sie zu Boden, ging zum Lagerfeuer und warf ihn hinein.

Die zwei Alten schnappten sich Conny und zerrten sie zurück in ihr Zelt. Gefesselt saß sie enttäuscht auf dem Boden. Der Fluchtversuch war gescheitert, und sie würde bestimmt noch schlimmer bestraft für ihr

Vergehen. Sie unterdrückte die aufkommenden Tränen, um den Alten nicht zu zeigen, was sie fühlte.

Plötzlich wurde es unglaublich laut im Dorf. Red Cloud rief etwas und alle Indianer begannen zu heulen wie Kojoten.

Conny verstand nur „Feuerwasser" und sah, wie sich der Eingang öffnete und eine Flasche hereingereicht wurde. Die beiden Alten kicherten. Jede nahm einen kräftigen Schluck, dann noch einen und noch einen.

Elsu wartete, bis sich alles wieder beruhigt hatte. Dann wollte er den Dolch zu sich ziehen. Plötzlich erschrak er, als das Geheule anfing und stellte seine Bemühungen ein.

Bill und Elsu sahen, wie sich die Indianer über den Planwagen hermachten, aus dem sie immer mehr Flaschen hervorholten.

„Feuerwasser! Jetzt weiß ich, wie Conny das Feuer entfachte", flüsterte Elsu. Bill nickte nur.

Nach einer Stunde waren alle Indianer so betrunken, dass einer nach dem anderen einschlief, und zwar genau dort, wo er sich gerade befand.

‚Was für ein Durcheinander im Dorf', dachte Elsu.

Er schwor sich, nie im Leben Feuerwasser zu trinken.

Auf einmal stand Red Cloud vor ihm und fauchte ihn an. Elsu verstand kein Wort! Das Feuerwasser hatte die Sinne des Häuptlings so benebelt, dass er die Worte nicht mehr richtig aussprechen konnte. Dann wurde er still und fiel einfach um! Die Flasche in seiner Hand zerbrach in tausend Teile, und der Häuptling fing zu schnarchen an.

„Ich glaube, jetzt schlafen alle", sagte Bill und sah, wie Elsu mit den Beinen scharrte.

Als Elsu zu Bill blickte, öffnete er seine Beine und zeigte ihm den kleinen Dolch. Bill verstand sofort! Während sich Elsu drehte, bewegte Bill mit den Füßen den Dolch zu Elsus gefesselten Händen. Die beiden waren so geschickt, dass Elsu schon wenig später seine Fesseln durchschneiden konnte. Schnell befreite er Bill, und sie streckten zuerst ihre steifen Glieder aus.

Plötzlich erhob sich der Häuptling, sah zu den Befreiten und wollte schreien. Doch nur ein Glucksen drang aus seiner Kehle. Mit einem Schulterzucken fiel er einfach wieder um und schlief weiter.

Erleichtert atmeten Bill und Elsu auf.

„Hast du gesehen, in welches Zelt sie Conny gebracht haben?", fragte Elsu.

Bill nickte und übernahm die Führung. Es war nicht so einfach, durch das Dorf zu schleichen. Überall lagen Indianer auf dem Boden und schnarchten. Im dritten Zelt fanden sie endlich Conny, die gefesselt auf dem Boden lag und schlief.

Die beiden Alten hatten ihre Hände auf Conny gelegt, und sie mussten zuerst ihre Freundin davon befreien. Danach weckten sie Conny und erlösten sie von ihren Fesseln. Sie fiel Bill um den Hals und flüsterte: „danke."

Elsu hatte bereits Connys Sattel und ihre Kleider geschnappt und verschwand aus dem Zelt. Conny und Bill folgten ihm, bis sie zu den Pferden gelangten. Bill und Conny sattelten die Pferde, und wenig später brachte Elsu ihre Sachen, die die Indianer achtlos hinter den Marterpfahl geworfen hatten. Nachdem sich Bill vergewissert hatte, dass sich die Karte in seiner Tasche befand, verstaute er mit den anderen den Rest und sie machten sich auf den Weg, um das Dorf zu verlassen. Als sie hinter einem Hügel angelangt waren, wollte Bill aufsteigen, doch Elsu hielt ihn zurück.

Er gab seinem Blutsbruder das Zeichen, zu warten.

Dann verschwand er in der Dunkelheit.

„Was will er denn noch"?, fragte Conny.

Bill zuckte nur mit den Schultern, und sie warteten.

Elsu schlich sich zurück ins Dorf und inspizierte die beiden Planwagen. Zufrieden nickte er und huschte zum Lagerfeuer, entnahm zwei brennende größere Äste und ging zu den Planwagen zurück. Auf jede Deichsel legte er eines der brennenden Hölzer und verschwand wieder.

Er steuerte auf die Pferde zu und befreite alle Tiere. Und schon war er wieder verschwunden und auf dem Weg zu seinen Freunden.

Erleichtert atmete Bill auf, als Elsu zurückkam. Grinsend sprang der auf sein Pferd und sie ritten zuerst langsam davon. Dann wurde Elsu immer schneller. Bill konnte sich schon vorstellen, was Elsu im Dorf gemacht hatte.

‚Er hat Red Cloud eine Lektion erteilt, ganz sicher', dachte er.

Als die Sonne aufging, gab es zuerst einen fürchterlichen Knall und eine Feuersäule schoss aus dem Dorf in die Höhe.

Wenig später erklangen tausende Schüsse. Sie ritten immer schneller.

Als sie den Fluss erreichten, führte sie Elsu nach rechts.

Bill erinnerte sich an die Fähre, die sie vor zwei Tagen passiert hatten.

Sie ritten so schnell es ging und legten nur Pausen ein, um die Pferde zu tauschen, bis die Sonne wieder unterging.

„Kein Feuer heute Nacht", sagte Elsu. „Und einer muss Wache halten."

„Sag mir erst, was du angestellt hast, Bruder!", fragte Bill.

Conny antwortete für Elsu: „Er hat den Wagen mit dem Feuerwasser in Brand gesetzt und den Wagen mit der Munition ebenfalls, stimmt das?"

„Ich musste den Shoshonen einfach die Geister der Crow schicken."

146

Alle drei lachten, aßen ein wenig Dörrfleisch, tranken noch einen Schluck Wasser und schliefen sofort ein. Elsu übernahm die erste Wache. Aber die Nacht verlief ohne Zwischenfälle.

Am nächsten Tag erreichten sie zur Mittagszeit die Fähre und setzten über.

Sie studierten die Karten, die ihnen Old John und Jim gegeben hatten. Nach längerem Überlegen entschieden sie sich, einen Umweg durch die Black Rock- Wüste zu nehmen. Sie waren sich sicher, dass ihnen die Indianer dorthin niemals folgen würden. Sie mieden jede Ortschaft, um keine Spuren zu hinterlassen. Nach drei Tagen erreichten sie das Dorf Sulphur, den letzten Ort vor der Wüste. Dort wollten sie sich mit Proviant eindecken.

Doch ihr Plan ging nicht auf!

WÜSTE

Schon von weitem konnte man erkennen, dass Sulphur nicht mehr existierte. Enttäuscht ritten sie in die Ruinen der ehemaligen Stadt und blieben an der Tränke stehen.

„Wenigstens gibt es Wasser", sagte Conny und schöpfte sich mit den Händen eine Ladung, um sie anschließend in ihr Gesicht zu schütten.

Im Schatten des einstigen Saloons machten sie eine Bestandsaufnahme ihres Proviants.

„Mit dem Essen werden wir auskommen. Aber zwei Feldflaschen und Elsus Wasserbeutel sind nicht ausreichend", sagte Bill.

„Lasst uns doch die Stadt durchsuchen. Vielleicht finden wir ja etwas Brauchbares", schlug Conny vor. Sofort schwärmten sie aus.

Die Beute trug nicht unbedingt zur positiven Stimmung bei. Drei Lederschläuche hatten sie gefunden, mehr nicht.

„Dann muss es für die zwei oder drei Tage reichen", sagte Conny.

Sie verbrachten den Rest des Tages mit Ausruhen, da sie in der Nacht ihre Reise fortsetzen würden. Tagsüber die Wüste zu durchqueren wäre für alle viel zu anstrengend.

Als die Sonne unterging, tränkten sie nochmals ausreichend die Pferde und füllten alle Behälter auf. Dann begann die Reise durch die Black Rock-Wüste. Sie kamen gut voran und hatten bei Tagesanbruch schon fast ein Drittel des Weges geschafft. Sie fanden einen kleinen Felsvorsprung, der ausreichte, um den Tag im Schatten zu überstehen.

Am folgenden Tag schafften sie das zweite Drittel der Strecke, doch Bill bezweifelte das. Die Berge am Horizont waren kein Stück näher gekommen. ‚Nur Steppe, soweit das Auge reicht', dachte er und wurde durch Elsus Rufen aus seinen Gedanken gerissen. Sein Bruder und

Freund hatte einen hervorragenden Platz gefunden, hinter einem großen Felsen.

Sie und die Pferde würden den ganzen Tag im Schatten verbringen können. Nachdem sie die Pferde von den Sätteln und ihrem Gepäck befreit hatten, legten sie sich erschöpft hin und schliefen sofort tief und fest ein.

Ein lautes Wiehern der Pferde weckte Bill und er schlug müde die Augen auf. Direkt vor seinem Gesicht stand eine Klapperschlange, fauchte ihn an und klapperte mit ihrer Rassel. Bill bewegte sich nicht und überlegte, wie er die Schlange weglocken könnte!

Auf einmal erwachte Conny, gähnte laut und streckte ihre Arme aus.

Die schnelle Bewegung erschreckte die Klapperschlage. Blitzartig drehte sie sich zu Connys Arm, und ehe Bill etwas unternehmen konnte, biss sie zu!

Wütend schnappte sich Bill den Schwanz der Schlange, ignorierte Connys Aufschrei und warf das Tier im hohen Bogen davon. Er rief sich ins Gedächtnis, was ihm Old John beigebracht hatte. Das Gift muss sofort ausgesaugt werden. Ohne auf Elsu zu achten, zog er sein Messer, schnitt der ohnmächtigen Conny die Wunde auf, legte seine Lippen auf und begann zu saugen. Immer wieder saugte er Blut aus der Wunde und spuckte es sofort wieder aus. Seine Mundhöhle wurde immer gefühlloser. Erst als ihm Elsu die Hand auf die Schulter legte und sagte: „Es ist genug, Bruder", hörte er auf.

Dankbar ergriff er die Feldflasche, die ihm Elsu entgegen hielt und nahm einen tiefen Schluck. Dann befeuchtete er Connys Stirn mit etwas Flüssigkeit, und sie erwachte. Schlagartig kam die Erinnerung zurück und sie stieß einen spitzen Schrei aus. Dann schaute sie auf die Wunde an ihrer Hand und starrte Bill fassungslos an, der noch immer seinen Dolch in den Händen hielt.

„Was ist mit deinen Lippen, Bill?", fragte sie.

151

Dann wurde ihr bewusst, dass Bill gerade ihr Leben gerettet hatte und sie schlang die Arme um seinen Hals.

Elsu räusperte sich und sagte: „Conny, wir müssen die Wunde versorgen.

Ach ja... und die Pferde sind weg."

„Wie, die Pferde sind weg?"

„Du hast die Schlange leider genau zu den Pferden geworfen. Den Rest kannst du dir ja denken."

„Mist, was machen wir jetzt?", rief Conny.

Dann wurde sie weiß im Gesicht und, immer noch in Bills Armen, wieder ohnmächtig.

„Sie wird Fieber bekommen, ganz sicher. Du warst zwar schnell. Aber ob du schnell genug warst, wird sich bald zeigen", sagte Elsu.

Niedergeschlagen ließ Bill den Kopf hängen. Elsu half ihm, Conny hinzulegen.

„Dein Storm, Connys und mein Pferd werden wiederkommen, die anderen wahrscheinlich nicht."

„Wie viel Wasser haben wir noch?"

„Zu wenig für den Fußmarsch, der nun vor uns liegt."

„Fußmarsch?"

„Wir können den Pferden nicht unser Gepäck aufladen und noch darauf reiten. Das würden sie nicht überleben."

„Klar, entschuldige, Elsu. Die Hitze macht klares Denken fast unmöglich. Was sollen wir nur tun?"

„Zuerst brauchen wir die Pferde, dann bauen wir aus unserem Zelt eine Pferdetrage für Conny. Ja, und dann laufen wir, soweit wir können."

„Was anderes bleibt uns wohl nicht übrig."

Connys Stöhnen unterbrach ihren Dialog. Elsu wühlte in seinen Sachen. Als er fand, wonach er suchte, machte er sich daran, getrocknete Kräuter auf die Wunde zu legen. Für einen Brei wollte er kein Wasser verschwenden.

Wie Elsu vorausgesagt hatte, kamen ihre drei Pferde zurück. Bill begann, die Trage zu bauen.

Als die Dämmerung einbrach, stieg das Fieber. Conny glühte heißer als die Sonne.

„Wir müssen trotzdem los", sagte Elsu zu Bill, der nur nickte.

Elsu musste Bill ständig bremsen und ihn daran erinnern, dass er seine Kräfte einteilen musste. Sorgenvoll blickte Bill ständig zu Conny, die im Fieberschlaf unverständlich, aber ununterbrochen, redete.

Als die Sonne aufging, starrte Bill zu den Bergen und schien zu verzweifeln. ‚Sie sind ganz sicher nicht näher gekommen, verdammt', dachte er.

Erschöpft ließ er sich zu Boden gleiten.

Dieses Mal hatten sie kein Glück mit ihrem Ruheplatz!

‚Kein Felsen in Sicht, keine Kuhle, einfach nichts! Nur diese Weite, diese unendliche Weite', dachte Bill und schaute sich nochmals genau um.

„Nichts! Verflucht, wir müssen weitergehen", sagte Elsu, als könnte er seine Gedanken lesen. Sie tränkten die Tiere und auch Conny schluckte ein wenig Wasser, dann bedeckten sie ihre Hautflächen und liefen los. Die Sonne brannte gnadenlos vom Himmel auf sie herab, und sie hatten nur noch eine Feldflasche und einen Wasserschlauch. Elsu hatte sich Connys Hut geschnappt und seinen Kopf damit bedeckt. So liefen sie wortlos weiter, immer weiter in Richtung Berge.

Als die Sonne am höchsten stand, erreichten sie einen Felsen, der genügend Schatten für alle spendete. Erleichtert ließen sie sich nieder. Bill kümmerte sich um Conny. Elsu um die Pferde.

Erschöpft schliefen sie ein und erwachten mit der untergehenden Sonne.

Das Aufraffen fiel ihnen schwer. Doch was sollten sie anderes tun?

Bill beugte sich über Conny und gab ihr etwas Wasser. Plötzlich schlug sie die Augen auf und flüsterte: „Wo bin ich?"

„In Sicherheit, alles wird gut", antwortete Bill.

Er sah, wie Conny seinen Medizinbeutel mit den Talismanen, den er ihr umgelegt hatte, fest umklammerte.

‚Ich weiß, dass ihr stark genug seid', dachte er und stand auf.

Elsu band die Trage an Storm, und gemeinsam setzten sie ihren beschwerlichen Weg fort. Wie in Trance liefen sie immer weiter, ein Schritt nach dem anderen. Plötzlich erkannte Bill einen Kaktus unweit von ihrem Weg.

„Elsu, es gibt doch in Kakteen Wasser?"

Elsu hob den Kopf und schaute Bill entgeistert an, als ob er aus einem Traum erwacht wäre.

Bill zeigte auf den Kaktus, denn das Sprechen fiel ihm immer schwerer. Seine Lippen waren aufgeplatzt und seine Mundhöhle brannte wie Feuer.

Elsu nickte und sagte: „Der Barrel-Cactus ist giftig."

‚Mist', dachte Bill.

Er hatte nicht einmal bemerkt, dass sie gar nicht angehalten hatten.

Plötzlich stöhnte Conny.

Bill, der sich immer mehr Sorgen machte, beugte sich zu ihr.

154

„Bill, mir ist so heiß", raunte sie, und Bill gab ihr seine geplante Wasserration. Dann reichte er ihr seine Hand, die sie fest drückte. Mit einem leichten Lächeln auf den Lippen schlief sie wieder ein. Bill richtete sich auf, doch er ließ ihre Hand nicht mehr los.

Langsam setzte die Morgendämmerung ein, und sie schauten sich nach einem geeigneten Schattenplatz um. Erschöpft ließen sie sich auf den Boden fallen. Erstaunt blickte Bill zu Elsu, der plötzlich anfing, Steine umzudrehen. Zuerst wollte er fragen, was das sollte, doch dann sah er, wie Elsu plötzlich ein feuchtes Tuch in der Hand hatte.

„Tauwasser", krächzte Bill, zog sein Nickituch aus und tat es Elsu gleich.

Auch die Pferde, die das Wasser gerochen hatten, begannen Steine umzudrehen.

Bill nahm sein nun angefeuchtetes Tuch und kühlte damit Connys Kopf.

Es war zwar nur der berühmte Tropfen auf dem heißen Stein.

‚Aber besser als nichts', dachte sich Bill und schlief ein.

Als die Sonne aufging, stellte sich Elsu auf den großen Felsbrocken, der ihnen den Schatten spendete und blickte sich um. Flaches, trockenes Land - soweit das Auge reichte. Hier und da ein Felsbrocken oder Tierknochen… und am Himmel die gnadenlose Sonne!

Frustriert stieg er wieder zu Bill, legte sich hin und schlief auf der Stelle ein.

Ein Schrei weckte Bill auf. Sofort griff er nach seiner Waffe, aber sie befand sich nicht dort, wo sie sein sollte. Dann fiel ihm ein, dass er sie in seiner Satteltasche verstaut hatte, um sie nicht tragen zu müssen.

Mühsam erhob er sich und blickte sich um. Von weitem sah er einen Kojoten; zumindest dachte er das, bis sich der Schrei wiederholte.

„Verdammt, das ist Conny", sagte er und bereute sofort, die Worte ausgesprochen zu haben. Sein Hals brannte wie Feuer, als er sich zu Conny umdrehte. Im Fieberwahn schlug sie um sich. Immer wieder stieß sie spitze kurze Schreie aus.

Elsu, der jetzt ebenfalls hellwach war, half Bill, Conny auf der Trage festzubinden.

Die beiden Blutsbrüder sahen sich an und wussten, dass ihre Reise vorbei sein würde, wenn sie nicht bald Wasser finden würden.

Sie teilten das letzte Wasser auf und banden die Trage an Storm fest.

Elsu mühte sich ab, die anderen beiden Tiere zum Laufen zu bewegen.

Und er schaffte es! So setzte sich die kleine Karawane in der Nachmittagssonne wieder in Bewegung.

Als die Dämmerung einsetzte, sah Bill seinen Opa, Old John, der plötzlich vor ihm stand und sagte: „Bill, was habe ich dich gelehrt?"

„Niemals aufgeben, ich weiß. Auch wenn es aussichtslos erscheint."

Bill konnte nicht anders, er musste lächeln. Dadurch wurde wieder etwas mehr Energie in ihm freigesetzt.

So schnell, wie Old John auftauchte, verschwand er wieder!

Bill, mit Storms Zügel in der Hand, lief immer weiter. Doch seine Beine wurden immer schwerer. Um Mitternacht registrierte er ein polterndes Geräusch in seinem Rücken. Er war zu schwach, um sich umzudrehen. Doch er wusste, dass es eines der Pferde war, das sich hingesetzt hatte. Dann wiederholte sich das Geräusch noch zweimal. Jetzt drehte er sich doch um!

„Elsu, aufstehen. Sofort!", wollte er rufen.

Doch nur ein Heulen drang aus seiner Kehle. Dann blieb auch Storm stehen.

Bills Gedanken formten einen Satz und wiederholten ihn ständig:

156

„Nicht aufgeben", … immer und immer wieder.

Bill ließ die Zügel fallen und lief einfach weiter.

Doch irgendwann gehorchten ihm seine Beine nicht mehr und er fiel zu Boden. Auf dem Rücken liegend starrte er zum Mond. Dann sah er einen Vogel.

Mit letzter Kraft drehte er sich auf den Bauch. Nur wenige Meter vor ihm sah er auf einem Stück Holz weitere Vögel sitzen. Neugierig starrten ihn mehrere schwarze Augenpaare an.

Bill, der zuerst an eine Fata Morgana dachte, vernahm auf einmal ein Summen.

Erstaunt stemmte er sich hoch und sah zum ersten Mal, wo er sich überhaupt befand. Er blickte über den Kamm des Wüstenhügels, auf dem er lag, in ein grünes Tal!

,Das kann nicht sein', dachte er. ,Mein Gehirn spielt mir einen Streich'.

Dann erkannte er auch, woher das Summen kam und freute sich, Bienen zu sehen. Die allerletzten Lebensgeister in ihm halfen beim Aufstehen. Mehr schwankend als laufend bewegte sich Bill vorwärts. Als er das Plätschern eines Baches hörte, wurde er immer schneller. Mit zittrigen Händen schöpfte er Wasser und ließ das köstliche Nass über seinen Kopf laufen.

,Nicht zu viel auf einmal trinken', ermahnte ihn eine innere Stimme.

Seine Bewegungen wurden immer sicherer.

Bill füllte die Feldflasche und den Schlauch, den er bei sich trug, auf.

Mit neuer Energie machte er sich auf den Rückweg.

Zuerst versorgte er Conny mit Wasser, dann kam Elsu an die Reihe.

Den Inhalt des Wasserschlauches teilte er unter den Pferden auf.

Als die Pferde wieder standen, rochen sie das Wasser und setzten sich von selbst in Bewegung.

Bill, der Elsu stützte, lief hinter den Pferden her, bis sie den Bach erreichten.

Nachdem alle getrunken hatten, führte Bill die Pferde unter einen großen Baum und band sie daran fest. Sie hatten genug Gras zum Fressen, und den Bach konnten sie auch erreichen.

In Sichtweite befand sich ein überstehender Felsen, unter dem er das Lager aufschlug. Elsu, immer noch zu schwach, um zu helfen, schleppte sich zu dem Lager und schlief sofort ein. Bill zog die Trage mit Conny unter den Felsvorsprung und setzte sich neben sie.

Immer wieder kühlte er ihre Stirn und gab ihr kleine Schlucke zu trinken.

Ihre Hand ließ er nicht mehr los, auch wenn er immer wieder einnickte.

Der Sonnenaufgang war atemberaubend. Bill war mehr als froh, dem Wüstensand entkommen zu sein.

Grün, wohin das Auge reichte, und in der Ferne erkannte er einen See.

‚Das muss der Pyramid-Lake sein‘, dachte Bill und genoss die Aussicht.

Irgendwann schlief er ein und träumte von Old John, Kajika, Hop Sing und der Ranch.

Ein Zupfen am Ärmel weckte ihn.

Als er die Augen aufschlug, war es schon wieder Nacht. Erschrocken wollte er die Feldflasche öffnen, um sie Conny zu geben. Doch die Flasche war fort.

Dann sah er Elsu, der vor ihm stand und die Flasche in der Hand hielt. Hinter ihm brannte ein Lagerfeuer und darüber brutzelte etwas, was unwiderstehlich gut roch. Sein Magen begann laut zu knurren.

Elsu sagte: „Verdammt! Wie oft willst du mir eigentlich noch das Leben retten?"

Bill lächelte.

Als Conny ihre Augen aufschlug und fragte, was es zu essen geben würde, grinste er.

Sie hatten es wirklich geschafft!

Bill war so glücklich, wie noch nie in seinem Leben zuvor!

ZACK UND ASH

Gemeinsam studierten sie die beiden Karten.

„Was meint ihr? Über Reno oder Wadsworth?", fragte Conny.

„Reno ist laut der Karte viel größer, daher lieber Wadsworth", erwiderte Elsu. Somit war es entschieden.

Bill packte die Karten ein, und mit einem letzten Blick auf den Pyramid-Lake stiegen sie auf und ritten los. Drei Tage hatten sie am See zum Kräfte sammeln pausiert. Bill hatte zum ersten Mal Fisch gegessen. Conny hatte sich nicht nur als ausgezeichnete Anglerin, sondern auch als Köchin bewiesen.

Elsu war mehr als beeindruckt.

Nebeneinander ritten sie durch die Steppe, ihrem nächsten Ziel entgegen. Ausgeruht, gewaschen und gut genährt machte das Reiten mehr Spaß. Schon veranstalteten sie ein kleines Wettrennen. Storm war unschlagbar! Bald schon wollte sich keiner mehr mit Bills Pferd messen.

Am zweiten Tag trafen sie in Wadsworth ein.

„Einladend ist das Kaff aber nicht unbedingt", sagte Elsu, der wie ein Aussätziger von der Bevölkerung gemustert wurde.

„Ruhig Blut, wir sind ja bei dir und werden dich beschützen", antwortete Conny.

„Das ist nicht lustig", antwortete Elsu, als ein Schuss erklang und ein Mann mit gezogener Pistole vor ihnen stand.

Mit zittrigen Händen zielte er abwechselnd auf sie und rief:

„Schickt euch der Herr zu uns oder der Teufel?"

Bill nahm die Hände nach oben und seine Freunde taten es ihm gleich.

„Seht her, sie preisen den Himmel, also schickt der Herr sie zu uns. Gebt mir ein Halleluja!", schrie der Mann wie von Sinnen.

Dabei steckte er die Pistole wieder in den Halfter zurück.

Sie stoppten ihre Pferde genau vor dem Mann, der wie ein Pastor gekleidet war. Bill fragte: „Hallo, Herr des Glaubens, wo können wir unsere Pferde tränken?"

„Oh, hört nur. Der Herr hat einen Freundlichen zu uns gesandt. Doch sprichst du vielleicht mit gespaltener Zunge?", rief der Pastor so laut, dass sich Conny am liebsten die Ohren zugehalten hätte.

Wieder griff er zur Waffe, doch bevor er sie ziehen konnte, rief eine Frauenstimme: „Lass die Leute in Ruhe, du räudiger Hund."

„Habt ihr gehört? Das ist der Teufel höchstpersönlich! Hütet euch vor ihr", flüsterte der Pastor und rannte davon.

Einige der Anwesenden lachten. Die drei stimmten ein, auch wenn ihnen nicht unbedingt danach zumute war.

Vor dem Saloon stiegen sie ab und banden die Pferde an der Tränke fest. Zielstrebig gingen sie durch die Schwingtür und betraten den verrauchten Raum.

Der Barkeeper beäugte sie kurz, nahm eine Flasche Wasser und stellte sie wortlos auf den Tisch, an dem sie Platz genommen hatten.

Bill wollte fragen, was es zu essen gab, doch der Mann ignorierte ihn.

Die Schwingtür machte sich durch ein hässliches Quietschen bemerkbar, und ein weiterer Mann betrat den Saloon. Langsam, aber bestimmt, kam er auf sie zu, drehte einen Stuhl um und stellte einen Fuß auf die Sitzfläche. Mit furchteinflößenden Augen fixierte er zuerst Bill, dann Conny und zuletzt Elsu. Verächtlich spuckte er auf den Boden und sagte:

„Was wollt ihr Grünschnäbel hier? Und warum ist diese Rothaut bei euch?"

Bill schluckte seinen ersten Kommentar hinunter, dann fasste er sich und antwortete: „Wer will das wissen?"

„Oh, frech ist er auch noch, der Rothautfreund!"

„Seid ihr hier alle so verrückt wie euer Pastor?"

„Nicht übertreiben, Bürschlein! Sonst lege ich dich übers Knie."

Dann sah Bill den Sheriffstern unter dem Mantel und wurde noch wütender.

„Bei uns zu Hause ist der Sheriff eine Respektsperson."

Das Gesicht verzog sich zu einer hässlichen Fratze und die Hand griff zu seiner Pistole.

Damit hatte Bill gerechnet und wollte seine Waffe ziehen, doch Conny war schneller. Mit einem Fußtritt stieß sie den Stuhl um, auf dem der Typ sein Bein abgestellt hatte. Krachend fiel er zu Boden und starrte plötzlich in den Lauf von Bills Waffe.

Elsu nahm dem Sheriff die Waffe ab, spuckte neben ihm auf den Boden und sagte: „Lasst uns gehen."

Gemeinsam verließen sie den Saloon und stiegen die Stufen hinab. Elsu warf den Colt in die Tränke, und ohne weitere Worte bestiegen sie ihre Pferde und ritten aus der Stadt hinaus.

Nach einer Meile verlangsamten sie ihren Ritt.

Conny brach das Schweigen: „Elsu"…

Doch der schnitt ihr das Wort ab: „Lass gut sein, Conny. Ich weiß, was du sagen willst. Ich bin im Hoheitsgebiet des weißen Mannes. Das ist mir bewusst."

„Er hat aus dem Mund gerochen wie der Atem eines Büffels", sagte Bill, und alle mussten lachen.

Am nächsten Tag war die unangenehme Erfahrung vergessen.

Wieder einen Tag später erreichten sie Bodie, oder das, was noch davon übrig war.

„Es sieht aus, als hätten alle die Stadt fluchtartig verlassen", bemerkte Bill und machte vor den Überresten des Saloons halt.

Der Brunnen führte noch ausreichend Wasser. Elsu füllte den Trog auf. Bill setzte sich auf die Treppe und blickte sich um.

„Weiß jemand, was das ist?", fragte er und zeigte auf zwei gespannte Seile, die über der Stadt hingen.

„Das ist eine Seilbahn zum Abtransport des Gesteins", antwortete Conny.

„Woher weißt du so was?", fragte Bill.

Sie antwortete: „Mein Vater hat viele Bücher, die ich immer las. Vor allem im Winter, wenn es auf der Ranch nicht so viel zu tun gibt."

„Ich hab dir ja gesagt, dass sie ein schlaues Mädchen ist", sagte Elsu, der sich zu ihnen gesetzt hatte.

„Wie geht's nun weiter, Bill? Oder Conny, hast du eine schlaue Idee?"

„Wir sollten unser Lager aufschlagen, und da es bald dunkel wird, erst morgen mit der Erkundung beginnen", antwortete Conny.

„Ich glaube, der Stall dort drüben ist noch sicher, lasst uns die Pferde hinbringen", sagte Bill mit hängendem Kopf.

„Bill, du wusstest, dass die Stadt eine Geisterstadt ist", sagte Conny.

Bill nickte nur, stand auf und führte Storm zum Stall.

Er hatte recht. Das Gebäude stand noch sicher, und sie hatten ausreichend Platz. Sogar etwas Stroh für die Tiere war noch vorhanden. Gemeinsam aßen sie noch etwas getrocknetes Fleisch. Doch die Stimmung war gedrückt, keiner hatte Lust zum Reden. Noch ehe die Sonne richtig unterging, legten sie sich hin.

Elsu wachte auf, als er ein Geräusch hörte. Mit einem Blick sah er im Mondlicht, dass Conny und Bill schliefen.

‚Da, wieder dieses komische Knarren', dachte er, stand leise auf und lief zum verschlossenen Tor. Vorsichtig hob er den Riegel an und

165

verschwand nach draußen. An die Wand gelehnt, schaute sich Elsu um. Aber er sah nichts, was ihn beunruhigte. Der Wind hatte etwas zugenommen. Kleine Windhosen fegten über die staubige Hauptstraße. ‚Da, wieder‘, dachte er und lief in die Richtung, aus der das Knarren kam.

Als er sich den Seilen näherte, hörte er, wie sie durch den Wind leise surrten.

Er blieb stehen, um zu lauschen.

‚Es muss etwas mit den Seilen zu tun haben‘, dachte er und lief nach rechts, an den Seilen entlang. Wie er sich gedacht hatte, kam das Geräusch näher. Dann versperrte ihm ein größerer Busch den weiteren Weg. Beherzt drückte er seinen Körper durch das Gestrüpp. Als er auf der anderen Seite war, sah er die Ursache des Lärms.

Am Seil hing eine Lore, die durch den Wind kräftig schaukelte.

‚Und dafür bin ich aufgestanden‘, dachte Elsu, machte einen Schritt nach vorne ... und verlor den Boden unter den Füßen!

Zu überrascht zum Schreien, fiel er immer tiefer. Jedes Mal, wenn sein Körper an den Felswänden anstieß, verzog er sein Gesicht vor Schmerzen. Abrupt endete sein Flug in einer leichten Kurve, die ihn soweit abbremste, dass er sich nicht schwerer verletzte. Trotzdem wurde ihm schwarz vor Augen. Er verlor das Bewusstsein.

– – –

Conny bemerkte zuerst, dass Elsu nicht an seinem Platz war.

„Er wird zum Jagen gegangen sein“, sagte Bill verschlafen.

Aber Conny blickte ihn sorgenvoll an.

Nach einer Stunde wurde auch Bill unruhig. Also machten sie sich auf den Weg, um nach Elsu zu suchen.

166

„Lass uns lieber zusammenbleiben", sagte Conny zu Bill, der neben ihr herlief. Gemeinsam riefen sie immer wieder Elsus Name, doch er antwortete nicht.

Mittlerweile hatten sie das ganze Dorf abgesucht. Jedes Gebäude durchsucht, doch keine Spur gefunden.

„Lass uns zu dem kleinen Fluss gehen, der hinter dem Saloon verläuft. Vielleicht ist ihm dort etwas zugestoßen", sagte Conny und lief los.

Plötzlich blieb sie wie angewurzelt stehen, und Bill stieß mit ihr zusammen. Beide fanden sich auf dem Boden am Ufer des Flusses wieder und erblickten vor sich zwei Paar Stiefel, die ihre besten Jahre schon lange hinter sich hatten.

Bill drehte sich auf den Rücken und sah zwei langbärtige Männer, die sich erstaunt über ihn beugten.

„Siehst du Ash, keine Käferfresser", sagte einer der beiden.

Conny und Bill rafften sich auf.

„Hi, wir sind Ash und Zack, die letzten Goldsucher aus der einst so glorreichen Stadt Bodie, hi, hi, hi… Und ihr?"

„Wir sind Conny und Bill, auf der Suche nach unserem verschwundenen Freund."

„Elsu, richtig?"

„Ja genau, woher kennt ihr den Namen?"

„Jungchen, ihr habt ihn so laut und oft geschrien."

„War nicht zu überhören."

„Habt ihr eine Ahnung, wo er sein könnte?", fragte Conny.

„Vielleicht ist er ja abgehauen. Ich würde auch abhauen. Aber der alte Trottel hier meint, wir finden noch Gold. Dabei sind alle abgehauen, weil es hier nichts mehr zu holen gibt."

„Jetzt hör aber auf! Wer ist denn so verrückt nach dem Goldwaschen?"

„Rede keinen Mist, du Schwachkopf."

„Käferfresser."

„Selber Käferfresser."

Nachdem ihr Esel mit einem lautstarken „iah" die beiden unterbrochen hatte, wandten sie sich wieder Bill und Conny zu.

„Entschuldigung! Also wenn euer Freund in der Nacht umhergeirrt ist, könnte er in einen der vielen Belüftungsschächte der Mine gefallen sein."

„Wenn er den Sturz überlebt hat, ist es nicht so einfach, wieder herauszufinden. Die Gänge sind mehrere Meilen lang, und nicht jeder führt nach draußen."

„Ja, ist ein Scheißlabyrinth dort unten… und dunkel."

„Und kalt, arschkalt."

Connys Gesichtsfarbe wurde immer blasser.

Bill nahm sie in den Arm und sagte: „Er ist ein kluger Indianer. Er wird wieder herausfinden."

„Oh, auch noch eine Rothaut! Ja, dann."

„Was, ja dann?", erwiderte Bill.

Einer der Alten antwortete: „Dann ist die Wahrscheinlichkeit größer, dass er es schafft. Die Indianer sind mehr mit der Natur verbunden, als wir Bleichgesichter."

Conny und Bill entspannten sich wieder.

„Wollen wir jetzt endlich mit dem Goldwaschen anfangen?" fragte Zack.

Ash schlug seinem Partner mit der flachen Hand auf den Hut und erwiderte:

„Du ungehobelter Schafhirte. Wir helfen den beiden Gästen bei der Suche nach ihrem Freund. Ihr müsst entschuldigen, aber er hat schon so viele Käfer gefressen, dass er manchmal wirr im Kopf ist."

„So so, ich und wirr – und du hast keine Käfer gegessen, oder was?"

„Jetzt aber"… sagte Ash und drehte sich zu Bill.

„Warum seid ihr überhaupt hier?"

„In dieser Geisterstadt", ergänzte Zack den angefangenen Satz.

„Zuerst suchen wir Elsu, dann erzählen wir euch unsere Geschichte", sagte Conny und machte sich auf den Weg in Richtung Saloon.

„Sollen wir dem Weibsstück sagen, dass das der falsche Weg ist", gluckste Zack.

Bill schüttelte den Kopf und rief Conny zurück.

„Hi, hi, mir nach, Bleichgesichter."

„Selber Bleichgesicht."

„Ich bin schon immer brauner gewesen als du."

„Weil du einen Schnurrbart hast, du Idiot."

Bill schaute Conny grinsend an und flüsterte: „Das müssen wir wohl ertragen, damit sie uns helfen."

„Hey, schlechte Ohren habe ich nicht, junger Mann. Hi, hi", rief Ash und boxte Zack mit dem Ellenbogen in die Seite.

„Hey, du brutaler Schläger."

„Jetzt reicht es aber! Geht das auch ohne das dauernde Gemeckere?", rief Conny plötzlich, und es wurde still.

Ash und Zack sahen sich an und sagten nichts mehr, bis sie an dem Eingang zu einer Mine stehenblieben.

– – –

Elsu wachte mit einem Brummschädel auf. Es dauerte etwas, bis ihm einfiel, wo er sich befand und was passiert war.

Vorsichtig begann er jeden Muskel zu bewegen und atmete erleichtert auf, als die Schmerzen nicht so schlimm waren wie befürchtet.

„Nichts gebrochen", sagte er in die Dunkelheit. Wobei, ganz so dunkel war es gar nicht. Er blickte nach oben und erkannte weiter hinten einen Lichtschein. Auf allen vieren krabbelte er in die Richtung und blickte nach oben.

„Verdammt hoch und zu breit. Dort komme ich nicht mehr hoch. Aber es scheint schon Tag zu sein, dass erklärt den Lichtstrahl", sagte er zu sich selbst. Dann stutzte er. ‚Was war das?', dachte er und drehte seinen Kopf leicht nach links. ‚Da, wieder dieses Glitzern', dachte er und griff mit der Hand in die Felswand. Mit seinem Daumen wischte er Staub von der Stelle und stieß plötzlich einen Pfiff aus.

„Das muss Gold sein, so wie das glitzert", sagte er und löste den fingergroßen Klumpen aus der Felswand, dann noch einen und noch einen. Als er mehr als zehn Klumpen aus dem Gestein befreit hatte, glitzerte nichts mehr.

„Und dafür schlagen sich die Bleichgesichter ihre Köpfe ein", sagte Elsu und steckte die Klumpen in seinen Medizinbeutel.

„So, jetzt muss ich erst einmal raus hier", sagte er, stand auf und schlug sich den Kopf an einem Felsüberstand an.

„Bei Manitu, habe ich nicht schon genug durchgemacht?" rief Elsu und ging, dieses Mal gebückt, in den Gang vor ihm.

Nach gut dreihundert Metern kam er an eine Kreuzung und blieb stehen.

Alle drei Möglichkeiten, seinen Weg fortzusetzen, waren stockdunkel. Nur in dem Gang, aus dem er gekommen war, herrschte diffuses Licht.

Elsu überlegte, dann kam ihm ein Gedanke. ‚Wenn der Schacht, in den ich gefallen bin, ein Lüftungsschacht war, dann müsste der Ausgang dort sein, wo der Wind herkommt'.

Zufrieden mit sich selbst, begann er den Wind zu fühlen. Als er ihn sanft spürte, lief er mit ausgestreckten Händen weiter. Durch die völlige Dunkelheit und mehreren Blessuren sah er plötzlich etwas Licht. Zufrieden lief er immer weiter, bis er die Quelle des Lichtes erreicht hatte.

„Bei Manitu! Haben denn all meine Talismane versagt?", fluchte er und schaute nach oben zu einem weiteren Lüftungsschacht. Dieser Schacht hatte eine Abdeckung mit kleinen Löchern, deshalb war er nicht so hell.

„Ich brauche eine andere Möglichkeit, um dem Labyrinth zu entkommen", sagte Elsu. Plötzlich hörte er ein Flattern und eine Gänsehaut lief über seinen Rücken!

– – –

„Wohin jetzt?", fragte Conny.

Zack flüsterte: „Weibsbilder! Und auch noch das Kommando haben wollen. Ich mag sie nicht, hab sie noch nie gemocht."

Ash antwortete: „Weil du nie eine abbekommen hast, du hässliche Ratte, hi, hi. Da entlang, ungeduldige junge Lady. In das Haus dort."

„Und was sollen wir dort finden?", fragte Bill, bekam aber keine Antwort.

Nachdem sie alle Räume durchsucht hatten, blieb Ash plötzlich vor einem riesigen Regal stehen, in dem mehr als hundert Papierrollen verstaut waren. Er kratzte sich an seinem Bart und studierte die Schriftzeichen.

„Wo habt ihr übernachtet?", fragte Zack.

171

Bill antwortete: „Im Stall, neben der Seilbahn."

„Dann sollten wir es mit dieser Rolle probieren", rief Ash und zog eine Rolle heraus.

„Und du denkst, dass das so einfach ist? Du ziehst einen Plan heraus und das ist er dann, oder was?"

„Vielleicht haben wir ja Glück."

Während sich die beiden wieder zankten, nahm Conny Bill an die Hand und zog ihn zu der Wand neben dem Regal.

Erst jetzt erkannte er, dass dort ein Plan der ganzen Stadt befestigt war. Auf dem Plan waren alle Eingänge und die Lüftungsschächte der Mine eingezeichnet. Conny deutete auf die Karte. Bill erkannte den Stall.

„Hier, im Umkreis vom Stall, gibt es nur drei Lüftungsschächte", sagte Conny. Bill wunderte sich, wie aufgeregt Conny war.

„Planquadrat C5", rief Conny zu den beiden Goldgräbern. Zack nickte, und Ash zog den Plan aus dem Regal. Conny ging es nicht schnell genug, und sie rollte den Plan alleine aus.

Als ihr dabei eine Ecke einriss, fluchte sie wie ein Cowboy.

„Jetzt wird mir die Kleine sympathisch", sagte Ash und Zack grinste dabei.

Bill überraschte Connys Reaktion, und er fragte sich langsam, ob sie sich nach der Schlägerei in Miles City auch so viele Sorgen um ihn gemacht hatte? Schnell verwarf er den Gedanken wieder. Gemeinsam studierten sie die Karte.

– – –

„Langohrfledermäuse", flüsterte Elsu und streichelte seinen Medizinbeutel.

‚Auf euch kann ich mich doch verlassen', dachte er und grinste.

172

Dann bückte er sich und hob so viele Steine vom Boden auf, wie er tragen konnte. Pfeifend lief er in den Gang zurück, bis er nichts mehr sehen konnte. ‚Ich muss schnell und mutig sein', dachte er und atmete noch einmal tief durch.

Dann warf er den ersten Stein. Krachend schlug er gegen die Wand, und das Echo hallte durch die Gänge. Dann warf er den zweiten und den dritten Stein und lauschte. Plötzlich brach ein Inferno los! Kreischend flog eine Wolke aus Fledermäusen auf ihn zu. Er sah sie zwar nicht, doch er hörte sie und konnte sich gerade noch rechtzeitig bücken. Ohne weiter zu überlegen, folgte er den Tieren in der Dunkelheit. Sein Gehör bestimmte den Weg… und Elsu hatte ein gutes Gehör!

Nur zweimal stieß er mit der Schulter an der Felswand an, doch mit zusammengebissenen Zähnen ließ er sich nicht aufhalten.

‚Immer weiter', sagte er ständig vor sich hin.

Plötzlich sah er Licht, und dann war es vorbei!

Stille! Kein Geräusch war mehr zu hören.

Elsu befand sich in einer Höhle, die in unerreichbarer Höhe einen mit Gittern abgedeckten Luftschacht hatte. Nach einem Rundblick ließ er die Schultern hängen. ‚Acht Gänge, plus der, durch den ich gekommen bin', dachte er.

Laut sagte er: „Manitu, wo bist du?"

Auf einmal durchzuckte ihn ein Gedanke, und er schaute nach oben zu dem Gitter auf der Öffnung. Dann grinste er und sagte: „Entschuldige bitte, Manitu" und begab sich in die Position eines Sprinters. Er musste nicht lange warten. Die Fledermäuse konnten nicht durch das Gitter. Da es draußen Tag war, würden sie wieder zurückkommen. Als Elsu das Geräusch lokalisiert hatte, rannte er los, so schnell er konnte. Als ihm die ersten Tiere begegneten, beugte er sich so tief er konnte und rannte dabei immer weiter. Er folgte dem Luftzug der Tiere, dann wurde es immer heller. Erleichtert stoppte Elsu und blieb stehen, bis sich sein Atem wieder beruhigt hatte. Dann lief er langsam zum Ausgang und freute sich über die Sonnenstrahlen, auch wenn seine Augen etwas länger brauchten, um mit der Helligkeit fertig zu werden.

‚Was war das? Stimmen aus dem Gebäude dort links‘, dachte Elsu.

Er hörte Connys Stimme ganz deutlich. Froh gelaunt lief er zu dem Gebäude und trat ein.

– – –

Bill zuckte zusammen, als Conny rief: „Verflucht, was könnt ihr Goldgräber eigentlich?"

Zack stieß Ash den Ellenbogen in die Seite und sagte: „Ist sie nicht süß, wenn sie wütend ist?"

„Stimmt, sie ist echt süß", sagte Elsu.

Nun zuckten alle zusammen. Conny fasste sich als erstes und lief zu Elsu.

Sie umschlang ihn und drückte ihn so fest, dass Elsu sagte: „He, ich ersticke gleich."

„Wie siehst du denn aus?", fragte Bill, der neben ihnen stand.

„Mein Bruder, auf dich habe ich gewartet, und dann habe ich mich eben selbst gerettet", antwortete er lachend und schloss Bill in seine Arme.

„Siehst du, Rothäute sind darin einfach besser als wir Bleichgesichter", sagte Ash und schüttelte Elsu die Hand.

„Du hast aber nicht immer Recht, alter Käferfresser", erwiderte Zack und gab Elsu ebenfalls die Hand.

„Also, das ist Ash und das Zack, die beiden letzten Einwohner von Bodie", klärte Bill seinen Freund auf, während sich Conny um seine Wunden kümmerte.

174

„Das muss jetzt sofort behandelt werden", sagte Conny und zog Elsu davon. „Jawohl, Frau Doktor", antwortete Elsu.

Bill, Ash und Zack hatten Mühe, ihnen zu folgen. Erst am Trog vor dem zerfallenen Saloon holten sie die beiden ein.

„Bill, hole meine kleine lederne Tasche aus meinem Beutel.

Und ihr zwei seid mal endlich nützlich und füllt den Trog mit frischem Wasser auf."

Bill lief zum Stall, öffnete das Tor und durchsuchte Connys Sachen. Als er den Beutel mit dem Verbandszeug fand, stutzte er. ‚Was ist das denn?', dachte er und zog langsam etwas Rotes aus ihrer Tasche. Überrascht hielt er das rote Nickituch in der Hand, welches ihm bei einem Stier beinahe zum Verhängnis geworden wäre. ‚Wieso hat sie das Tuch von Chris bei sich?', fragte er sich. Kopfschüttelnd stopfte er es wieder in ihre Tasche zurück und machte sich auf den Weg.

Während Conny die Wunden von Elsu versorgte, erzählte er, wie er sich befreien konnte.

Ash und Zack waren richtig begeistert und applaudierten immer wieder.

Tief in Gedanken zog sich Bill zurück. Er suchte Holz für ein Lagerfeuer. Zufrieden mit seiner Ausbeute steckte er es in Brand und bereitete einen Kaffee zu. Lustlos stocherte er im Feuer herum und wunderte sich über sich selbst. ‚Warum freue ich mich nicht über Elsus Rettung?', fragte er sich und erschrak, als sich plötzlich eine Hand auf seine Schulter legte.

„Was ist los, Wild Bill?", fragte Connys sanfte Stimme hinter ihm.

„Nichts, ich dachte nur daran, wie es weitergeht", stotterte er und schaute dabei auf den Boden.

Conny hauchte ihm einen Kuss auf die Wange und sagte: „Wir haben Elsu wieder, und wir werden deine Eltern auch wieder finden. Los komm, lass uns zusammen Kaffee trinken."

Mehr verwirrt als vorher, stand Bill auf, nahm die Kanne in die Hand und verbrannte sich dabei natürlich die Finger. Lachend lief Conny weiter. Bill wickelte sich sein Nickituch um die Hand und holte die Kanne vom Feuer. In der anderen Hand hielt er drei Becher und lief zu den anderen.

„Diesen Kaffee müsst ihr unbedingt trinken, es ist der Beste im Westen", hörte er Elsu sagen.

„Aber ihr Indianer trinkt doch keinen Kaffee. Ihr raucht doch immer nur euren scheußlichen Tabak", sagte Ash

„Hör auf ihn zu reizen, sonst skalpiert er dich noch", antwortete Zack, und alle mussten lachen. Bill verteilte den Kaffee. Ash und Zack hatten ihr Geschirr und ihren Esel mittlerweile vom Fluss geholt.

„Ausgezeichnet", sagten Ash und Zack gleichzeitig.

Bills Grinsen wurde breiter.

„He, wollt ihr auch welche?", sagte Ash auf einmal und hielt seine Hand den anderen entgegen.

Angeekelt beugte sich Conny etwas zurück. Elsu und Bill schauten sich neugierig die gerösteten Heuschrecken, Maden und Läuse auf Ashs Handfläche an. Probieren wollte niemand.

Zack sagte: „Hab euch doch gesagt, dass er ein verdammter Käferfresser ist."

„Na und. Ich lebe noch, und so schlecht schmecken sie auch nicht. Okay, der Mistkäfer vielleicht nicht! Aber die hier schmecken super. Ihr versäumt etwas."

Bill griff beherzt zu einer Heuschrecke, die ihm noch am Schmackhaftesten aussah. Zögernd führte er sie zum Mund und

176

wartete. Es kostete ihn etwas Überwindung, doch dann schob er sie in den Mund und begann zu kauen.

„Das könnte ich nicht", flüsterte Conny. Auch Elsu sah in erstaunt an.

„Der Junge weiß, was gut ist", sagte Ash.

Bill beließ es bei der einen Heuschrecke, obwohl Ash alles versuchte, ihn zu überzeugen, weitere Käfer zu probieren.

„Ich besorge mal was anderes zum Essen", sagte Elsu und verschwand.

Später saßen sie wohlgenährt am Lagerfeuer.

„Jetzt brauche ich einen Schluck Feuerwasser", sagte Ash und rülpste so laut, dass der Esel sich lautstark beschwerte.

Verwundert, dass sich ihm außer Zack keiner anschloss, nahm er einen kräftigen Schluck und gab die Flasche an Zack weiter.

Conny und Elsu machten sich auf den Weg, um das Geschirr im Bach abzuspülen.

„Hey Bill, die Kleine steht auf dich, hi, hi", sagte Zack.

Bill antwortete: „Da bin ich mir nicht mehr so sicher."

„Ach was, ich sehe doch, wie sie dich anhimmelt", gab Ash zurück.

„Lasst uns doch über etwas anderes reden", erwiderte Bill.

„Es ist ihm peinlich."

„Ja, sieht man."

„Komm, lassen wir ihn in Ruhe."

„Danke. Sagt mal, warum seid ihr eigentlich noch hier in der Geisterstadt?", fragte Bill.

„Oh, das ist eine gute Frage. Da muss ich mir die Antwort erst überlegen", antwortete Zack.

„Ich dachte, wegen dir sind wir noch hier", rief plötzlich Ash.

„Ja, ja, war nur ein Scherz. Warten wir doch auf die anderen – okay?"

Als alle beisammensaßen, erzählte Zack:

„Ash und ich waren so ziemlich die Ersten, die hier nach Gold suchten. Und wir fanden genug Gold und Silber, um bis ans Lebensende damit zu leben. Doch leider kam mit den Goldsuchern auch jede Menge Gesindel. Die Stadt wuchs immer weiter und schneller. Als die erste Minencompany im großen Stil begann, das Edelmetall abzubauen, hatte Bodie fast 10.000 Einwohner. Leider auch fünfundsechzig Saloons alleine auf der Hauptstraße. Dann wurde es immer wilder. Jeden Tag Schießereien, Banküberfälle und jede Postkutsche, die Bodie verließ, wurde ausgeraubt. Das war keine schöne Zeit! Als die Eisenbahn kam, wurde es auch nicht besser."

„Warum seid ihr nicht gegangen, als ihr genug hattet?", fragte Conny.

„Mädchen, das ist nicht so einfach zu erklären. Es ist wie eine Sucht, da ist das Aufhören eigentlich nicht möglich. Dann hast du plötzlich sehr viele beste Freunde, die dich beim Glücksspiel ausnehmen. Ehe du dich versiehst, ist alles beim Teufel und du bist wieder arm wie eine Kirchenmaus", sagte Zack.

Ash fuhr fort: „Ja, und die Reserve wurde uns dann auch noch gestohlen.

Deshalb sind wir noch hier und suchen weiter nach Gold. Es macht uns Spaß, und die Funde sind ausreichend, um nicht zu verhungern."

„Wo sind all die anderen hingegangen?", fragte Bill.

„Als die Funde immer weniger wurden, zogen die Minencompanys ab. Und das war dann das Ende. Alle machten sich auf den Weg nach Kalifornien zur nächsten Fundstelle. Selbst die Schienen haben sie abgebaut und mitgenommen", beantwortete Ash Bills Frage.

178

Dann sagte Zack: „Warum seid ihr überhaupt hier?"

„Ich suche meine Eltern. Sie waren hier, als ich einen Brief erhielt, in dem sie mir mitteilten, dass Mutter schwer krank sei", sagte Bill.

Ash begann zu grübeln. Als Zack etwas sagen wollte, unterbrach er ihn: „Sag mal, war nicht die Frau von dem Bractearius krank?"

„Stimmt, wie hieß sie doch gleich?"

„Ähm, Annie glaube ich, und der Goldschmied, glaube ich Kurt oder so ähnlich."

„Kid Carson, vielleicht?", fragte Bill.

Ash und Zack sahen sich an und nickten gleichzeitig.

„Das sind sie, meine Eltern! Aber Vater als Goldschmied?", sagte Bill.

„Die Standard-Mines suchten welche. Einige stellten sich so gut an, dass sie eine Festanstellung bekamen."

Endlich traute sich Bill, die entscheidende Frage zu stellen:

„Wisst ihr, wohin sie gegangen sind?"

„Ich glaube nach Virginia City", antwortete Ash.

„Hoffentlich geht es Mutter noch gut!", sagte Bill und spürte Connys tröstende Hand auf seiner Schulter.

„Einhundertfünfzig Meilen nördlich", sagte Elsu, der die Karte auf seinem Schoß ausgebreitet hatte.

„Ja, da sind viele von hier hingegangen. Auch die Standard-Mines sind dort", antwortete Ash.

„Zeit, zum Schlafen gehen", sagte Conny in einem Ton, der keine Widerrede duldete. Sie gingen gemeinsam zur Scheune, in der sie alle ihr Nachtlager ausgebreitet hatten.

Bill lag wach und starrte durch ein Loch im Dach der Scheune zu den Sternen.

„Es wird alles gut werden", flüsterte Conny und griff nach seiner Hand.

So schliefen beide ein, bis die Sonne sie weckte.

Elsu war wie immer schon aufgestanden und hatte alles fürs Frühstück vorbereitet.

„Wir werden später aufbrechen", sagte Bill zwischen zwei Schluck Kaffee.

Ash antwortete: „Haben wir uns schon gedacht. Wir hoffen, du findest deine Eltern, Bill. Noch ein Tipp: Junge Frauen und Rothäute sind in einer Stadt wie Virginia City nicht gern gesehen."

„Was meinst du damit?", fragte Conny.

Zack erwiderte: „Es ist sicherer für dich, wenn du dir die Haare ganz kurz schneidest und Männerklamotten anziehst. Und du, Elsu! Auch für dich wäre es besser, dich wie ein Cowboy oder wenigstens wie ein Scout anzuziehen und auch so zu verhalten. Ansonsten werdet ihr nur Ärger bekommen, glaubt mir einfach."

„In dem Store da drüben, oder besser, was davon übrig ist, habe ich gestern Klamotten gesehen", rief Conny und setzte sich sogleich in Bewegung.

Elsu folgte ihr, und wenig später standen zwei neue Cowboys vor ihnen.

„Ich werde euch beiden wohl die Haare schneiden müssen", sagte Bill.Conny antwortete: „Nein, meinen Zopf bin ich zwar los, aber noch kürzer auf keinen Fall. Ich stecke sie mir hoch und lasse sie unter meinem Hut verschwinden."

Als Elsu sah, was Conny tat, sagte er: „So mache ich es auch."

Enttäuscht steckte Bill das Rasiermesser wieder zurück und zuckte nur mit den Schultern.

„Na ja. Von weitem müsste es gehen. Aber kommt den bösen Jungs nicht zu nahe", sagte Ash.

„Danke für alles", sagte Bill und wollte aufsteigen, als Elsu plötzlich in seinen Medizinbeutel griff und etwas herausholte. Er ging auf Ash und Zack zu, streckte seine Hand aus und öffnete die Faust.

„Für euch, weil ihr uns geholfen habt", sagte er.

Doch weder Ash noch Zack waren in der Lage, zuzugreifen.

Conny und Bill beobachteten das Ganze im Hintergrund.

„W, w w w wo hast du dddddas gefunden?", stotterte Ash.

„Da hinten am Ende der Seilbahn, hinter dem Busch. In dem Loch, in das ich gefallen bin", antwortete Elsu.

Blitzartig griff Zack zu, stammelte noch ein „Dankeschön", und Sekunden später waren die beiden, inklusive ihrem Esel, verschwunden.

„Was war das denn?", fragte Bill.

Elsu antwortete: „Ich habe etwas Gold gefunden dort unten und ihnen zum Dank einen Klumpen gegeben. War das falsch, weißer Mann?"

„Kommt, ihr zwei Spaßvögel! Lasst uns gehen", sagte Conny und schwang sich auf ihr Pferd.

„Sollen wir noch auf Wiedersehen sagen?", fragte Elsu.

Doch Bill begann schon in einen leichten Galopp überzugehen.

Elsu zuckte die Schulter, grinste breit und ritt hinterher.

FLINTENWEIB

„Verdammter Mist, dass juckt wie verrückt! Wie haltet ihr das nur aus, in euren Klamotten?", fluchte Elsu seit Stunden.

„Wenn das so weitergeht, werde ich ihn höchstpersönlich skalpieren", sagte Bill leise zu Conny, die neben ihm ritt, und antwortete:

„Vorher binden wir ihn noch an einen Marterpfahl."

„Hey, Indianer haben gute Ohren, ihr zwei da vorne", rief Elsu.

„Gewöhne dich endlich an die Klamotten. Immerhin hast du sie schon seit mehr als sechs Stunden an", antwortete Bill.

Mit jedem Tag wurde das Gejammer weniger.

Nach vier Tagen erreichten sie Virginia City.

Sprachlos sahen sie von einem Hügel auf die riesige Stadt herunter.

„So viele Häuser! Und vor allem ...Straßen überall! Wie kann man dort nur leben?", fragte Elsu.

„Bleichgesichter eben", antwortete Conny.

Bill überlegte, wie sie in so einer großen Stadt jemanden finden sollten.

Dann hatte er eine Idee und sprach sie auch laut aus: „Sheriff!

Eine der Aufgaben eines Sheriffs ist doch die Volkszählung. Also könnte uns der Sheriff weiterhelfen."

„Gute Idee! Weiß jemand, in welchem der Häuser er wohnt?", fragte Elsu.

Bill zuckte nur die Schultern.

„Lasst uns doch einfach in die Stadt reiten, dann sehen wir weiter. Wir können ja auch noch fragen, wenn es sein muss", sagte Conny und ritt los.

„Stopp", rief Bill. „Eure Haare müssen unter den Hut."

184

Nachdem die Haare versteckt waren, schmierte sich Elsu noch etwas Schmutz auf die Wangen, damit man seine rote Haut nicht gleich erkennen konnte. Zufrieden nickte Bill. Dann ritten sie langsam zum Eingang der Stadt.

Ein Saloon neben dem anderen, dazwischen Badehäuser und andere Etablissements. Mit offenen Mündern drangen sie immer weiter ins Innere von Virginia City vor. Keiner nahm Notiz von ihnen.

Als die ersten Schüsse fielen, blieben sie erschrocken stehen. Keine hundert Meter vor ihnen fand gerade eine Schießerei statt. Drei betrunkene Männer versuchten vergebens, sich mit ihren Revolvern gegenseitig zu erschießen. Sie waren so betrunken, dass eher die Anwesenden in Deckung gehen mussten. Plötzlich erklangen drei Schüsse direkt hintereinander und die Revolver der Schießwütigen lagen auf dem Boden! Aus einer Seitenstraße ritt langsam ein Mann auf seinem Pferd heran. In der Hand hielt er eine Winchester, die er mit einer geschmeidigen Bewegung in den Halfter verschwinden ließ.

Als er die erstaunten Streithähne erreichte, glitt er vom Pferd, sammelte in aller Ruhe die Revolver ein und verstaute sie in einem Beutel, der an seinem Sattel festgebunden war.

Ohne Widerrede legte er ihnen Handschellen an und verband sie mit einer Kette. Das Ende der Kette wickelte er um sein Handgelenk, mit der anderen Hand nahm er die Zügel und lief los.

Die kleine Prozession wurde von vielen Zuschauern mit Beifall beklatscht.

Immer wieder wurde „ein Hoch auf den Sheriff" gerufen.

„Was habe ich gesagt? Es wird sich was ergeben. Los, hinterher!", sagte Conny, stieg ab, und gemeinsam folgten sie der Gruppe. Vor dem Office kam die Gruppe zum Stehen. Zwei Deputys übernahmen die drei Gefangenen, um sie ins Gefängnis zur Ausnüchterung zu stecken.

Der Sheriff band sein Pferd fest, drehte sich langsam um und sagte:

„Was kann ich denn für euch drei tun?"

„Hallo, wir suchen jemanden und hoffen, Ihr könnt uns weiterhelfen", sagte Bill.

„Okay, dann mal rein in die gute Stube", antwortete er und betrat sein Office. Sie banden ihre Pferde ebenfalls fest und gingen die Stufen nach oben.

An der Tür stand der Sheriff und sagte: „Wollt ihr wirklich eure Sachen unbeaufsichtigt lassen? Besser wäre, wenn die Rothaut oder das Mädchen darauf aufpassen."

„Ihr seid ein guter Beobachter", erwiderte Bill.

Ohne weitere Worte ging Elsu wieder zu den Pferden zurück.

Nachdem sie es sich bequem gemacht hatten, fragte Bill:

„Ihr seid doch auch für die Volkszählung verantwortlich – oder?"

Der Sheriff fing lauthals zu lachen an und konnte sich fast nicht beruhigen.

„Ihr denkt ernsthaft, dass in so einer Goldgräberstadt gezählt wird? Hier hätte ich gar keine Zeit für so etwas. Sag mir mal den Namen, vielleicht habe ich ihn schon einmal verhaftet."

„Kit und Annie Carson, meine Eltern", sagte Bill.

„Nicht gleich so eingeschüchtert sein, junger Mann", antwortete er und rief: „Will, …William Shatner!"

Es dauert noch keine zwei Sekunden, bis einer der beiden Hilfssheriffs seinen Kopf zur Tür hereinstreckte.

„Ja, Sheriff?"

„Schau mal nach, ob wir einen Kit oder eine Annie Carson schon mal eingebuchtet haben."

„Ja, Sheriff, sofort."

„Kaffee für die Dame und den Herrn?"

„Danke, gerne", antwortete Conny.

„Wo wollt ihr denn in der Stadt übernachten?", fragte der Sheriff.

Bill zuckte nur die Schultern: „Darüber haben wir uns noch keine Gedanken gemacht."

Der Sheriff nickte, als plötzlich die Tür aufging und Will eintrat:

„Sheriff, so jemanden haben wir nicht als Übernachtungsgäste."

„War mir klar, wie Verbrecher seht ihr nicht wirklich aus. Mit eurem Freund da draußen und mit Euch, verehrte Lady, werdet ihr Probleme bekommen.

Sorry, aber die Verkleidung hilft euch nicht wirklich."

„Wir könnten sie bei Marie unterbringen, Chef", sage Will.

„Gute Idee. Will bringt euch hin."

„Danke, Sheriff. Das ist sehr nett von ihnen", antwortete Conny, trank ihren Kaffee aus und stand auf.

Es stellte sich heraus, dass es sich bei Marie um eine ältere Lady handelte, die am Rande von Virginia City eine kleine Pension betrieb.

„Mädchen, wie siehst du denn aus?", waren ihre herzlichen Begrüßungsworte. Schnell hatte sie alle in ihr Herz geschlossen.

Bill und Elsu genossen das Bad und schlüpften in die bereitgelegten Klamotten. Auf dem Weg zum Gesellschaftsraum fragte Bill: „Hast du wirklich noch niemals Seifenschaum gesehen?"

Elsu antwortete: „Nein, ehrlich."

Sie betraten den Raum, und Marie, die an einem gedeckten Tisch saß, machte eine einladende Bewegung. Beim Hinsetzen bestaunten sie das vornehme Gedeck und waren gespannt auf das versprochene Essen.

Plötzlich öffnete sich die Tür und Conny trat ein.

Bill traute seinen Augen nicht. „Wie ein Engel", flüsterte er.

„Genau, in einem Kleid sieht die Lady viel besser aus", sagte Marie.

Bill stand auf, um Conny den Stuhl zurechtzurücken, wie es ihm sein Opa erklärt hatte. Natürlich fiel sein Stuhl um, und Conny konnte sich ein Grinsen nicht verkneifen. Mit hochrotem Kopf führte er sein Vorhaben aus. Nachdem er seinen Stuhl wieder aufgestellt hatte, nahm er wieder Platz.

„Schau mal Elsu, jetzt sieht Bill aus wie du", sagte Marie.

Keiner war mehr in der Lage, sein Lachen zurückzuhalten.

Auch Bill stimmte mit ein.

Ein Diener servierte ein traumhaftes Essen. Als alle satt waren, begleiteten sie ihre Gastgeberin zu einer Ecke mit zwei Sofas.

„Die Damen auf einer Seite, die Herren auf der anderen", sagte Marie.

Sie setzten sich. Bill konnte den Blick nicht von Conny abwenden. So hatte er sie noch nie gesehen, eigentlich immer nur in Cowboy-Klamotten. Sie war einfach wunderschön!

Natürlich bemerkte Conny, dass Bill sie anstarrte - und sie genoss es!

Bei einer Tasse Tee plauderten sie miteinander.

Nachdem Bill Marie erzählt hatte, dass er seine Eltern suchte, überlegte sie lange. Dann sagte sie: „Die Standard Mines-Company ist auch hier in der Stadt. Bill, dort könntest du nachfragen, aber erst morgen. Heute geht's noch ins Bett. Ihr habt bestimmt schon lange nicht mehr in einem Bett geschlafen – oder?"

Bill und Conny nickten, während Elsu sie unschlüssig ansah.

„Oh, habe ich doch glatt vergessen. Elsu, hast du überhaupt schon einmal in einem Bett geschlafen?"

Elsu begann sich wieder zu kratzen und schüttelte den Kopf.

188

„Hemd und Hosen hast du auch nicht so oft an?"

Wieder schüttelte Elsu den Kopf.

„Was hältst du davon, mir eure Geschichte zu erzählen? Außer, dass ihr Bills Eltern sucht, weiß ich nichts von euch", sagte Marie und bestellte noch eine Runde Tee.

Und Elsu fing an zu erzählen. Und er erzählte und erzählte…

Marie lauschte seinen Worten. Man sah ihr an, dass sie sich freute.

Irgendwann gähnte Conny. Bill fragte, ob er sie zu ihrem Zimmer bringen sollte.

„Gerne", antwortete Conny, und die beiden verschwanden im Treppenhaus.

Vor der Tür blieb Bill stehen und stotterte: „Du bist das hübscheste Mädchen, das ich je gesehen habe."

Conny hauchte ein „Dankeschön", küsste Bill auf die Wange und verschwand in ihrem Zimmer.

Es dauerte noch lange, bis Bill sich wieder bewegen konnte. Als er in seinem Bett lag, musste er immerzu an Conny denken. Irgendwann schlief er ein.

Als Elsu die Geschichte zu Ende erzählt hatte, bedankte sich Marie und zeigte ihm sein Zimmer. Beide schauten fragend das Bett an, dann lachte Marie und schloss die Tür.

Elsu ging auf das Bett zu und legte sich vorsichtig auf die Matratze. Er bewegte sich hin und her, setzte sich auf und ließ sich wieder in die Matratze fallen. Irgendwann hatte er genug. Er stand auf, legte sich auf den Boden und schlief sofort ein!

Am nächsten Morgen machte sich Bill auf den Weg zur Minen-Company.

Der Mann hinter dem Schalter erklärte ihm freundlich, aber bestimmt, dass das Personal alle vier Wochen gewechselt würde und er einen „Carson" nicht kennen würde. Dann kam noch ein Kollege dazu, mit einem großen dicken Buch. Die beiden blätterten, bis plötzlich einer sagte: „Ah ja, hier haben wir ihn. Kit Carson, hast du gesagt?"

Bill nickte.

Der Mann las vor: „Kit Carson, ausgestiegen aus der Company am 23.08.1861.

Tut mir leid! Wohin er gegangen ist, können wir dir nicht sagen."

Bill bedankte sich und verließ niedergeschlagen das Gebäude.

Ziellos lief er durch die Stadt, bis er durch den Lärm einer rasenden Postkutsche aus seinen Gedanken gerissen wurde. Neugierig blieb er stehen und traute seinen Augen nicht! Mitten in der Stadt wurde die Postkutsche von einer Räuberbande verfolgt. Kopfschüttelnd betrat er wenig später die Pension.

„Ich sehe es dir schon an, Bill. Es hat nicht geklappt", sagte Marie und setzte sich mit ihm auf das Sofa.

„Ich habe noch eine Idee. Aber es könnte gefährlich werden", sagte sie.

Bill blickte auf.

„Du könntest das Flintenweib fragen", sagte Marie.

Als Bill sie weiterhin nur fragend anstarrte, fuhr sie fort:

„Calamity Jane, auch das Flintenweib genannt, ist nicht unbedingt eine Dame. Ich würde eher sagen sie ist ein Rüpel. Rülpst, furzt und kann mehr Whisky vertragen als jeder Mann hier in der Stadt. Außerdem kann sie reiten und schießen wie der Teufel höchstpersönlich."

„Und wie soll mir das weiterhelfen?"

190

„Man sagt, sie wisse alles, was in der Stadt passiert. Und man sagt auch, dass sie ein unglaubliches Namensgedächtnis besitzt. Selbst wenn sie betrunken ist, kann sie jeden beim richtigen Namen ansprechen. Da deine Mutter krank ist, wird sie sich vielleicht daran erinnern. Oder dein Vater hat eine Kette für sie angefertigt, das könnte auch sein. Er war doch Goldschmied – oder? Ansonsten habe ich leider keine andere Idee."

„Wo finde ich die nette Dame?", fragte Bill.

Marie antwortete: „Immer im Saloon No.10, dem übelsten Schuppen in der Stadt."

Bill seufzte. Plötzlich rief Elsu: „Wir begleiten dich, Bruder."

Marie stand auf, sah zu Conny, die ebenfalls zu ihnen gekommen war, und sagte: „Niemals! Nein, nein und nochmals nein! Ich mag mir gar nicht ausmalen, was euch zwei dort zustoßen könnte. Nein, da muss euer Freund alleine hingehen."

„Ist schon gut. Ich schaffe das schon. Aber danke für eure Hilfe."

Bill stand auf, fragte nach dem Weg und verließ wortlos die Pension.

Drei Augenpaare blickten sorgenvoll hinter ihm her.

Von weitem konnte man den Saloon No.10 schon sehen und hören. Laute Musik erklang, und es herrschte ein ständiges Kommen und Gehen. Immer wieder flog jemand aus dem Fenster neben dem Eingang. Das Fenster besaß kein Glas mehr, und Bill dachte: ‚wie praktisch'.

Ein tiefer Atemzug - und Bill betätigte die Schwingtür. Mit einem Sprung seitwärts musste er sich in Sicherheit bringen, als zwei Raufbolde nach draußen torkelten.

Die Luft stank nach Schweiß, Rauch und Alkohol. Durch den Nebel bahnte er sich einen Weg durch die Menschenmenge zur Bar. Er schaffte es und bestellte einen Whisky.

Als das Glas auf der Theke zu ihm hin rutschte, konnte er es gerade noch auffangen. Der Barkeeper verlangte Sofortzahlung. Bill warf ihm zwei Silbermünzen zu.

„Großzügig, junger Mann", sagte er.

Bill antwortete: „Wisst ihr, wo ich das Flintenweib finde?"

Schlagartig wurde es totenstill. Alle starrten ihn fassungslos an.

Bill lief ein kalter Schauer über den Rücken!

‚Verdammt', dachte er und wartete, was als Nächstes passieren würde.

Der Barkeeper beugte sich zu ihm herüber und flüsterte: „Junge, bist du verrückt oder was?"

Erschrocken trat Bill einen Schritt zurück und verlor das Gleichgewicht. Jemand hatte ihm ein Bein gestellt, und er landete auf dem Boden. Plötzlich verdunkelte sich sein Blickfeld, als jemand über ihn trat. Unsanft wurde er hochgehoben und auf einen Stuhl gesetzt. Mehrere Hände hielten ihn fest, und eine Flüssigkeit landete in Bills Gesicht. Seine Augen brannten fürchterlich, aber er ignorierte tapfer den Schmerz.

Als er wieder sehen konnte, starrte er in die Augen einer Frau. Einer Frau in Männerkleidern, mit einer Flasche in der Hand.

Ihr Gesicht kam immer näher und verharrte wenige Millimeter vor seinem.

Mit rauer Stimme flüsterte die Frau: „Wer sucht nach dem Flintenweib?

Und wehe, du hast keine gute Antwort, Bürschlein. Dann geht's dir an den Kragen."

Bill schluckte zuerst den Kloß in seinem Hals hinunter, dann sagte er mit so fester Stimme wie möglich: „Ich suche meine Eltern, Annie und Kit Carson. Man sagte mir, Ihr könntet mir weiterhelfen."

Ein verächtliches Schnaufen erklang.

192

„Du hast meine Frage noch nicht beantwortet."

Bill versuchte, den Alkoholgeruch zu ignorieren und beeilte sich mit der Antwort.

„Entschuldigen Sie, Lady. Mein Name ist Bill, Bill Carson aus Cody."

Plötzlich lachte die Frau, und ihr Kopf zog sich zurück.

Endlich konnte Bill wieder richtig atmen.

„Habt ihr gehört, ihr Gesindel? Er hat mich ‚Lady' genannt!"

Dann lachten alle. Aber nur so lange, wie auch das Flintenweib lachte.

Bill wollte sich gerade entspannen, da schnellte ihr Kopf wieder zu seinem und fragte: „Wie heißt du nochmal?"

„Bill Carson aus Cody", antwortete Bill und hatte Mühe, nicht zu stottern.

„Das glaube ich nicht! Wisst ihr, wer das ist?

Der Bursche hat die Reno-Bande hinter Schloss und Riegel gebracht!"

Bill atmete auf, bis sie fortfuhr: „John Reno war mein Freund, ein guter Freund sogar", rief sie. Wieder wurde es totenstill!

Bill rutschte das Herz in die Hose, als er hochgehoben wurde. Man zerrte ihn an einen Tisch und drückte ihn auf den Stuhl.

Das Flintenweib setzte sich ihm gegenüber und rief: „Verdammt, Waschweib! Mach endlich wieder Musik! Oder soll ich dir dabei helfen?"

Sofort begann der Klavierspieler mit seiner Musik, und auch sonst setzte die Betriebsamkeit wieder ein. Gerade so, als ob Nichts gewesen wäre.

Jane schaute Bill an und lächelte.

„Ich konnte das Arschloch John Reno nie ausstehen". Dabei lachte sie, und Bill erlaubte sich, ein wenig zu lächeln. Noch traute er dem Ganzen nicht!

„Hör zu! Man sagt, du hättest Butch Cassidy die Hosen heruntergeschossen, stimmt das?"

Bill nickte vorsichtig.

Jane sprach weiter: „Dann bist du also wirklich ein guter Schütze?"

Wieder nickte Bill nur.

„Siehst du diese Kette hier, mit den gekreuzten Pistolen?"

Wieder nickte Bill.

„Die hat dein Vater angefertigt."

Jetzt konnte Bill wirklich keinen Ton mehr herausbringen.

„Als ich hörte, dass seine Frau schwer krank ist, habe ich die Kette bestellt.

Ich habe ihm den fünffachen Preis bezahlt. Damit sie genug Geld haben, um hier aus der Hölle zu verschwinden."

„Das heißt Ihr wisst, wohin sie gegangen sind?", flüsterte Bill.

Jane nickte.

„Würdet Ihr mir sagen, wohin sie gegangen sind?", fragte Bill.

Jane antwortete: „Das könnte ich. Aber ich habe eine Bedingung."

‚Das Grinsen in ihrem Gesicht bedeutet bestimmt nichts Gutes', dachte Bill.

Laut erwiderte er: „ Und die wäre?"

„Ein Wettschießen. Nur wir zwei, nur du und ich. Wenn du gewinnst, sag ich es dir."

194

„Und wenn nicht?"

„Dann sag ich es dir eben nicht."

Nach einem kurzen Stöhnen sagte Bill: „Einverstanden, und wann?"

„Jetzt sofort, auf der Straße", antwortete sie, stand auf und rief:

„Wettschießen, jetzt sofort! Auf der Straße vor dem Saloon."

Ehe sich Bill versah, war der Saloon wie leergefegt. Mit zittrigen Beinen stand er auf und lief auf die Schwingtür zu, die das Flintenweib grinsend offenhielt.

‚Sie kann reiten und schießen wie der Teufel', fielen ihm Maries Worte wieder ein, und er schluckte den nächsten Kloß in seinem Hals hinunter.

Auf der Straße empfing ihn ein Spektakel! Jemand hatte schon einen Tisch aufgestellt und mehrere leere Flaschen darauf platziert. Auf beiden Seiten stand eine unglaubliche Menschenmenge, die nur darauf wartete, dass es endlich losging.

Neben dem Eingang stand auch der Sheriff und steckte sich eine Zigarette an. Als er Bill sah, schüttelte er den Kopf und sagte: „Viel Glück, Grünschnabel."

‚Dir werde ich es zeigen', dachte Bill, und seine Selbstsicherheit wuchs wieder.

Mutig schritt er die Treppe hinab, zwischen der Menschenmenge hindurch. Neben dem Flintenweib blieb er stehen und wollte mit seinem Ritual beginnen, als plötzlich Jane rief: „Seht alle her! Der da soll die Reno-Bande hinter Schloss und Riegel gebracht haben. Der da soll dem Revolverhelden Butch Cassidy die Hosen heruntergeschossen haben. Schaut ihn euch an! Und jetzt frage ich euch – könnt ihr euch das vorstellen?"

Alle lachten lauthals, nur der Sheriff nicht. Der zog erstaunt seine Augenbrauen nach oben.

Bill bekam von alldem nichts mit.

Er war voll konzentriert und setzte sein Ritual fort:

„Ich ziele nicht mit der Hand, ich ziele mit dem Auge.

Ich schieße nicht mit der Hand, ich schieße mit dem Verstand."

Ohne auf ein Startsignal zu warten, zog er blitzschnell seinen Revolver - und die erste Flasche auf dem Tisch zersprang in tausend Teile.

Zufrieden mit sich selbst, steckte er den Revolver zurück in seinen Halfter und bemerkte erst jetzt, dass es totenstill war. Nur das Flintenweib grinste breit, stellte sich in Position, feuerte - und die zweite Flasche zersprang.

Man reichte ihr eine Flasche Whisky, und sie nahm einen kräftigen Schluck.

In der Zwischenzeit tauschte jemand die Flaschen gegen kleinere Flaschen aus.

„Zusammen, bei drei!", rief Jane. Beide feuerten gleichzeitig.

Beide Flaschen zersprangen fast gleichzeitig. Bill war etwas schneller!

Mit einem Seitenblick sah er Schweißperlen auf Janes Stirn. Verunsichert starrte sie Bill an. Ihr Mund formte sich zu einem schmalen Strich.

‚Nicht übermütig werden', dachte Bill und sah zu, wie zwei Schnapsgläser auf dem Tisch landeten.

Diesmal wartete er nicht, bis Jane bereit war und feuerte nach seinem Ritual. Das Schnapsglas zerlegte sich in seine Einzelteile.

Alle waren sprachlos. Keiner traute sich, etwas zu sagen!

Jane starrte ihn fassungslos an.

Langsam drehte sie sich um, schüttelte den Kopf und konzentrierte sich.

Ein Schuss, gefolgt von einem lauten „Oh" der Menschenmenge - und auch dieses Glas zersprang.

Erleichtert drehte sich Jane zu Bill. Ihr Grinsen kam zurück.

Sie sagte: „Stufe eins erledigt. Jetzt kommt Stufe zwei."

Bill blickte zum Tisch, der nicht mehr an seinem Platz stand. Stattdessen ging jemand in Position, um eine Flasche in die Luft zu werfen.

Mittlerweile war die ganze Stadt anwesend. Doch das alles bekam Bill nicht mit. Er fokussierte sich auf den Werfer der Flasche, der gerade Schwung holte, und schon flog die Flasche in die Luft.

Alle hielten den Atem an. Bill zog, schoss - und sofort landete der Revolver wieder im Halfter.

Die Flasche zersprang, und ein Raunen ging durch die Menge.

‚Damit habt ihr wohl nicht gerechnet', dachte Bill und schaute zu seiner Gegnerin.

Jane lief der Schweiß mittlerweile in Strömen von der Stirn, und sie starrte ihn ungläubig an. Die Unsicherheit und Überraschung war ihr ins Gesicht geschrieben. Ihre Hände begangen leicht zu zittern. Verlangend griff sie nach der Whiskyflasche. Nachdem sie einen verhältnismäßig kleinen Schluck genommen hatte, beruhigte sie sich wieder und ging in Stellung. Mit einem Nicken gab sie dem Flaschenwerfer das Startsignal.

Ein Schuss fiel, gefolgt von einem Klong, und die Flasche landete auf dem Boden. Sie wurde hochgehoben und jeder konnte sehen, dass Jane nur den Hals der Flasche abgeschossen hatte.

„Flintenweib, jetzt hast du deinen Meister gefunden", rief jemand.

Alle fingen zu lachen an. Ein hässliches und hämisches Lachen!

‚Wenn ich hier gewinne, wird meine Gegnerin ihren Status in der Stadt verlieren. Wenn ich nicht gewinne, werde ich nicht erfahren, wo meine Eltern hingegangen sind', ging es Bill durch den Kopf.

‚Dein Gewissen wird dir sagen, was das Richtige ist', sagte sein Opa Old John immer. Bill überlegte nicht lange, was er tun würde. Er war sich sicher, dass es das Richtige sein würde.

Die zweite Flasche flog. Bill zog, schoss und verfehlte absichtlich.

Breit grinsend gab Jane den Befehl, die Flasche zu werfen.

Sie fackelte nicht lange und die Flasche zersprang.

„Anfängerglück! Ich bin und bleibe der beste Schütze in Virginia", rief Jane.

Die Menge tobte und feierte ihr Flintenweib.

Bill lief mit hängenden Schultern die Straße zur Pension hinunter.

Dort wurde er schon sehnsüchtig erwartet.

„Hast du von dem Wettschießen gehört?", rief Conny. Bill nickte nur.

„Was ist los mit dir?", fragte Maria.

Bill erzählte, was er gerade erlebt hatte.

Dass er absichtlich vorbeigeschossen hatte, behielt er für sich.

Conny schüttelte den Kopf, und Elsu sagte:

„Schade, vielleicht bekommen wir die Information von jemand anderem."

Der Tag verging, und sie halfen Marie und ihrem Diener bei der Zubereitung des Abendessens.

Nach dem Essen setzten sie sich auf die Sofas.

Bill war in Gedanken versunken und folgte der Unterredung nicht.

Als sich eine Hand auf seine Schulter legte, erschrak er zuerst.

Dann sah er in die Augen von Conny, die plötzlich neben ihm saß.

„Bill, die Welt wird nicht untergehen. Wir finden auch ohne dieses Flintenweib heraus, wo deine Eltern hingegangen sind."

„Wer nennt mich Flintenweib?", fragte eine raue Frauenstimme plötzlich hinter ihnen.

Erschrocken drehten sich Bill und Conny um und sahen in das grinsende Gesicht von Jane Calamity, dem Flintenweib.

„Es war nicht so einfach, dich zu finden. Der Sheriff hat mir dann gesagt, wo du untergekommen bist."

„Einen Tee?", fragte Marie.

Jane antwortete: „Willst du mich vergiften?"

Dabei lachten beide Frauen und verwirrten alle Anwesenden mehr als vorher.

„Mit einem Schuss Cognac für dich, wie immer", sagte Marie und reichte Jane eine Tasse. In einem Zug war die Tasse leer und Jane nickte anerkennend.

„Guter Fusel, Respekt. Aber deshalb bin ich nicht hier.

Bill, danke, dass du absichtlich vorbeigeschossen hast."

Jetzt staunten auch die anderen.

Jane fuhr fort: „Du kannst dir nicht vorstellen, was mit mir passiert wäre, wenn ich gegen dich verloren hätte."

Bill nickte und schöpfte etwas Hoffnung.

„Ich kann nur so leben, Bill. Auch wenn es keiner verstehen kann."

„Habe ich mir gedacht, deshalb schoss ich vorbei."

„Ich weiß, und daher danke ich dir von ganzem Herzen.

Deine Eltern sind mit dem Geld nach Reno und von dort mit dem Zug nach San Francisco. Dort gibt es eine Spezialklinik, wohin sie gehen wollten, um die Krankheit deiner Mutter behandeln zu lassen. Mehr kann ich dir leider nicht sagen."

Bill stand auf, umarmte Jane und flüsterte leise „danke."

Jane löste sich und sagte: „So, genug Sentimentalität. Jetzt gehe ich erst einmal etwas Gescheites saufen und zeige den Männern, was eine Harke ist.

Mach's gut. Ich hoffe, du findest sie."

So schnell, wie sie gekommen war, verschwand sie wieder.

Alle Blicke richteten sich auf Bill.

Verlegen schaute er zu Boden und sagte: „Ich wusste einfach, dass ich das Richtige tue."

Conny und Elsu stürmten auf ihn zu und drückten ihn, so fest sie konnten.

„Du Teufelskerl", sagte Marie und trank eine Tasse Tee mit Cognac in einem Zug leer.

Am nächsten Morgen verabschiedeten sie sich von Marie und machten sich auf den Weg nach Reno.

Als sie aus der Stadt ritten, kam plötzlich der Sheriff auf sie zu und lenkte sein Pferd neben Bill.

„Sorry, für den Grünschnabel", sagte er.

Bill antwortete: „Danke für die zusätzliche Motivation."

„Du bist in Ordnung, Bill. Ich hoffe aufrichtig, dass du Erfolg bei deiner Suche hast. Ach ja, eins noch, Lady: In Reno könnt ihr euch wieder in Kleider stürzen. Und dir, Rothaut, rate ich, die Cowboyklamotten anzulassen. Die stehen dir übrigens ausgezeichnet."

Mit einem Tippen an seinen Hut verabschiedete er sich und ritt lachend zurück in die Stadt.

EISENBAHN

Reno war eine komplett andere Stadt als Virginia City. Schon von weitem erkannte man befestigte Hauptstraßen und ein buntes Treiben.

Doch zwei andere Dinge fesselten ihren Blick! Zum einen die schneebedeckten Berge der Sierra Nevada im Hintergrund der Stadt, und zum anderen die vielen schwarzen Rauchwolken der Dampflokomotiven.

„Irgendwie habe ich Angst, in so ein rauchendes eisernes Pferd einzusteigen", sagte Elsu.

Bill antwortete: „Mein Freund, mir geht es ähnlich."

„Was seid ihr denn für Waschlappen? Ohne zu reiten viel schneller vorwärts zu kommen, ist doch prima", sagte Conny und stieg am Eingangsportal von ihrem Pferd.

Nebeneinander liefen sie mit ihren Pferden in die Stadt.

„Hier ist alles so sauber", sagte Conny.

Bill erwiderte: „Und normale Menschen!"

„Sieh nur, dort kann man Kleider kaufen!", rief Conny plötzlich und lief auf ein Fenster zu, in dem ein wunderschönes Kleid ausgestellt war.

„Leider habe ich nicht mehr genug Geld, um mir andere Kleider zu kaufen", sagte Conny und lief weiter.

„Ist sie jetzt traurig?", fragte Elsu. Bill nickte.

Plötzlich hielt Elsu ihm eines der Goldstücke, die er in Bodie gefunden hatte, vor die Nase und flüsterte: „Denkst du, dafür bekommt sie das Kleid?"

„Bist du verrückt geworden!", zischte Bill und steckte das Stück in seine Tasche.

Verwirrt schaute Elsu seinen Blutsbruder an, der nur „später" zu ihm sagte.

„Lasst uns eine Pension suchen. Am besten in der Nähe der Bahnstation", sagte er laut.

Es dauerte nicht lange und sie fanden in einer Nebenstraße eine kleine Pension, die ihnen zusagte. Vorsichtig klopften sie an die Tür. Ein älterer Mann in Militäruniform öffnete ihnen.

„Was schaut ihr so überrascht? Noch nie einen Sergeant der Unionsarmee gesehen?" fragte er.

„Entschuldigung Sir, damit hatten wir nicht gerechnet", stotterte Bill, als hinter der Tür jemand rief: „Serg, wer ist da?".

„Drei Frischlinge", schrie der Sergeant nach hinten.

„Haben sie gesagt, was sie wollen?"

„Äh, nein."

„Warum fragen Sie nicht?"

„Okay, was wollt ihr?", schrie er.

Am liebsten hätten sich die drei die Ohren zugehalten.

„Oh, entschuldigt bitte! Ich bin diesen Ton so gewöhnt, dass ich manchmal gar nicht merke, wie laut ich bin. Was möchtet ihr hier?"

„Zimmer für uns drei", sagte Bill und traute sich, zu grinsen.

Gerade als der Sergeant sich zum Schreien umdrehen wollte, wurde die Tür aufgezogen, und eine ältere Dame blickte sie prüfend über ihre Brille an.

„Ich habe nur noch ein Zimmer. Da ihr ja drei Jungs seid, könnt ihr es haben", sagte sie. Plötzlich blickte sie Conny genauer an.

„Meine Güte, Mädchen! Was haben sie denn aus dir gemacht? Für dich habe ich noch eine Extrakammer. Kommt mal rein.

Gemeinsam betraten sie die Stube, nachdem sie ihre Pferde angebunden hatten.

Die Lady wies sie auf die Holzbank und schaute sie der Reihe nach nochmals genauer an. Der Sergeant blieb an der Tür stehen, als ob er die Dame bewachen würde.

„Wie wollt ihr bezahlen?", fragte sie.

Bill streckte die Hand aus und überreichte ihr den Goldklumpen.

Die Dame nahm das Stück an sich und ihre Augen wurden größer.

„Wisst ihr, dass es gefährlich ist, mit Gold herumzulaufen?", sagte der Sergeant und nahm das Gold an sich. Er hielt es gegen das Fenster und stieß einen Pfiff aus. „Reiner geht's nicht, das Stück ist schon etwas wert."

„Wir möchten das Gold in Geld umtauschen. Dann werden wir das Zimmer bezahlen", sagte Bill.

„Damit könnt ihr mehr als drei Jahre hier übernachten", rief die Dame lachend.

„So lange wollen wir nicht bleiben", sagte Conny.

Der Sergeant fragte: „Habt ihr davon noch mehr?"

Bevor Elsu antworten konnte, sagte Bill „nein" und trat Elsu dabei auf den Fuß.

„Serg, gehen Sie mit dem Jungen zur Bank. Junge Lady, Ihr kommt mit mir und Du bringst eure Pferde dort drüben zum Stall. Sag dem Burschen, Lady Ascot schickt Dich."

Bill war mehr als froh, dass ihn der Sergeant begleitete. Die eingebildeten Bankangestellten hätten ihn vermutlich über den Tisch gezogen. Außerdem war er mehr als überrascht, wie viele Geldscheine er für den Klumpen bekommen hatte. Froh gelaunt kamen sie zurück und betraten sie Stube. Am gedeckten Tisch saß Elsu und langte kräftig zu.

„So lange ist es auch nicht her, dass du etwas gegessen hast", sagte Bill.

Der Sergeant lachte laut.

Sie setzten sich dazu, und der Kellner brachte weitere Speisen.

„Darf ich mich vorstellen? Lee Ermey, Sergeant der Unionsarmee. Und mit wem habe ich das Vergnügen?"

„Bill und Elsu aus Cody. Die Lady ist die Rancher-Tochter Conny. Wir wollen mit der Eisenbahn nach San Francisco."

„Darf ich fragen, was ihr in der Stadt dort wollt?"

Zwischen zwei Bissen antwortete Elsu: „Wir suchen seine Eltern"

„Aha! Was hast du eigentlich für einen komischen Namen – Elsu?", fragte der Sergeant.

Zwischen zwei weiteren Bissen sagte Elsu: „Ich bin eine Rothaut."

„Aha, das erklärt das Ganze fast. Warum die Verkleidung?"

„Nicht überall ist man so aufgeschlossen wie hier", antwortete Bill.

„Ihr seid mit Verlaub gar keine Grünschnäbel, wie ich zuerst dachte."

Plötzlich kamen Lady Ascot und Conny die Treppe herunter. Alle hatten erwartet, dass Conny in einem wunderschönen Kleid erscheinen würde, doch dieses Mal nicht. Sie trug einfache Jeans und ein kariertes Hemd.

„Sie wollte einfach kein Kleid anziehen", meckerte Lady Ascot.

„Wenigstens die Haare durfte ich ihr gerade schneiden."

Elsu und Bill grinsten und dachten beide das Gleiche: ‚Das ist unsere Conny'.

Nach dem Essen fragte Conny, ob Bill sie zum Bahnhof begleiten würde, um ein Telegramm abzuschicken. Bill stimmte natürlich zu, und wenig später befanden sie sich auf dem Weg.

„Gefalle ich dir in einem Kleid besser?", fragte sie plötzlich.

Bill antwortete, ohne zu überlegen: „Du gefällst mir in allem, was du trägst."

Als er sich bewusst wurde, was er gerade gesagt hatte, begannen seine Wangen zu glühen, während Conny kichernd antwortete: „Dankeschön."

Stumm liefen sie weiter und bestaunten das bunte Treiben in der Stadt.

„Möchtest du wissen, warum ich kein Kleid anziehen wollte?", fragte sie plötzlich. Bill nickte.

„Kleider drücken und ziehen. Aber vor allem sind sie kratzig."

„Jetzt verstehst du Elsu", platzte es aus Bill heraus.

„Stimmt genau", erwiderte Conny. Beide mussten laut lachen.

Als sie den Bahnhof betraten, stand ein Zug abfahrbereit. Der Telegrafenraum war leer, und Conny trat ein. Bill wartete am Fenster und bestaunte die Vorbereitungen am Zug. Das Fenster stand offen, und Bill konnte hören, als Conny sagte: „Schreiben Sie bitte, geliebter Chris"… dann ertönte das laute Pfeifen des Signals.

Verwirrt schaute Bill durch das Fenster, konnte aber durch die einsetzenden Geräusche des abfahrenden Zuges nichts mehr verstehen.

„…in Liebe, deine Conny", ertönte es, als sich der Lärm gelegt hatte.

Bill war mehr als verwirrt. In seinem Kopf summte es wie in einem Bienenstock.

‚Immer wieder Chris. Was läuft da?', fragte er sich ständig und bemerkte gar nicht, dass Conny plötzlich neben ihm stand.

„Was ist los?", fragte sie.

Bill stotterte: „Der Zug, die Leute… lass uns gehen."

206

Ohne weitere Worte gingen sie zurück in die Pension.

„Ah, da seid ihr ja", sagte der Sergeant, als sie eintraten.

„Ich habe schon mit eurem Freund gesprochen. Da mein Trupp Soldaten auch mit dem Zug nach San Francisco unterwegs ist, könnt ihr bei uns mitfahren. Wir haben zwei Waggons für die Pferde besetzt. Dort ist für eure Pferde und für euch auch Platz. Die Lady kann natürlich im Personenwagen bei mir mitfahren, wenn sie möchte."

„Danke für das Angebot. Aber ich möchte lieber bei meinen Freunden mitfahren", antwortete Conny.

„Bill, Ihr seht nicht gerade erfreut aus, über die Nachricht", fragte Lady Ascot.

„Entschuldigung, ich war in Gedanken. Danke, Sergeant Lee. Wir nehmen das Angebot sehr gerne an. Doch nun entschuldigen Sie mich. Ich bin müde von der langen Reise."

Dann stand er auf und verließ den Raum.

Überrascht schauten ihm alle anderen nach.

„Was ist nur los mit ihm, seit wir am Bahnhof waren', dachte Conny.

Wenig später entschuldigte auch sie sich und ging in ihre Kammer. Als sie in ihrem Bett lag, stand sie nochmal auf und lief zu ihren Sachen. Wenig später hatte sie gefunden, was sie suchte: das rote Nickituch lag in ihrer Hand. Sie wickelte es um ihr Handgelenk, und wenig später schlief sie lächelnd ein.

Bill aber konnte nicht schlafen!

‚Erst das Nickituch von Chris, dann das Telegramm an Chris', dachte er.

Doch irgendwann wurde er vom vielen Denken müde und schlief endlich ein.

Sie blieben noch einen Tag. Bill hielt sich bewusst von Conny fern, so gut es ging. Allen war aufgefallen, dass mit Bill etwas nicht stimmte.

Doch nur Elsu traute sich, ihn darauf anzusprechen.

„Was ist denn los?", fragte er.

Doch Bill gab ihm keine Antwort und ging stattdessen in den Stall zu den Pferden, um sie auf die morgige Reise vorzubereiten.

„Conny, weißt du, was mit ihm los ist?", fragte Elsu.

Sie antwortete: „Keine Ahnung. Seit wir am Bahnhof waren, ist er plötzlich so verschlossen."

„Vielleicht liegt ihm die Stadt nicht. Ein Cowboy braucht die Prärie", mischte sich Lady Ascot in das Gespräch ein.

Conny nickte, aber dachte dabei: ‚Und ich dachte immer, er ist in mich verliebt.'

„Wir werden das unterwegs klären", antwortete sie plötzlich in einem Ton, der keine Widerrede duldete.

„Und du hör endlich auf, so viel zu futtern", rief sie Elsu zu.

Der zuckte zusammen, und ließ das Törtchen, das er in seiner Hand hielt, fallen.

Schnellstens machte er sich aus dem Staub.

„Männer!", lachte Lady Ascot. Conny lächelte.

Am nächsten Morgen brachen sie nach einer herzlichen Verabschiedung auf. Der Sergeant wartete schon auf sie und begleitete sie zum Pferdewaggon.

„Hallo, ich bin Ben", wurden sie von einem Jungen ihres Alters freundlich begrüßt. Gemeinsam brachten sie die Pferde in den Waggon und setzten sich auf die Strohballen. Der Sergeant verabschiedete sich, und sie waren mit Ben alleine.

„Was schaust du mich so an?", fragte Ben.

Der angesprochene Elsu antwortete: „Bist du ein Sklave?"

„Meinst du wegen meiner dunklen Hautfarbe?", erwiderte Ben. Elsu nickte.

„Hier im Norden sind wir freie Männer. Ich bin froh, bei der Armee einen Job gefunden zu haben, der mir Spaß macht. Nun eine Frage an dich: Bist du ihr Gefangener?"

Conny und Bill lauschten erstaunt dem Gespräch der beiden.

„Weil ich eine Rothaut bin und die zwei da Bleichgesichter?"

Ben nickte und Elsu antwortete: „Also ganz ehrlich, Ben. Es ist umgekehrt. Die zwei sind meine Gefangenen und ich bringe sie zum Marshall, um das Lösegeld zu kassieren."

Plötzlich begannen sie gemeinsam zu lachen und hörten erst auf, als die Pfeife erklang und der Zug sich langsam in Bewegung setzte.

Ben und Elsu standen auf und zogen das Tor bis auf einen Spalt zu.

Gespannt starrten die Drei durch diesen Spalt nach draußen.

„Verdammt schnell, das eiserne Pferd", sagte Elsu.

„Conny, du hattest recht. So schnell würden wir niemals reiten können", sagte Bill, und Conny freute sich, dass er sie endlich wieder angesprochen hatte.

‚Bestimmt wird alles wieder gut', dachte sie und genoss endlich die Zugfahrt.

Es stellte sich schnell heraus, dass Ben die Zugfahrt schon öfter gemacht hatte. Es hatte den Anschein, als kenne er jede Schwelle, jeden Berg und einfach alles, was auf dem Weg lag. Bill ließ seinen Gedanken freien Lauf und bestaunte die vorbeifliegende Landschaft.

Conny und Elsu quetschten jedes Wissen aus Ben heraus, der sich freute, den Klugscheißer spielen zu dürfen.

„Bald beginnt der nördliche Ausläufer der Sierra Nevada. Dort sind zwar nicht die höchsten Berge, aber dafür die meisten und längsten Tunnel auf der Strecke. Es dauert nicht mehr lange und wir fahren durch den ersten längeren Tunnel. Deshalb, Bill, müssen wir das Tor schließen. Es wird dunkel werden, so dunkel wie die Nacht."

Er stand auf und tippte Bill auf die Schulter. Der erschrak, fasste sich aber wieder und half ihm, das Tor zu verschließen.

Sie setzten sich alle nebeneinander, wie Ben es ihnen sagte und warteten, bis es dunkel wurde.

Ein Pfeifen erklang, und wenig später war es so weit: Es wurde stockdunkel, und das fanden alle beängstigend, nur Ben nicht.

„Ihr braucht keine Angst zu haben, die Tunnelbaugeister kommen nur alle einhundert Jahre heraus."

Plötzlich spürte Bill Connys Hand in seiner. Elsu, auf der anderen Seite, griff ebenfalls nach seiner Hand.

Dankend nahm er beide Hände und drückte sie, um zu zeigen, dass er sie beschützen würde, falls die Geister kämen.

So schnell, wie die Dunkelheit kam, ging sie auch wieder.

Als es hell wurde, lösten sich die Hände und ein erleichtertes Ausatmen war zu hören.

„Die Pferde waren ruhiger als wir", sagte Bill.

Ben antwortete: „Die sind schlauer als wir denken."

210

Beim nächsten Tunnel spürte er nur noch Connys Hand in seiner, die sie auch nicht wegnahm, als es hell wurde. Verwirrt schaute er sie an, doch sie schaute etwas beschämt zu Boden.

„Lass uns das Tor öffnen und die Landschaft genießen", sagte Bill und half ihr auf. Gemeinsam öffneten sie das Tor.

Der Anblick war atemberaubend! Am liebsten hätte er Conny in den Arm genommen. Doch dann fielen ihm das Tuch und das Telegramm wieder ein, und er zog sich etwas zurück.

Ben übernahm wieder die Rolle des Reiseführers: „Nicht mehr weit, dann überfahren wir den Donnerpass und es geht abwärts nach Sacramento. Die Stadt hat ein Einwanderer aus der Schweiz, J. A. Sutter, gegründet. Das Fort ist nach ihm benannt. Es liegt direkt am American- und am Sacramento-River. Es befindet sich in der Nähe des Bahnhofs. Wenn ihr wollt, können wir es besuchen. Der Zug hat eine Stunde Aufenthalt."

„Nein, danke. Ich lass lieber die Pferde etwas laufen. Aber sag mir, was ist Schweiz oder ein Schweizer?", fragte Elsu.

Ben antwortete: „Die Schweiz ist ein Land im fernen Kontinent, der sich Europa nennt. Ich habe gelesen, dass es dort noch viel mehr, und vor allem höhere Berge, als bei uns geben soll."

„Interessant, was du alles weißt. Ich bin wirklich beeindruckt, Ben", sagte Conny.

Bill kümmerte sich um die Pferde, die jetzt doch etwas unruhig wurden.

In Sacramento hielten sie, wie von Ben vorausgesagt, an.

Elsu und Bill kümmerten sich um die Pferde und ließen sie mit den anderen im Waggon etwas auf und ab gehen.

211

Conny ging mit Ben zum Bahnhofsgebäude, um etwas zum Essen zu besorgen. Die Fahrt würde noch etwa drei Stunden dauern. Bahnfahren macht hungrig.

‚Eine weitere von Bens Weisheiten, die stimmt‘, dachte Bill.

Ben hievte Connys größten Topf in den Waggon, den sie mitgenommen hatte. Gut gelaunt kletterte Conny mit einem Beutel voll Maisbrot zu ihnen.

Als es wieder los ging, saßen sie im Kreis und starrten auf den dampfenden, prallgefüllten Topf, der vor ihnen stand. Sie hatten sich zwar alle einen Löffel und ihre Teller geschnappt, doch keiner traute sich anzufangen.

„Cowboyeintopf hat der nette Herr gesagt. Also langt ruhig zu", sagte Conny und machte den Anfang.

„Das schmeckt ja wirklich lecker, vor allem diese Fleischbällchen. Köstlich!", sagte Elsu zwischen zwei Bissen.

„Ja, ich finde, die Büffelhoden schmecken wirklich fantastisch", erwiderte Conny und grinste hämisch.

„Damit schockst du mich nicht, Lady. Bei uns ist sowas eine Spezialität", antwortete Elsu, während Ben zu husten begann, nachdem er ein Fleischbällchen angewidert ausgespuckt hatte.

„War nur Spaß, Ben. Das ist gemischtes Hackfleisch, hat der Koch zumindest gesagt", sagte Conny.

„Na wartet. Wenn wir die Foresthill-Brücke überqueren, wird euch das Scherzen schon vergehen", antwortete Ben.

„Warum?", fragte Elsu

Ben antwortete: „Weil sie mehr als siebenhundert Meter lang, und vor allem zweihundertzwanzig Meter hoch ist."

„Ja, und?", setzte Elsu die Fragerei fort.

212

„Weil sie aus Holz ist und wackelt wie ein Ochsenschwanz, wenn wir drüberfahren."

Es stellte sich heraus, dass Ben auch dieses Mal nicht gelogen hatte. Die Brücke wackelte wirklich verdächtig, doch sie erreichten unbeschadet die andere Seite. Nach einer weiteren Stunde kamen sie an ihrer Endstation an, in Emeryville.

Nachdem sie ihre Pferde über die Rampe führten, kam Sergeant Lee zu ihnen, um sich zu verabschieden.

Er wünschte ihnen viel Glück bei der Suche nach Bills Eltern.

Sie bedankten sich bei ihm und bei Ben. Nach dem Satteln der Pferde ritten sie gemütlich zur Fähre, die sie über die Bucht von San Francisco zur eigentlichen Stadt bringen würde.

Schweigend führten sie die Pferde auf das größte Fährschiff, das Bill je gesehen hatte.

Von weitem sah man die riesige Stadt, und Bill fragte sich wieder, wie er dort nur jemanden finden sollte.

Elsu legte seine Hand auf Bills Schulter und sagte: „Wir schaffen das."

‚Als ob er Gedanken lesen könnte', dachte Bill.

Nachdem sie bezahlt hatten, legte die Fähre an. Conny hatte sich bei den Fahrgästen nach einer Schlafgelegenheit erkundigt und übernahm die Führung.

Das Großstadtabenteuer konnte beginnen!

SUCHE

Zielstrebig führte Conny sie durch die riesige Stadt. Beeindruckt folgten ihr Bill und Elsu, bis sie plötzlich vor einem mehrstöckigen Backsteingebäude stehen blieben.

Conny zeigte auf einen Holzverschlag, links daneben, und sagte:

„Dort ist der Stall, lasst uns zuerst die Pferde hinbringen."

„Stimmt, die können wir hier nicht gebrauchen", antwortete Elsu.

Der Stallbursche empfing sie freundlich. Es hatte den Anschein, dass er schon länger keine Pferde mehr gesehen hatte. Liebevoll nahm er sich der Pferde an und ließ ihre Besitzer einfach stehen. Kopfschüttelnd machten sie sich auf den Weg zu dem fünfstöckigen Gebäude. Ehrfurchtsvoll standen sie vor dem Eingang. Bill traute sich zuerst und öffnete die Tür.

In der Eingangshalle standen mehrere Sofas, die zum Hinsetzen einluden.

Doch Bill lief zielstrebig auf den Tresen neben der Treppe zu.

„Hallo, Sie wünschen?", fragte ein freundliches, schwarzhaariges junges Fräulein dahinter.

„Wir hätten gerne für uns ein Doppelzimmer und für die Lady ein Einzelzimmer", antwortete Bill.

„Es tut mir leid. Morgen ist das große Hafenfest. Wir haben keine Zimmer mehr frei", erwiderte die Hotelangestellte.

Nachdem sich Bill wieder gefangen hatte, fragte er, ob sie wenigstens ein wenig auf den Sesseln ausruhen dürften, was die junge Dame gerne gewährte.

Nachdem sie sich gesetzt hatten, beratschlagten sie, was sie nun tun würden.

„Das fängt ja gut an", sagte Elsu.

Conny bemerkte: „Was wird das erst mit der Suche nach deinen Eltern, bei einem so großen Fest."

Bill sagte zu alledem nichts. Mit versteinertem Blick starrte er durch die großen Fenstern nach draußen.

Nach einer Weile räusperte sich jemand neben ihnen.

Bill blickte auf und sah in das Gesicht der Hotelangestellten.

„Entschuldigung, ich habe euch belauscht. Vielleicht kann ich euch helfen", flüsterte sie und blickte dabei verstohlen hinter sich.

„Setz dich doch", sagte Conny. Aber das Mädchen verneinte.

„Wenn meine Chefin kommt, gibt es nur Ärger. Wir Angestellten leben in dem kleinen Haus auf der Rückseite. Unsere Chefin kümmert sich nicht um uns, solange wir zur Arbeit erscheinen. Du könntest bei mir im Zimmer schlafen, und ihr zwei oben auf dem Dachboden. Natürlich nur, wenn ihr wollt."

Bill strahlte und erwiderte: „Und ob wir wollen. Vielen Dank!"

„Seid in zwei Stunden hinten am Haus, dann lasse ich euch rein. Aber lasst euch nicht sehen. Nur eine Bedingung habe ich".

„Und die wäre?"

„Ich möchte wissen, was ein Crow-Indianer mit euch zu tun hat."

Elsu stand auf und antwortete: „Und wer will das wissen?"

„Sacajawea, die Vogelfrau der Shoshonen."

Ohne weitere Worte drehte sie sich um und begab sich zu ihrem Arbeitsplatz.

„Elsu, was ist los?", fragte Conny.

Bill antwortete: „Hast du nicht gehört, von welchem Stamm sie ist?"

„Doch, aber was hat das damit zu tun? Wir sind hier, und sie will uns helfen. Also, Elsu! Was soll das? Sie ist ganz bestimmt keine Anhängerin von diesem hässlichen Red Cloud."

„Entschuldigung", stammelte Elsu, und sie verließen das Gebäude.

Draußen, im Lärm der Großstadt, versuchten sie, sich zu orientieren.

Conny übernahm wieder die Führung und lief zielstrebig auf einen kleinen Krämerladen auf der anderen Seite der Straße zu.

„Ist dir schon aufgefallen, dass die Straßen alle gepflastert sind?", fragte Bill. Aber keiner hörte ihm zu.

Elsu starrte nur auf seine Füße und wäre beinahe an der Treppe gestolpert, während Conny den Laden betrat.

Sie setzten sich auf die Treppe und schauten schweigend dem Treiben zu.

Irgendwann kam Conny freudestrahlend zurück und setzte sich zwischen sie. Dann holte sie rote Früchte aus einem Netz und gab jedem eine.

„Das ist eine Tomate, lasst es euch schmecken.

Hier habe ich eine Karte der Stadt bekommen. Die Besitzerin war so freundlich und hat alle Krankenhäuser eingezeichnet."

„Wie hast du das wieder geschafft?", fragte Bill.

Achselzuckend antwortete Conny: „Weiblicher Charme."

Beherzt bissen sie zu. So lecker, wie die Frucht aussah, schmeckte sie auch.

Schnell verging die Zeit. Also machten sie sich auf den Weg zu dem verabredeten Ort, hinter dem großen Backsteinhaus.

Ein kleiner Chinese öffnete ihnen und bat sie herein. Schnell schloss er die Tür und führte sie die Treppe nach oben, in einen großen Raum. Sacajawea begrüßte die drei und stellte sie der kunterbunten Truppe vor. Ein Ire, zwei Chinesen, eine Afrikanerin und zwei eindeutige Blackfoot-Indianer grinsten sie freundlich an. Schnell stellten sie fest, dass Sacajawea die Älteste von allen war.

Sie mussten tausend Fragen beantworten, und alle hingen an Bills Lippen, als er ihre Geschichte erzählte.

Irgendwann stand Sacajawea auf und nahm Conny mit in ihr Zimmer.

Ohne Widerrede folgte sie. Eigentlich war sie erleichtert, endlich etwas zur Ruhe zu kommen.

Sacajawea schloss die Tür und zeigte auf eine Matratze auf dem Boden:

„Die müssen wir uns teilen. Außer, du willst unbedingt auf dem Boden schlafen", sagte sie und grinste dabei.

„Ist okay. Ich bin keine verwöhnte Weiße, wenn du das meinst", antwortete Conny und beide kicherten.

Wenig später lagen sie auf der Matratze und Sacajawea fragte:

„Wie ist denn Elsu so?"

„Er gefällt dir, hab ich recht?"

„Irgendwie schon, aber er ist ein Crow und ich eine Shoshonin."

„Ich dachte, das ist kein Problem für dich?"

„Ist es auch nicht. Aber ich fürchte, für ihn schon."

„Das glaube ich nicht. Warum fragst du?"

Sacajawea überlegte lange, bevor sie antwortete:

„Würdet ihr mich mitnehmen, wenn ihr zurückgeht?"

Jetzt musste Conny überlegen, bis sie antwortete:

„Ich dachte nicht, dass du unglücklich bist."

„Conny, ich wurde bei einem Überfall auf unser Dorf entführt. Die Weißen haben mich dann an die Hotelbesitzerin verkauft. Ich habe Sehnsucht nach der Weite der Prärie, nach Freiheit". Dann fing sie leise zu weinen an.

Conny nahm sie in den Arm und tröstete sie.

Über ihnen auf dem Dachboden lagen Bill und Elsu und versuchten einzuschlafen.

„Ist dir aufgefallen, wie Sacajawea dich anstarrte?", fragte Bill.

„Sie ist eine Shoshonin, schon vergessen?"

„Sie ist auch hübsch, und sie scheint dich zu mögen."

„Ja, ich weiß."

„Und?"

„Und was?"

„Hast du sie wenigstens ein wenig gern?"

„Natürlich, und du liebst Conny."

Elsu wartete auf eine Antwort, doch es kam keine.

„Was ist los, Bill?"

„Conny ist wohl eher in Chris verliebt."

„Wie kommst du darauf?"

„Sie hat Chris' rotes Nickituch in ihrer Tasche. Und in Reno hat sie ein Telegramm an Chris geschickt. So komme ich drauf."

„Das glaube ich nicht"

„Glaube, was du willst. Und jetzt schlaf und träume von deiner Kriegerin."

Am nächsten Morgen machten sie sich auf den Weg zum ersten Krankenhaus. Leider konnte sich niemand an Bills Eltern erinnern. Zu ihrer nächsten Station mussten sie am Hafen vorbei. Fasziniert starrten sie auf die vielen Schiffe und auf das weite Meer.

„Wasser, wohin man schaut", sagte Bill ehrfürchtig.

„Nix für mich, und diese Stadt auch nicht", meckerte Elsu.

„Lasst uns weitergehen, ehe wir noch von den vielen Menschen hier umgerannt werden", sagte Conny, schnappte sich Elsu und Bill und zog sie weiter.

Enttäuscht kamen sie am Abend zu ihrer Unterkunft zurück.

„Wie ich sehe, wart ihr nicht erfolgreich", sagte Sacajawea.

„Leider nein", antwortete Conny.

„Kommt, lasst uns etwas essen. Ich habe mit Freds Hilfe etwas mitgehen lassen, extra für euch."

„Danke, aber wir können auch bezahlen", sagte Bill.

„Ihr seid meine Gäste", antwortete Sacajawea, und alle mussten lachen.

Nach dem Essen zogen sich Sacajawea und Elsu in eine Ecke zurück.

„Was bedeutet eigentlich dein Name, Elsu?", fragte sie.

„Fliegender Falke."

„Die Vogelfrau und der fliegende Falke. Wenn das kein Zeichen von Manitu ist", erwiderte Sacajawea und grinste schelmisch.

Plötzlich erklang ein Grollen, und der Boden vibrierte!

„Was ist das?", rief Elsu aufgeregt.

Sacajawea antwortete: „Ein Erdbeben."

Das Geräusch und die Vibrationen wurden immer lauter und stärker.

Sacajawea schmiegte sich an Elsu und Conny griff ängstlich nach Bills Hand.

Plötzlich war alles wieder vorbei, doch Sacajawea ließ Elsu nicht los.

Auf einmal wackelte alles! Staub rieselte herab, und das Gebälk des Hauses ächzte, aber es hielt. Das ganze Geschirr fiel scheppernd auf den Boden - und dann war es vorbei!

Von draußen drangen vereinzelte Hilferufe zu ihnen herein.

Elsu schaute fassungslos in die Runde.

Bill stand auf und klopfte sich den Staub aus den Kleidern.

Elsu half Sacajawea aufzustehen, die immer noch am ganzen Körper zitterte.

„So ein Mist. Ich hasse das Meer, ich hasse diese Stadt und ich hasse, was eben gerade passiert ist!", rief Elsu und drückte Sacajawea an sich.

„Ich stimme dir zu", antwortete Bill und half Conny auf die Beine, die ebenfalls geschockt war.

Zwei kurze Nachbeben folgte noch, dann war es vorbei.

Gemeinsam sorgten sie für Ordnung, als einer der Blackfoot-Jungs die Tür aufriss und rief: „War nicht so schlimm! Ist fast nichts passiert, gut für das Fest morgen."

Sacajawea wollte Elsu nicht mehr loslassen.

Sie flüsterte: „Bitte, nimm mich mit. Ich ertrage das alles nicht mehr hier. Bitte Elsu, bei Manitu."

Elsu drückte sie fest an sich und sagte: „Ich werde dich nie mehr verlassen."

In dieser Nacht schlief keiner so wirklich. Der nächste Morgen verlief daher recht still. Sacajawea hatte heute Morgen dienstfrei, da die Gäste bei der Feier immer spendabel waren, und das würde die alte Hexe bestens ausnutzen, sagte Sacajawea.

Zu viert gingen sie zum letzten Krankenhaus in der Stadt. Bill betrat das Gebäude alleine, während seine Freunde draußen dem bunten Treiben zusahen.

Als Bill zurückkam, sah man ihm an, dass etwas nicht stimmte.

‚Er sieht irgendwie erfreut und doch traurig aus', dachte Conny.

„Also, ein Arzt konnte sich an den Namen „Carson" erinnern. Ein anderer sogar an eine Annie Carson. Leider weiß niemand, wohin sie gegangen sind."

„Wenigstens wissen wir jetzt, dass sie hier waren. Vielleicht halten sie sich noch in der Stadt auf", erwiderte Conny.

„Aber wie sollen wir sie finden? Schau dich um, so viele Menschen", antwortete Bill.

„Hallo, Bruder! Nicht so mutlos. Wir finden schon eine Möglichkeit", sagte Elsu und legte den Arm tröstend um seinen Blutsbruder.

Langsam schlenderten sie ziellos durch die Stadt.

„Da, ein Telegrafenamt", rief Conny.

„Da kannst du deinem geliebten Chris wieder eine Nachricht schicken", sagte Bill und bereute sofort, was er gerade gesagt hatte.

Conny schaute ihn fassungslos an und antwortete:

„Warum sollte ich nicht meinem Vater schreiben, dass es mir gutgeht?"

223

„Deinem Vater?"

„Ja, meinem Vater. Warum?"

„Aber das rote Nickituch von Chris...?"

„Langsam, Bill! Was denkst du denn?"

„Ich weiß nicht mehr, was ich denken soll, Conny. Es tut mir leid, was ich gesagt habe."

Sacajawea wollte etwas sagen.

Elsu hinderte sie daran, und so hörten beide weiter zu.

„Jetzt mal langsam, Bill. Wo ist dein Problem?"

„Wie gesagt, Entschuldigung, Conny."

Plötzlich lachte Conny laut. Nun schauten sie alle ratlos an. Als sie sich wieder gesammelt hatte, nahm sie Bills Hände in ihre, strahlte ihn an und sagte:

„Du eifersüchtiger Trottel! Mein Vater heißt Chris. Ich wollte ihn vor euch Cowboys nicht mit Daddy anreden."

„Aber das rote Tuch?", erwiderte Bill verlegen.

„Du hast die Rinderherde damit gerettet. Deshalb ist es mein persönlicher Talisman, so wie du meine Haarspange als Talisman hast. Du Dummerchen."

„Siehst du, ich hab's doch gleich gesagt", mischte sich Elsu ein.

„Ja, jetzt stehe ich schön blöd da", stammelte Bill und wäre am liebsten im Erdboden verschwunden.

Conny erlöste ihn, nahm ihn in den Arm und küsste ihn.

„Bei Manitu", rief plötzlich Elsu und trennte die beiden unsanft.

Gerade, als Bill protestieren wollte, folgte er Elsus Zeigefinger und erstarrte.

Ungläubig blickten sie auf ein Plakat, das die Kunsthändler des heutigen Festes aufzählten. Als zweitletzter Name stand dort in schwarzen Buchstaben:

„Kit Carson – Goldschmiedearbeiten"

Sacajawea reagierte als Erstes und zog sie mit sich zur Festmeile am Hafen.

WIEDERSEHENS-FREUDE

„Was für ein Durcheinander! Wie sollen wir hier jemanden finden?", stammelte Bill.

„Mir nach! Ich weiß, in welcher Seitenstraße die Kunstschmiede zu finden ist", rief Sacajawea über den Lärm hinweg.

Wenig später bogen sie in eine Gasse ab, in der es vor Gold nur so glitzerte.

Bill blieb wie angewurzelt stehen, als er von weitem seinen Vater hinter einem Stand stehen sah. Conny war ohne ihn weitergelaufen und blieb vor Kit Carson stehen.

„Conny, bist du das?", sagte er mehr zu sich selbst.

Strahlend antwortete sie: „Ja, ich bin es, Mister Carson. Ich habe ihnen jemanden mitgebracht."

„Aber du bist schon so groß, so erwachsen", erwiderte er.

Dann sah er Bill und für beide gab es kein Halten mehr!

Sie schlossen sich in die Arme und schauten sich immer wieder ungläubig an.

„Wie…, warum…, was passiert hier… und wieso?", stotterte Mister Carson ständig, bis ihn Bill unterbrach und fragte: „Wie geht es Mutter?"

„Dreh dich um, dann kannst du sie selbst fragen."

Mit Tränen in den Augen schloss ihn seine Mutter in ihre Arme.

„Mein Sohn, wie bist du groß geworden."

„Mutter, wie geht es dir?"

„Einen Moment, mein Junge", antwortete sie und drehte sich zu ihrem Gatten um, ohne Bill loszulassen.

„Kit, ich geh mit ihnen nach Hause. Mach so früh Schluss wie möglich."

Betrübt nickte Kit und widmete sich einem Kunden.

„Lasst uns zum Hafen gehen. Ist das Conny, die Tochter vom Rancher?

Und wer sind deine beiden Freunde?", fragte sie.

Bill antwortete: „Lass uns zuerst aus dem Trubel gehen, Mutter."

Nach wenigen Metern mussten Bill und Elsu sie stützen.

Mühsam kamen sie an einen unbelebten Kai und ließen sich auf zwei Bänken nieder.

Schwer atmend sagte Annie: „Ich würde euch gerne zu einer Tasse Tee einladen. Aber wir haben nicht genug Geld". Beschämt blickte sie zu Boden.

Conny schnappte sich Sacajawea und verschwand in der Menschenmenge.

„Was ist mit dir?", fragte Bill.

Seine Mutter antwortete: „Zuerst möchte ich wissen, wer dein Freund ist."

„Das ist Elsu, mein Blutsbruder, Mutter."

„Blutsbruder! Verzeih, Elsu – richtig? Bist du ein Crow wie Kajika?"

„Ja, Mam", antwortete Elsu.

„Mutter, sag mir jetzt endlich, wie es um dich steht?", sagte Bill.

Gerade, als sie anfangen wollte, kamen Conny und Sacajawea zurück.In den Händen hielten sie eine Kanne Tee und mehrere Becher sowie eine Tüte mit Gebäck.

Als alle saßen, seufzte Annie und begann zu erzählen:

„Bill, mir ging es damals schon nicht gut, was mit einer der Gründe war, Cody zu verlassen. Ich habe mir nie verziehen, dich bei Old John zurückgelassen zu haben. Ach, Bill! Als wir in Bodie ankamen, ging es mir zuerst besser. Dein Vater fand endlich die Arbeit, für die er geboren war und wurde zum Goldschmied angelernt. Er war so gut, dass wir viel Geld sparen konnten. Nach einem Jahr begann ich wieder zu Husten. Durch den Staub wurde es immer schlimmer. Dein Vater ließ sich nach Virginia City versetzen. Doch auch dort machte mir der ganze Staub aus den Minen zu schaffen. Vaters Vorgesetzter gab uns den Rat, ans Meer zu ziehen. Die Salzluft würde mir besser bekommen.

Er war so nett und gab uns einen Vorschuss. Doch auch mit dem Gesparten reichte es immer noch nicht, um ans Meer zu fahren. Als ein Segen entpuppte sich die Bekanntschaft mit Jane Calamity."

„Das Flintenweib", rief Elsu und wurde sofort wieder still.

„Ihr kennt Jane?"

„Oh ja, Mutter. Doch jetzt erzähle bitte weiter", sagte Bill.

„Vater fertigte ein wahres Kunstwerk für sie an."

„Ich habe es gesehen, Mutter. Es ist wahrhaftig wunderschön."

„Du musst mir unbedingt erzählen, wie du hierhergekommen bist, mein Sohn."

Bill nickte nur, und sie erzählte weiter:

„Jetzt hatten wir genug Geld für die Zugfahrt hierher. Vater hatte eine Adresse bekommen, wohin wir zuerst sind. Dort bekam er eine Anstellung, doch die Bezahlung war schlecht und die Arbeit hart. Mir ging es zwar besser, aber deinem Vater nicht. Wir kratzten alles an Geld zusammen, was wir hatten und bauten uns eine neue Existenz auf. Ich half deinem Vater so gut es ging. Wir leben von den Verkäufen des Standes, den du gesehen hast. Das ist alles, was wir besitzen. Dein Vater hat sich bereits einen Namen gemacht, und einige Stammkunden haben wir auch schon. Trotzdem reicht es vorne und hinten nicht."

„Aber wo wohnt ihr?", fragte Conny.

„Wir haben eine Kammer, nicht weit von hier", antwortete Annie.

Man sah ihr an, dass sie traurig und müde war.

„Meine Krankheit ist zwar besser, doch uns fehlt das Geld für die Medizin. Würdet ihr mich jetzt ein wenig ausruhen lassen?", seufzte sie und schloss die Augen.

Wenig später schlief sie tief und fest. Bill und Elsu stützten sie, damit sie nicht von der Bank fallen konnte.

Alle schauten traurig aus und keiner traute sich etwas zu sagen. Elsu griff in seine Tasche und berührte einen Beutel, dann nickte er und zog die Hand wieder zurück.

Bill griff zu seinem Medizinbeutel und dachte: ‚Ihr habt mir bis hierher Glück gebracht, jetzt brauche ich euch noch einmal'.

„Und ich dachte, mir geht es schlecht", flüsterte Sacajawea.

„Bill, wenn du möchtest, nehmen wir deine Eltern mit zu uns. Dort können sie sich satt essen. Alle werden bei der Arbeit sein. Das Hotel ist bestimmt voll."

Dankbar nickte Bill.

Irgendwann wachte Annie auf. Als es dunkel wurde, halfen sie Kit, den Stand abzubauen. Gemeinsam gingen sie zum Hotel und schlichen sich ins Hinterhaus.

Bills Eltern schämten sich. Doch die versprochene Mahlzeit konnten sie nicht ausschlagen.

„Eine kleine Wiedersehensparty kann nicht schaden", sagte Annie, die sich wieder ausruhen musste.

Sacajawea musste sich verabschieden, um zu arbeiten. Bevor sie ging, zeigte sie Bills Eltern ihre Kammer und lud sie ein, dort zu übernachten.

Zuerst wollten die Carsons ablehnen, doch Annie ging es so schlecht, dass sie gar nicht in der Lage gewesen wäre, den weiten Rückweg anzutreten. Sacajawea verstaute ihre und Connys Sachen auf dem Dachboden bei Bill und Elsu, dann verschwand sie.

Nachdem alle etwas gegessen hatten, wollte Bill mit der Erzählung beginnen, doch Elsu unterbrach ihn.

Er stand auf und hielt ein Säckchen in der Hand.

„Mam, ich würde Ihnen gerne etwas schenken", sagte er und überreichte Annie das Säckchen.

„Danke, Elsu", sagte sie und öffnete es vorsichtig.

Plötzlich schlug sie ihre Hand vor den Mund und begann zu stöhnen.

Als sie ihre Sprache wieder gefunden hatte, stammelte sie:

„Nein, das können wir nicht annehmen."

„Warum? Ich benötige es nicht, und Ihnen hilft es doch in Ihrer Not."

„Nein", stammelte auch Bills Vater, als er den Inhalt erblickte.

„Ich hoffe, Sie können damit die Medizin kaufen", erwiderte Elsu.

„Damit können wir für hundert Jahre Medizin kaufen. Junge, wo hast du das ganze Gold denn nur her?", fragte Kit.

Elsu antwortete: „Ich bin in Bodie in eine Mine gefallen. Dort habe ich es durch Zufall gefunden. Bitte nehmen Sie es als Geschenk an."

Bill, der bisher sprachlos der Unterredung zugehört hatte, sagte plötzlich:

„Mein Bruder, ich danke dir für alles, was du bisher für mich getan hast."

232

Auf einmal räusperte sich jemand an der Tür und alle Köpfe fuhren herum.

Eine alte, dürre, in schwarz gekleidete Dame stand im Türrahmen.

Ihre Hand lag auf der Schulter von Sacajawea, die zu Boden starrte.

„Keine Angst, eure Freundin hat nicht gepetzt. Ich habe euch beobachtet.

Jetzt will ich wissen, was hier los ist", geiferte sie.

Kit, der das Säckchen mit dem Gold schon in seiner Tasche verstaut hatte, erhob sich und sagte: „Entschuldigen Sie, gnädige Frau! Wir genossen nur die Gastfreundschaft und wollten gerade gehen. Schatz, kommst du?"

Annie erhob sich vorsichtig, und Kit musste seine Frau stützen.

„Halt, stop! Sind Sie nicht der Goldschmied vom Hafen?"

„Ja, und sind Sie nicht die großzügige Miss Karime?", fragte Bills Vater erstaunt.

„Was machen Sie denn hier?", erwiderte Miss Karime.

„Das ist eine lange Geschichte, Miss", antwortete Bill.

„Sacajawea, du kümmerst dich um meine neuen Gäste. Ich muss zurück zu meinen anderen Gästen. Morgen reden wir. Und jetzt geht alle schlafen.

Wo auch immer. Das ist ein Befehl!"

Doch nicht jeder konnte in dieser Nacht schlafen.

FORT DOUGLAS

Bill und Conny standen auf der Fähre und winkten Bills Eltern zum Abschied zu.

„Unglaublich, wie schnell die Medizin bei deiner Mutter gewirkt hat."

„Ja, und der Arzt hat gesagt, dass sie die Medizin vielleicht nach einem Jahr absetzen kann."

„Aber sie muss hier am Meer bleiben, wegen des Klimas. Macht dich das nicht traurig?"

„Nein, Conny, ich freue mich. Und ich bin stolz, einen so hilfsbereiten Blutsbruder zu haben - und natürlich auch dich zu haben!"

„Gerade nochmal Glück gehabt, Cowboy." Beide mussten lachen.

„Es ist wirklich toll, dass deine Eltern bei Madam Karime wohnen dürfen und dein Vater in der Eingangshalle seine Waren verkaufen kann."

„Wusstest du, dass Karime „die Großzügige" heißt?"

„Na ja, beim Aushandeln der Provision war sie eine knallharte Geschäftsfrau."

„Und erst, als sie den Preis für Sacajawea mit deinem Vater verhandelte. Knallhart war das. Deinem Vater standen die Schweißperlen auf der Stirn."

„Stimmt, wenn er gewusst hätte, was sie mit dem Geld dann gemacht hat, hätte er wahrscheinlich gar nicht verhandelt."

„Wer konnte ahnen, dass sie das Geld Sacajawea in die Hand drücken und ihr viel Glück für ihre Zukunft wünschen würde?"

„Das konnte man nicht ahnen! Also doch die Großzügige."

Als sie Bills Eltern wirklich nicht mehr wahrnehmen konnten, drehten sie sich um und konnten schon den Bahnhof von Emeryville sehen.

Zu viert, mit den Pferden am Zügel, liefen sie zum Bahnhof. Conny kaufte die Fahrkarten, und sie wurden nach hinten ans Ende des Zuges geführt. Der Pferdewagen hatte eine Rampe, und sie führten ihre Pferde in den Waggon. Im Stall hatten sie noch ein Pferd für Sacajawea gekauft, welches jetzt keine Lust hatte, in den Wagen zu steigen.

Bill band Storm fest und ging langsam zu Sacajaweas Pferd. Sanft streichelte er über die Nüstern und flüsterte der Stute etwas ins Ohr. Das Tier beruhigte sich sofort und ließ sich problemlos in den Wagen führen.

„Wie macht er das nur?", fragte Conny.

Elsu antwortete mit einem Augenzwinkern: „Das wird er auch mit dir machen. Dann wirst du es erleben."

Conny boxte Elsu in die Seite und sagte: „Dafür wirst du mich zum Proviant einkaufen begleiten, Rothaut."

Wenig später waren die beiden verschwunden, und Bill war mit Sacajawea alleine.

„Bill, ich wollte mich bei dir für alles bedanken. Du kannst dir gar nicht vorstellen, wie ich es genieße, in Freiheit zu sein und bei euch hier im Wagen."

„Eigentlich könnten wir uns einen Platz im Personenwagen leisten, aber ich finde es hier viel gemütlicher."

„Ich auch. Ich freue mich auf die Reise, die vor uns liegt."

„Ich auch, Sacajawea. Doch jetzt lass uns die Heuballen herrichten, damit wir es

auf der Fahrt bequem haben."

Sie fuhren dieselbe Strecke zurück, auf der sie herkamen, und Elsu gab mit seinem erworbenen Wissen ganz schön an.

Am zweiten Tag trafen sie in Wells ein und hatten drei Stunden Aufenthalt. Conny ging mit Bill einkaufen und blieb vor einem Kleidergeschäft stehen.

„Du willst doch nicht wirklich da rein, oder?", fragte Bill.

„Doch, aber nicht für mich. Oder vielleicht doch, mal schauen. Komm schon", sagte Conny und nahm Bill bei der Hand.

Als sie die Tür von innen schlossen, wurde es dunkel. Ihre Augen mussten sich zuerst an das diffuse Licht gewöhnen.

Ein älterer Mann mit einem langen Bart und einer komischen Kopfbedeckung trat zu ihnen.

„Was kann ich für die Herrschaften tun?", fragte er mit einer kindlich klingenden Stimme.

„Wir suchen Indianerkleidung", sagte Conny und sah, wie der Mann beim Grinsen seine schneeweißen Zähne zeigte, sich unterwürfig verbeugte und sie in die hinterste Ecke führte.

Bill schaute sich verstohlen um. Automatisch ging seine Hand zum Revolver.

„Hier haben wir, was Ihr sucht, Gnädigste", hüstelte der Verkäufer.

Nach einer halben Stunde verließen sie den Laden, vollbepackt mit mehreren Taschen. Der Verkäufer strahlte über das ganze Gesicht und winkte ihnen freudig zum Abschied zu.

Nachdem sie etwas zum Essen gekauft hatten, schickte Conny noch ein Telegramm an ihren Vater, dass sie bald eintreffen würden.

Freudestrahlend bestiegen sie den Pferdewaggon und schauten in staunende Gesichter.

„Was habt ihr denn da alles gekauft?", fragte Elsu.

Conny antwortete: „Bill und du, Elsu.. ab in die Ecke, hinter die Pferde und nicht schauen."

Als Conny eine Tasche öffnete, konnte sich Sacajawea vor Freude nicht zurückhalten. Schnell zog sie das mit bunten Ornamenten verzierte Wildlederkleid an. Es passte perfekt! Die Fransen flogen durch die Luft, als sich Sacajawea immer schneller im Kreis drehte. Als der Schwindel vorbei war, nahm sie Conny in die Arme und drückte sie ganz fest.

Conny zog eine bunte Hose und eine dunkelblaue Bluse an, die sie erworben hatte.

„Dürfen wir endlich kommen?", rief Elsu.

Als er Sacajawea in dem Kleid sah, brachte er keinen Ton heraus.

„Endlich mal Ruhe", sagte Conny und warf Elsu ein Bündel zu.

Ungläubig schaute er zu der Wildlederhose und dem Lederhemd.

Dann verflog seine starre Miene und er sagte: „Endlich komme ich aus den Klamotten des weißen Mannes raus."

Sie hatten gar nicht mitbekommen, dass sich der Zug schon längst in Bewegung gesetzt hatte.

Erst als sie laute Rufe hörten, widmeten sie sich wieder ihrer unmittelbaren Umgebung.

„Werden wir überfallen?", fragte Elsu.

Bill antwortete: „Keine Schüsse! Also eher nicht. Lasst uns die Tür etwas mehr öffnen."

Plötzlich bremste der Zug ab und sie fielen alle unsanft zu Boden.

Als der Zug zum Stehen kam, zogen sie das Schiebetor auf.

„Ihr bleibt hier, ich schau mal, was los ist", sagte Bill und verschwand aus ihrem Blickfeld.

Wenig später kam er zurück und sagte: „Es geht nicht weiter. Die Cowboys einer Ranch in der Nähe haben den Zug angehalten."

„Warum? Wir sind doch fast schon in Salt Lake City, ich kann den See schon sehen", sagte Elsu.

Bill entgegnete: „Angeblich haben Indianer einige Meilen vor uns die Schienen gesprengt. Wahrscheinlich wollten sie den Zug überfallen."

„Red Cloud?", fragte Elsu. Bill zuckte nur mit den Schultern.

„Hoffentlich bereiten meine Stammesbrüder dem abtrünnigen Häuptling endlich ein Ende", flüstere Sacajawea.

„Wir müssen aussteigen", sagte Bill.

Elsu erwiderte: „Wie sollen wir die Pferde hier rausbringen?"

„Jungs, ist das dort ein Schiebetor?", fragte Conny. Bill verstand.

Es dauerte eine Weile, bis sie gemeinsam das Tor ausgehängt hatten und als provisorische Rampe verwenden konnten.

„Geht ihr auch mit nach Grantsville, wie die anderen Fahrgäste?", fragte der Zugführer, der plötzlich neben ihnen stand.

„Es sind nur fünfunddreißig Meilen bis Salt Lake City. Ich glaube, wir reiten dort hin. Wäre sowieso unsere Endstation gewesen. Oder seid ihr anderer Meinung?", fragte Bill in die Runde. Keiner widersprach.

Der Zugführer wünschte ihnen viel Glück, und sie sollten auf die Indianer aufpassen.

Sie bedankten sich, packten ihre Sachen und ritten gen Osten los.

„Wenn wir in dem Tempo weitereiten, erreichen wir Salt Lake City, lange bevor es dunkel wird", sagte Bill zu Conny, die neben ihm ritt.

„Ich habe gelesen, dass es im See Salzwassergarnelen geben soll. Ich würde mir die Tiere gerne anschauen", sagte Conny.

Elsu fügte hinzu: „Und ich will sie essen."

240

„Okay, dann lasst uns noch zum See runter reiten", rief Bill und galoppierte los.

Sacajawea hatte ihre Mokassins ausgezogen und stand bis zu den Knien im Wasser. In der Hand hielt sie ein Netz aus dem Hemd, das Elsu die ganze Zeit getragen hatte. Einige Garnelen zappelten schon darin, und es machte ihr sichtlich Spaß.

Plötzlich fuhr Elsu, der am Ufer neben den anderen stand, herum. Seine Stirn legte sich in tiefe Falten. Keine Sekunde später schrie er: „Raus aus dem Wasser! Wir bekommen Besuch, schnell, schnell!"

Bill reagierte am schnellsten, rannte zu den Pferden und zog Conny mit sich. Sacajawea reagierte erst gar nicht, doch dann sah sie die Staubwolke, die sich langsam, aber sicher, auf sie zubewegte.

Sofort ließ sie alles fallen und rannte zum Ufer, wo Elsu mit ihrem Pferd schon auf sie wartete. Gerade, als sie aufsteigen wollte, stolperte sie über einen Stein und landete im Wasser. Das Salz brannte in ihren Augen, und sie spürte nur, wie sie von zwei Händen gepackt und aufgerichtet wurde.

Bill schaute zu den immer lauter werdenden Angreifern und dachte:

‚Das schaffen wir nicht'.

In diesem Moment machte Storm einen Satz nach vorne, und auch Connys Pferd setzte sich in Bewegung.

Elsu schrie über das Indianergeheule hinweg, nachdem er den Pferden auf das Hinterteil geklatscht hatte: „Reitet, wir schaffen es. Los, los".

Bill zögerte, dann kamen die ersten Pfeile geflogen.

Sacajawea konnte immer noch nichts sehen, saß aber auf ihrem Pferd.

„Conny, reite los, hole Hilfe", schrie Bill und wendete Storm, um Elsu zu helfen. Doch Conny dachte nicht daran, ihre Freunde im Stich zu lassen.

Beide hatten ihre Gewehre gezogen und feuerten auf die Indianer, die - plötzlich überrascht - ihren wilden Ritt verlangsamten.

„Wir geben euch Feuerschutz", rief Bill und wich einem Pfeil aus, der gefährlich nahe an seinem Kopf vorbei flog.

Endlich setzte sich Sacajaweas Pferd in Bewegung. Während Bill und Conny feuerten, bekam auch Elsu sein Pferd unter Kontrolle.

„Jetzt hilft nur noch reiten. So schnell wie der Wind!", brüllte Elsu.

Dann wurde ihm schwarz vor Augen.

Mit Entsetzen sah Bill, wie sich ein Pfeil in Elsus Schulter bohrte und sein Blutsbruder das Gleichgewicht verlor.

Die Indianer kamen immer näher. Bill überlegte fieberhaft, was er tun könnte. Dann handelte er. Er lenkte Storm neben Elsus Pferd und schnappte seinen Freund, zog ihn zu sich und drückte seine Fersen in Storms Flanken.

Storm war schnell, doch mit der doppelten Last nicht schnell genug!

Das sah auch Sacajawea mit Entsetzen. Dann schaute sie nach vorne und hatte eine Idee.

„Folgt mir alle, sofort!", schrie sie aus Leibeskräften, und sie folgten ihr.

Dann sah Conny, was sie vorhatte, und wäre dabei um ein Haar von einem Pfeil getroffen worden. Am Ufer vor ihnen befanden sich Möwen, hunderte von Möwen in ihren Nistplätzen. Sacajawea steuerte genau auf sie zu. Conny schwenkte etwas nach rechts, und so ritten sie mitten durch die Vogelschar, die sich aufgeschreckt schreiend in die Luft erhob.

Als Bill sich umschaute, musste er unweigerlich grinsen. Zwischen ihnen und den Indianern erhob sich einen Wand aus Vögeln und die Indianer mussten abbremsen.

‚Ich hätte nie gedacht, dass mir mal Vögel das Leben retten', dachte er.

Von weitem sahen sie die Stadt. Doch sie hielten das Tempo hoch, denn ihre Verfolger waren ihnen weiterhin auf den Fersen.

Als sie in die Stadt ritten, sahen sie von weitem das Fort, das gerade seine Tore schließen wollte. Conny zog ihr Gewehr und wollte einen Schuss abgeben, damit das Tor nicht vor ihrer Nase geschlossen würde. Doch es machte nur Klack, da sich keine Patrone mehr im Magazin befand. Sie riss sich das rote Nickituch vom Hals und begann wie wild damit zu winken. Dann sah sie, wie ein Soldat auf dem Turm neben dem Tor auf sie zeigte. Erleichtert galoppierten sie weiter, und alle schlüpften durch den offen gelassenen Spalt des Tores.

Die Soldaten schlossen das Tor und schossen auf die Indianer. Doch der Schusswechsel dauerte nicht lange, da die Indianer sich zurückzogen.

Bill hatte Storm abgebremst und war abgestiegen. Vorsichtig halfen ihm die Menschen Elsu vom Pferd herunterzuholen. Einige verzogen das Gesicht, als sie sahen, dass es sich um einen Indianer handelte.

„Habt ihr einen Medizinmann?", stammelte Sacajawea mit Tränen in den Augen.

Doch die Menschen um sie herum zogen sich weiter zurück. Erst jetzt bemerkte Bill, dass es sich um Siedler handelte und nicht um Soldaten.

„Wartet einen Moment", sagte plötzlich eine Stimme neben ihm. Er musste nach unten schauen, um das kleine Mädchen zu sehen, das ihn angesprochen hatte.

„Mein Großvater ist der Arzt in Salt Lake City. Ich habe meinen Bruder geschickt, um ihn zu holen. - Ist das ein echter Indianer?", fragte sie.

„Er ist mein Blutsbruder. Und ja, er ist ein Indianer, aber keiner von den Verrückten da draußen", erwiderte Bill.

Auf einmal kamen vier starke Männer auf sie zu, die eindeutig Farmer waren, und trugen den immer noch bewusstlosen Elsu vorsichtig in eine Hütte. Sacajawea bewegte sich nicht von Elsus Seite, als sie ihn auf eine Bahre legten. Ein alter, grauhaariger Mann schaute sich seine Wunde an. Dann nahm er eine Zange, und ehe Bill etwas sagen konnte, zog er damit den Pfeil aus der Wunde. Das kleine Mädchen stoppte sofort die Blutung, und ihr Großvater nickte anerkennend.

„Die gute Nachricht ist, dass euer Freund großes Glück hatte, die Wunde ist nicht allzu tief. Die schlechte Nachricht ist, dass der Pfeil eine Infektion auslösen wird."

„Was bedeutet das?", fragte Sacajawea.

Der Arzt antwortete: „Er wird Fieber bekommen. Nach drei Tagen wissen wir dann, ob er überleben wird oder nicht. Mehr kann ich leider nicht tun."

„Habt ihr keine richtige Medizin?", fragte Bill.

Der Alte erwiderte: „Wir sind Mormonen und lehnen die künstliche Medizin ab."

„Heißt das, ihr habt keine Medizin?", wimmerte Sacajawea.

„Doch, natürliche Medizin, so wie ihr Indianer sie auch habt. Vertraut Paulie! Sie wird sich um euren Freund kümmern. Doch jetzt entschuldigt mich.

Eine Frau liegt in den Wehen, und ich muss ihr bei der Geburt helfen."

„Danke", sagte Bill.

Der Alte antwortete beim Hinausgehen: "Unsere Religion verpflichtet uns zu helfen, egal wem." Dann war er verschwunden.

Conny, die die Pferde in den Stall gebracht hatte, kam zu ihnen und fragte außer Atem: „Wie geht es Elsu?"

„Er wird es schaffen", antwortete das kleine Mädchen. Conny starrte sie nur an.

„Das ist Paulie, sie wird sich um Elsu kümmern", sagte Bill, nahm Conny an der Hand und zog sie nach draußen.

„Sie ist die Enkelin des Doktors und wird sich mit Sacajawea um ihn kümmern. Lass uns nachschauen, wie es mit dem Angriff steht."

Sie liefen durch das Fort. Erst jetzt sahen sie, wie viele Menschen im Fort versammelt waren. Nicht nur die Stadtbewohner und Farmer der Umgebung flüchteten sich hierher. Auch ein Planwagen-Treck stand mitten im Fort.

Sie hatten Mühe, vorwärts zu kommen. Überall liefen hektische Menschen umher, und Frauen und Kinder brachten sich in Sicherheit.

Plötzlich hörten sie jemanden, der laut rufend Kommandos gab.

Sie gingen zu dem Mann. Bill sprach ihn an: „Hallo, haben Sie hier das Kommando?"

Langsam drehte er sich zu ihnen um und antwortete: „Ja, warum?"

„Wir wollten fragen, ob wir helfen können."

„Ihr seid doch die, die als Letztes hereinkamen ins Fort, oder?

Wisst ihr, warum die Indianer uns angreifen?"

„Wir waren mit dem Zug unterwegs. Die Indianer haben die Gleise gesprengt, und wir sind mit den Pferden hierhergekommen. Am See wollten sie uns dann gefangen nehmen, doch wir konnten flüchten."

„Könnt ihr gut mit Schießeisen umgehen?"

„Ja, Sir! Doch wo sind eigentlich die ganzen Soldaten?", fragte Conny.

Und bekam zur Antwort: „Colonel Daniel Dailey ist unterwegs, um diesem Red Cloud endlich das Handwerk zu legen. Dieser selbsternannte Häuptling macht uns schon seit Längerem das Leben hier zur Hölle.

Oh, Entschuldigung! Mein Name ist Mark Milley, Leutnant der Pionierabteilung. Meine zehn Männer sind die einzigen Soldaten hier. Der Rest besteht aus Stadtleuten, Farmern und Siedlern."

„So wie es aussieht, hat Red Cloud den Colonel weggelockt, um das Fort anzugreifen", sagte Bill. Der Leutnant nickte.

„Wann wird die Kavallerie zurückkommen?", fragte Conny.

Mark antwortete: „Keine Ahnung, Miss."

„Habt ihr genug Wasser und Lebensmittel für die vielen Leute?", fragte Bill.

„Lebensmittel bestimmt nicht, aber Wasser haben wir genug. Im Fort befinden sich zwei Brunnen."

„Dann solltet ihr alle Gefäße damit füllen. Wenn die Indianer mit Brandpfeilen schießen, werden die Planwagen zuerst brennen", sagte Conny.

„Danke für den Tipp", sagte Mark und verschwand.

Bill und Conny gingen zum Haupttor und erklommen die Balustrade, um sich einen Überblick zu verschaffen.

Von den Indianern war nichts zu sehen. Langsam setzte die Dämmerung ein.

„Denkst du, sie werden angreifen?", fragte Conny.

Bill antwortete: „Ganz bestimmt. Lass uns Munition und Kaffee besorgen, das wird eine lange Nacht werden."

Paulie fragte: „Bist du seine Squaw?"

„Noch nicht, aber ich wäre es gerne", antwortete Sacajawea, während sie Elsu die Stirn mit einem feuchten Tuch kühlte. Das Fieber hatte mittlerweile begonnen und sie versuchten, Elsu soweit wie möglich zu helfen.

Paulie stampfte mehrere Blätter und Wurzeln zu einer Masse, mit der sie Elsus Wunde bedeckte.

„Glaube mir, er wird es schaffen", sagte Paulie aufmunternd.

Sacajawea nickte freundlich.

„Was ist in den beiden Beuteln?", fragte das Mädchen.

Sacajawea erklärte ihr die Macht der Medizinbeutel.

Paulie hörte aufmerksam zu und nickte immer wieder.

Als Sacajawea geendet hatte, sagte sie: „Mit Manitus, deiner und meiner Hilfe schafft er es ganz bestimmt."

Sacajawea nahm Paulie in den Arm und flüsterte unter Tränen „danke."

„Sie kommen", sagte Bill und legte sein Gewehr an. Conny tat es ihm gleich - und dann begann der Angriff! Genau wie Conny vorhergesagt hatte, flogen brennende Pfeile durch die Luft und die Planen der Wagen fingen sofort Feuer. Wie sich herausstellte, hatte Mark gute Vorbereitungen getroffen. Das Feuer wurde schnell gelöscht.

Immer wieder ritten die Indianer an das Fort und schossen ihre Pfeile ab.

Dann zogen sie sich sofort wieder zurück.

Plötzlich sahen sie ihn, Red Cloud! Selbst von weitem konnte man seine hässliche schiefe Nase erkennen. Er hob seinen Speer und alle Angreifer zogen sich zurück.

„Sie schlagen ein Lager auf, verdammt", flüsterte Conny.

„Wir müssen mit Mark reden", antwortete Bill, und sie gingen, um Mark zu suchen.

Im Dunklen dauerte es eine Weile. Doch sie fanden den emsigen Leutnant.

„Mark, wir müssen reden", sagte Bill ernst. Mark zeigte zu einer Hütte.

„Meint ihr wirklich, dass sie uns belagern wollen? Aber was ist mit dem Colonel?"

„Ein kleiner Trupp der Indianer wird ihn so lange wie möglich beschäftigen."

„Bill, was schlagt ihr vor?"

„Wir müssen jemanden rausschicken, um den Colonel zurückzuholen", sagte Conny, die sich bisher zurückgehalten hatte.

Plötzlich fasste sich Mark an die Stirn und sagte:

„Wir haben drei Pony-Express-Reiter im Fort, die könnten das erledigen."

Wenig später standen die drei Männer in der Hütte und hörten sich den Plan an.

„Ich habe eine Frau und zwei Kinder. Tut mir leid, ich werde es nicht tun", sagte einer der drei. Sie nickten verständnisvoll und er verschwand.

„Das ist ein Höllenkommando. Ist euch das bewusst?", fragte Bill.

Die beiden nickten. In den Augen der Reiter konnte Bill Wildheit erkennen und er dachte: ‚Die sind richtig für die Aufgabe'.

„Dann lasst uns die Pferde bereitmachen", sagte Conny und wollte die Hütte verlassen. Doch Bill hielt sie zurück.

„Conny, du willst doch nicht da hinausreiten, oder?"

„Bill, zu dritt haben wir mehr Chancen. Du hast mich reiten gesehen. Was die beiden können, kann ich schon lange. Keine Widerrede!", sagte Conny und schaute Mark an, der genauso überrascht war wie Bill.

Nachdem sich alle wieder gefasst hatten, sagte Mark:

„Also, ihr müsst zwölf Meilen nach Norden. In Borntiful gibt es einen Außenposten, dort weiß man sicherlich, wo der Colonel sich aufhält."

Bills Versuche, Conny davon abzuhalten, scheiterten. Conny war fest entschlossen, Hilfe zu holen. Nach einer Stunde verließen in völliger Dunkelheit drei Pferde das Fort durch eine Nebentür. Conny ritt nach Westen, während einer direkt nach Norden und einer nach Osten ritt. Nachdem sie an den Indianern vorbei waren, würden sie alle drei direkt nach Norden reiten.

Bill konnte Conny wenigstens dazu überreden, seinen Medizinbeutel mitzunehmen. Zum Abschied hauchte sie ihm einen Kuss auf die Wange und flüsterte: „Liebling, ich werde zurückkommen, vertraue mir".

Dann war sie verschwunden.

Traurig ging Bill mit Mark zur Küche und aß ein paar Bohnen, bevor er zu Elsu ging.

Überrascht sah er, dass sein Blutsbruder wach war.

Übersät von winzigen Schweißperlen sah dieser Bill an und flüsterte: „Verdammt, jetzt hast du mich schon wieder gerettet, und ich stehe in deiner Schuld."

Bill sah die Anstrengung in Elsus Gesicht und spürte förmlich die Hitze des Fiebers, die von ihm ausging. Er nahm seine Hand und sagte:

„Du wirst noch genug Gelegenheiten bekommen, mein Freund."

Doch Elsu hörte ihn nicht mehr, er war wieder eingeschlafen.

In Sacajaweas Augen sah er Angst. Doch Paulie strahlte pure Zuversicht aus. Er wusste, dass er Elsu nicht helfen konnte. Er wusste aber auch, dass er sich in den bestmöglichen Händen befand.

Er nickte Sacajawea hoffnungsvoll zu, legte Elsus Hand auf die Bahre und ging nach draußen. Nach einem tiefen Atemzug, mit den Gedanken bei Conny, lief er zum Stall, um nach den Pferden zu schauen. Er setzte sich neben Storm auf einen Strohballen. Dann übermannte ihn die Müdigkeit.

– – –

Conny ritt durch die Dunkelheit eines Waldstückes und versuchte, sich am Glitzern des Sees zu orientieren. Dann sah sie die Indianer, stoppte ihr Pferd und stieg ab. Gerade noch rechtzeitig! Denn plötzlich riss der Himmel auf und das Licht des Halbmondes erhellte die Lichtung. Sofort setzten sich die Indianer in Bewegung, als sie Connys Pferd sahen.

‚Verdammt', dachte sie und überlegte, was sie tun könnte. Links neben ihr befand sich ein kleiner Bach, der von hohem Schilf umgeben war. So leise wie möglich robbte sie in das Schilf und hoffte, dass die Indianer vorbeireiten würden.

Lachend kamen die Indianer auf sie zu und begutachteten die Umgebung. Zum Glück zogen wieder dichte Wolken auf und erschwerten den Indianern die Suche. Sie verteilten sich. Einer kam direkt auf Conny zu. Sie machte sich so klein wie möglich und hielt den Atem an. Das Pferd stand direkt vor ihr und auf ihm der Indianer, der die Umgebung absuchte. Plötzlich beugte sich das Pferd hinunter und trank aus dem Bach. Dann sah der Indianer nach unten und Conny erstarrte.

– – –

Ein Trompetensignal riss ihn aus seinen Träumen und er brauchte ein wenig Zeit, um sich wieder zu Recht zu finden. Dann hörte er lautes Geschrei und ihm wurde klar, dass die Indianer wieder angriffen. Die Müdigkeit verschwand schlagartig, er schnappte sein Gewehr, den Sack mit Munition und lief zum Haupttor. Immer wieder musste er brennenden Pfeilen ausweichen, gleichzeitig wiesen sie ihm den Weg. Mark stand schon oben und starrte ihn mit versteinerter Miene an. Ohne Worte zeigte er auf die drei Pferde, die am Tor standen. Bill schluckte den Kloß hinunter, als er die Pferde erkannte.

‚Conny‘, dachte er und hatte Mühe, sich zu beruhigen.

„Sie hat bestimmt noch einen anderen Weg gefunden, Bill“, sagte Mark.

Bill nickte stumm. Er wusste einfach, dass es Conny gut ging. Also bereitete er sich auf den Angriff vor.

Plötzlich hörte das Pfeile schießen auf, und Red Cloud führte den Angriff persönlich an. Mit lautem Geschrei stürmte die Horde auf das Tor zu. Sie ließen sich nicht von den Schüssen abhalten. Eine Welle nach der anderen ritt heran. Jeder Angriff endete mit einem Hagel aus Speeren, die sich nebeneinander in das Holz des Tores bohrten. Plötzlich erkannte Bill, was sie vorhatten und schrie zu Mark: „Das Tor, wir müssen das Tor sichern!“

Mark sah, was Bill meinte und verschwand. Wenig später zogen mehrere Männer einen Planwagen zum Tor und verstärkten es.

Unermüdlich griffen die Indianer an. Red Cloud stand auf einem Hügel und brüllte ständig Befehle.

Als die Mittagssonne am Himmel stand, ebbte der Angriff ab. Alle atmeten erleichtert auf. Das Tor hatte gehalten, befand sich aber in einem jämmerlichen Zustand. Plötzlich ritten mehrere Indianer in einer Reihe auf das Tor zu. Mit offenem Mund musste Bill mit ansehen, wie ein brennender Pfeil nach dem anderen sich in das Tor bohrte.

„Verdammt", erklang es aus seiner Kehle. Das Tor stand in Flammen!

Red Clouds Lachen übertönte alles. Bill bekam eine Gänsehaut.

Mark beorderte mehrere Planwagen und ließ sie hinter dem Tor positionieren. So hatten die Indianer keine direkte Möglichkeit, in das Fort einzudringen.

Mit Entsetzen musste Bill mit ansehen, wie die Flammen sich immer tiefer in das Holz fraßen, und er dachte: ‚Lange wird es nicht mehr halten'.

Die Indianer hielten sich geduldig zurück und warteten darauf, dass das Tor niederbrannte. Nach zwei Stunden war es soweit! Mit einem Knall löste sich das erste Eisenscharnier, dann das nächste, bis alle in der Luft hingen.

Die verbrannten Holzpalisaden säumten den Boden. Mark positionierte alle Männer, die Waffen hatten, hinter die Planwagen, dann begann das Warten.

– – –

Conny handelte instinktiv! Sie schlug dem Pferd auf die Wange, so dass das Tier erschrak und sich aufbäumte. Noch konnte sich der Indianer auf dem Pferd halten. Doch als es bockend davonrannte, flog er in hohem Bogen durch die Luft. Unsanft schlug er auf dem Boden auf. Sofort kamen die anderen hinzu, um nach dem Rechten zu sehen.

Sie halfen ihrem Stammesgenossen auf, der wie wild in Connys Richtung zeigte. Sie blickte sich um. Dann sah sie in der Nähe mehrere Enten, die schlafend auf dem kleinen Bach schwammen. Hektisch griff sie zu Bills Medizinbeutel, ertastete einen Stein, nahm ihn und warf ihn auf die Enten.

Mit lautem Geschrei und Gezeter erhob sich das Federvieh in die Luft und flog davon.

Laut lachend halfen sie ihrem Kameraden auf sein Pferd und ritten davon. Erleichtert atmete Conny aus und überlegte, wie sie jetzt an ein Pferd kommen sollte. Wieder half ihr das Mondlicht! Sie sah unweit mehrere Pferde der Indianer, die auf einer Wiese grasten.

Sie robbte vorsichtig durch das Gras, bis sie die ersten Büsche erreichte.

‚Sie sind sich ihrer Sache ja sehr sicher', dachte sie, als kein Wachposten bei den Pferden zu sehen war. Langsam ging sie auf die kleine Herde zu, schnappte sich ein Pferd und lief langsam Richtung Norden. Nachdem sie ein kleines Waldstück durchquert hatte, stieg sie auf und ritt los. Die aufgehende Sonne begleitete sie, und ihre Gedanken waren bei Bill.

‚Hoffentlich komme ich nicht zu spät', dachte sie und schlug ihre Fersen in die Flanken des Pferdes, um ihre Geschwindigkeit zu erhöhen. Völlig außer Atem erreichte sie Borntiful, stieg vom Pferd und hämmerte an das geschlossene Tor.

Ein Soldat öffnete und erschrak, als er die junge Frau mit zerfetzten Kleidern, wirrem Haar und vielen kleinen blutenden Wunden erblickte.

Sie stammelte: „Bring mich sofort zu Colonel Dailey."

Er erkannte, dass sie trotz ihres Aussehens keine Widerrede dulden würde und brachte sie zum Haus des Colonels.

Als die Mittagssonne am höchsten stand, waren alle bereit, und der Colonel gab den Befehl, loszureiten. Conny bekam ein neues Pferd mit einem Sattel.

Immer wieder flüsterte sie: „Hoffentlich kommen wir nicht zu spät.

— — —

„Bill, warum greifen sie nicht an?", fragte Mark.

Doch Bill wusste es auch nicht. Daher antwortete er nicht auf die Frage.

„Sie werden mit der Abendsonne im Rücken angreifen. So wird es schwerer für uns, sie zu sehen, denn die Sonne wird uns blenden."

Bill drehte sich um und sah Sacajawea, die mit Tränen in den Augen hinter ihm stand.

„Was ist mit Elsu?", stammelte Bill.

Sacajawea antwortete: „Es geht ihm nicht gut. Das Fieber will nicht weichen, und alle Talismanen scheinen zu versagen. Manitu will uns nicht helfen."

„Ich glaube an die Zuversicht, die das Mädchen ausstrahlt, Sacajawea. Tu es mir gleich."

„Ich versuche es ja, Bill. Doch mein Glaube wird immer kleiner."

„Wenn er aufwacht, erinnere ihn daran, dass wir noch eine Rechnung offen haben. Ich fordere die Einlösung."

„Ich werde es versuchen, Bill. Eines noch: passt auf eure Flanken auf".

Dann verschwand sie wieder.

254

„Was meint sie mit den Flanken?" fragte Mark.

Doch Bill musste ihm nicht mehr antworten!

Das Geschrei der Angreifer kam jetzt aus drei Richtungen. Alle verstanden, dass jetzt vielleicht ihre letzte Stunde geschlagen hatte.

Mark sicherte die Nord- und Süd-Tore, während Bill mit grimmigem Gesicht auf das westliche Haupttor zuschritt.

Jeder, der in der Lage war, eine Waffe abzufeuern, ging in Position und starrte auf die Angreifer, die immer näher kamen.

Sie waren nur schemenhaft zu erkennen, da die Sonne hinter ihnen blendete. Genau, wie es Sacajawea vorhergesagt hatte!

Siedler, Farmer, Stadtleute, Soldaten, Frauen und größere Kinder blickten ihrem Schicksal entgegen.

Bill übersprang den umgekippten Planwagen und stellte sich genau in die Lücke, die das verbrannte Tor hinterlassen hatte.

‚Conny oder Manitu! Einen von euch könnte ich jetzt gebrauchen', dachte Bill und hob sein Gewehr.

– – –

Conny ging alles zu langsam. Sie ritt zum Colonel und sagte:

„So kommen wir niemals rechtzeitig an."

„Ich lasse meine Soldaten nicht wie ein wilder Haufen auf die Indianer zureiten, junge Frau", erwiderte er.

„Dann gebt mir einen Trompeter mit und ich reite mit ihm voran. Das Signal der Trompete wird die Indianer stoppen, bis ihr ankommt."

„Das ist eine ausgezeichnete Idee", erwiderte der Colonel, gab einen kurzen Befehl und schon ritten Conny und ein junger Soldat voraus. Der arme Soldat kam fast nicht hinterher. Aber Conny trieb ihn immer wieder zur Eile an.

„Die Pferde werden noch genug Zeit haben, sich auszuruhen, Soldat", rief sie und beschleunigte.

„Dort hinter dem Hügel müsste das Fort sein", rief sie im vollen Galopp. Mehrere Büsche versperrten ihr den Weg - und sie sprang ins Ungewisse.

Sofort stoppte sie ihr Pferd, und der Soldat tat es ihr gleich. Sie standen mitten in einer Gruppe Indianer, die wahrscheinlich für den Nachschub verantwortlich waren.

Conny schrie aus Leibeskräften: „Soldaten, hierher! Sofort!"

Die Indianer nahmen Reißaus, der Trompeter setzte das Horn an seine Lippen und blies das Kavallerie-Angriffssignal, das alle im Westen kannten - auch die Indianer!

– – –

Red Cloud hielt plötzlich inne, als er das Signal hörte und blieb keine zwanzig Meter vor Bill stehen. Red Cloud erhob seinen Speer und stoppte damit den Angriff. Alle schauten gespannt in die Richtung des Signals, doch nichts geschah! Plötzlich ertönten Schüsse, und Red Cloud gab den Befehl zum Rückzug. Wütend warf er seinen Speer auf Bill, der regungslos zusah, wie sich die Waffe einen Meter vor ihm in den Boden bohrte.

Mit lautem Geschrei zogen sich die Indianer zurück. Aus dem Fort erklang lauter Jubel über die Rettung in letzter Minute.

„Conny", rief Bill erleichtert, als er jemand mit einem roten Tuch um den Hals auf einem Pferd sah. Dann erkannte er, dass nur zwei Personen auf das Fort zuritten. Doch wo waren die Soldaten, die Kavallerie?

Auch Red Cloud sah Conny und den Soldaten, der immer wieder in sein Horn blies. Dann grinste er böse und stoppte den Rückzug mit einem lauten Schrei.

Bills Kopf fuhr herum und blickte genau in Red Clouds hasserfüllte Augen. Langsam stieg er von seinem Pferd, zog seinen Tomahawk und lief auf Bill zu. Direkt vor ihm kam er zum Stehen und zischte:

„Netter Versuch, weißer Mann. Doch nun ist dein Weg zu Ende. Begrüße Manitu auf deiner letzten Reise."

Plötzlich erklangen immer mehr Trompeten-Signale und Red Cloud erstarrte in seiner Bewegung. Bill sah die Soldaten auf der Lichtung hinter Conny und grinste: „Lauf Häuptling, lauf! Und sag Manitu, dass ich noch hierbleiben werde".

Red Cloud begann zu rennen. Er rannte um sein Leben! Ehe die Soldaten eintrafen, waren alle Indianer verschwunden.

Conny ritt auf Bill zu und stieg ab. Bill schloss sie erleichtert in seine Arme.

Er drückte sie fest an sich und sagte: „Ich habe immer an dich geglaubt."

„Das glaubst du doch selbst nicht", antwortete Conny schelmisch grinsend.

Dann wurde sie wieder ernst und fragte nach Elsu.

Bill nahm sie an der Hand und sie liefen durch das zerstörte Haupttor, umrundeten die Planwagen und gingen genau auf das kleine Blockhaus zu, in dem Elsu lag.

Erleichtert sah Bill, dass die Blockhütte keine Brandspuren aufwies, doch sein Magen verkrampfte sich, als er Sacajawea kniend neben Elsu sah.

Conny konnte einen spitzen Aufschrei nicht verhindern und stürzte auf die weinende Sacajawea zu.

„Ihr tut ja so, als wäre der Junge gestorben", sagte plötzlich eine Stimme aus dem Hintergrund.

Paulie, das Mormonen-Mädchen, strahlte sie an.

Nun verstanden Bill und Conny nichts mehr!

Schluchzend stand Sacajawea auf und nahm beide in den Arm.

„Es sind Freudentränen", stammelte sie.

Nun verstanden auch Conny und Bill, was los war.

„Hey, weißer Mann! Wir haben noch eine Rechnung offen. Hab ich nicht vergessen", flüsterte Elsu und hob seine Hand.

Grinsend trat Bill an sein Bett und umarmte ihn, bis Paulie mit strengem Ton sagte: „Der Patient braucht noch Ruhe. Also raus mit euch – alle – sofort!"

Als sie freudestrahlend die Blockhütte verließen, stand ein Soldat an der Tür und sagte: „Colonel Daniel Dailey möchte Sie sehen. Würden Sie mir bitte folgen?"

Verwundert folgten sie dem Soldaten zum größten Blockhaus des Forts. Freudestrahlend empfing sie Mark Milley, der Leutnant der Pionierabteilung, und führte sie in das Kaminzimmer.

Der Colonel erwartete sie und bat seine Gäste, Platz zu nehmen.

Mit ernster Miene sagte er: „Dieser Red Cloud macht uns echt zu schaffen.

Sie sind doch Shoshonin, oder?"

Dabei sah er Sacajawea fragend an.

Etwas verunsichert nickte sie.

Der Colonel fuhr fort: „Ich weiß, dass nicht alle Indianer gleich sind, genau wie bei uns Weißen. Aber ich verstehe seine Beweggründe nicht."

„Ich denke, er ist ein Machtmensch. Doch seine Stammesgenossen stehen ihm diese Machtposition nicht zu. Daher ist er voller Hass auf alles und jeden. Eigentlich ist er zu bedauern", antwortete Bill.

„Junger Mann, das könnte fürwahr der Grund seines Handelns sein. Doch was können wir dagegen tun?", fragte der Colonel und sah in die Runde.

Schüchtern sagte Sacajawea: „Wir versuchen schon länger, unsere Stammesbrüder zurück zu holen, doch wir sind zu wenige, um uns direkt mit ihm zu messen."

„Vielleicht können Sacajawea und Elsu die Crow und die Shoshonen zusammenbringen, um Red Cloud zu bezwingen", sagte Conny.

„Ich würde ebenfalls meine Hilfe anbieten", erwiderte der Colonel.

„Zuerst muss Elsu wieder richtig gesund werden", antwortete Bill.

„Das wird er, junger Mann. Paulie und eure Sacajawea haben hervorragende Arbeit geleistet. Auch ihre Pflege und Hingabe hat geholfen, das Fieber zu senken. Ich verspreche euch, dass nur ein kleines Zwicken in seiner Schulter ihn daran erinnern wird", sagte der Arzt, der unbemerkt in den Raum getreten war.

„Danke, Doktor. Und Danke für das Verpflegen aller Verletzten", antwortete der Colonel.

„Doch nun zu Euch, Bill Carson. Wie mutig und wild Eure Freundin ist, habe ich ja schon am eigenen Leib erfahren. Doch Leutnant Mark Milley berichtete mir, dass Sie das Fort fast alleine gerettet haben. Solche mutigen Männer brauchen wir in der Armee."

Bill grinste, winkte ab und sagte: „Mein Platz ist auf der Shiloh-Ranch, neben der wilden Conny Douglas. Colonel, genau da gehöre ich hin."

Lachend antwortete der Colonel: „Das kann ich verstehen. Nun gut, Leutnant Mark Milley ist ab sofort als Euer persönlicher Berater abgestellt. Er wird Euch jeden Wunsch erfüllen. Nochmals vielen Dank, ohne Euch wäre das Fort verloren."

Alle erhoben sich, und der Colonel schüttelte jedem zum Abschied die Hand.

Sacajawea ging zu Elsu, während Conny mit Bill zum Stall ging, um nach den Pferden zu sehen. Mark stand unschlüssig zwischen ihnen und entschied sich schließlich, Sacajawea zu folgen.

Nach einer Woche war Elsu wieder fast der Alte. Er scheuchte den armen Mark nach Belieben umher, dass es Sacajawea schon peinlich war.

Bill entschied, dass es an der Zeit wäre, weiter zu ziehen, um den armen Mark endlich zu erlösen.

Am nächsten Tag verabschiedeten sie sich herzlich von allen und zogen weiter. Elsu und Sacajawea mussten Paulie versprechen, dass sie sie einmal besuchen würden, erst dann durften sie gehen.

Mark fiel der Abschied am schwersten. Mit Tränen in den Augen winkte er ihnen hinterher.

Nach zwei Tagen, zurück in der Wildnis, saßen sie gemeinsam am Lagerfeuer.

„Ihr werdet nicht mitkommen – oder?", fragte Bill.

Elsu atmete tief ein und antwortete: „Mein Bruder spricht weise. Ich werde zu Sacajaweas Vater gehen und ihn überzeugen, mit meinem Vater zu verhandeln. Ich will diesem Red Cloud endlich das Handwerk legen. Ich hoffe, du verstehst das?"

Sacajawea schaute zu Boden, als Conny antwortete: „Genau so habe ich mir immer einen stolzen, mutigen Indianer vorgestellt. Ihr tut genau das Richtige, und wenn ihr Hilfe benötigt, dann wisst ihr ja, wo ihr uns findet."

Am nächsten Morgen trennten sich die Freunde.

Bill gab Elsu und Sacajawea die Hand und sagte mit brüchiger Stimme:

„Geht aufrecht wie die Bäume.

Lebt euer Leben so stark wie die Berge.

Seid sanft wie der Frühlingswind.

Bewahrt die Wärme der Sonne in euren Herzen

und der große Geist wird immer mit euch sein.

Ho, Amarok hat gesprochen!"

Ergriffen antworteten beide: „Hove."

Nachdem sich alle nochmals gedrückt hatten, nahm Elsu Bill zur Seite und flüsterte: „Woher kennst du meinen Wiegenspruch, den mir meine Mutter immer vorsagte?"

„Rate mal, du dummer Indianer? Von deiner Schwester Doli natürlich", antwortete Bill lachend und schlug auf Elsus Schulter, was er sofort bereute. Doch Elsu grinste ihn an und erwiderte: „Die verletzte Schulter ist die andere, du dummer, weißer Mann."

Dann lagen sich die beiden noch minutenlang in den Armen, bis Conny sich räusperte und sagte: „Können sich die Mädchen heute nicht mehr trennen?"

Sacajawea und Elsu ritten nach Norden, und Conny mit Bill nach Nordosten, der Ranch entgegen.

Conny freute sich, ihren Vater endlich wiederzusehen, und Bill konnte nicht erwarten, seine Abenteuer Opa Old John zu erzählen.

In drei Tagen würden sie die Ranch erreichen.

SHILOH-RANCH

‚Endlich', dachten beide, als sie von weitem die Ranch sahen.

Die Sonne ging hinter dem Haupthaus langsam unter und tauchte alles in ein dunkles Rot.

„Heimat, wir kommen", rief Conny und galoppierte los.

Bill genoss den unglaublichen Anblick etwas länger. Irgendwie wollte sich nicht die erhoffte Wiedersehensfreude einstellen. Doch er wusste nicht warum.

‚Ich werde alt', dachte er, wischte die sorgenvollen Gedanken zur Seite und folgte Conny.

Als sie durch den Haupteingang ritten, wunderten sie sich, dass kein Cowboy zu sehen war. Bills ungutes Gefühl kam zurück. Er blickte wiederholt um sich, doch ihm fiel nichts Ungewöhnliches auf. Die Pferde grasten auf den eingezäunten Weiden, und von weitem konnte man einige Rinder sehen. Trotzdem wollte der Klotz in seinem Magen einfach nicht verschwinden.

Als sie am Haupthaus ankamen, sprang Conny von ihrem Pferd und starrte Bill ungläubig an: „Ich dachte, du freust dich auf zu Hause, Bill! Was ist denn los?"

„Ich weiß auch nicht. Es ist so still. Irgendwie anders als früher", antwortete er und stieg von seinem Pferd. Gemeinsam, Hand in Hand, stiegen sie die Stufen nach oben, als die Tür geöffnet wurde und Connys Vater erschien.

Überschwänglich sprang Conny auf ihn zu, doch Bill sah sofort, dass etwas nicht in Ordnung war. Vorsichtig glitt seine Hand in Richtung Revolver, als plötzlich eine Stimme erklang, die er eigentlich nie mehr hören wollte:

„Ich würde die Finger oben lassen, so dass ich sie sehen kann, du Loser."

Conny, die ihren Vater erreicht hatte, hielt inne und schaute mit großen Augen auf Chris und Tom, die beide mit gezogenem Revolver hinter der Tür gewartet hatten. Blitzschnell schnappte sich Tom Connys

264

Haare, zog sie nach hinten und drückte ihr den Revolver unter die Nase. Mit angehaltenem Atem starrte Bill auf Chris, der seinen Revolver auf ihn gerichtet hatte. Langsam hob er die Hände nach oben und verfluchte sich selbst.

‚Hätte ich nur auf mein Gefühl gehört, verdammt!', dachte er und konnte nichts dagegen unternehmen, als Roy ihm von hinten den Revolver abnahm. Dann hörte er plötzlich Conny schreien und spürte einen Schlag gegen seinen Kopf. Ohnmächtig ging er zu Boden, während Roy seinen Revolver, mit dem er Bill niedergeschlagen hatte, wieder einsteckte.

„Roy, ab mit ihm in den Kerker. Und du, feine Lady, ab ins Haus, und hör auf zu schreien, sonst knall ich dir eine", sagte Chris und ging lachend ins Haus.

Conny, mit Toms Revolver zwischen den Schulterblättern, folgte ihm.

Dabei nahm sie die Hand ihres Vaters und schaute ihn tröstend an.

„Hinsetzen, alle beide", sagte Chris, der es sich in einem Sessel bequem gemacht hatte, und fuhr fort: „Also, Kleine, dass das klar ist: Ich bin jetzt der Boss hier und mag es gar nicht, wenn jemand nicht macht, was ich sage. Hast du das verstanden?"

Conny nickte stumm, doch innerlich kochte sie vor Wut.

‚Wie konnte das nur passieren', dachte sie und versuchte, ihre Emotionen in den Griff zu bekommen.

„Okay, gut, dass du kooperierst. Je weniger Schwierigkeiten du machst, je freier darfst du dich im Haus bewegen. Tom ist ab sofort dein Leibwächter und wird dich auf Schritt und Tritt beobachten. Also bleib cool, dann bleibt Tom auch cool. Und jetzt gibt es Abendessen."

Nachdem nichts passierte, schrie Tom plötzlich: „Hop Sing, los jetzt! Wir haben Hunger."

Schlagartig wurde die Küchentür geöffnet und Hop Sing betrat den Raum, mit mehreren Schüsseln beladen. Als er Conny sah, musste er sich beherrschen, um nicht laut aufzuschreien. Vorsichtig stellte er das Essen auf den Tisch und murmelte eine unterwürfige Entschuldigung. Dann drehte er sich um und wollte zurück in die Küche gehen, doch Tom versperrte ihm den Weg.

„Nein, nein, mein Freund! Du weißt, was jetzt kommt. Schuh aus, sofort", sagte er. Hop Sing zuckte zusammen. Aber er fügte sich. Langsam zog er seinen rechten Schuh aus und hielt ihn Tom hin.

„Du darfst ruhig mitkommen", sagte Tom und sie liefen zusammen an den Tisch. Dort hatten Chris, Conny und ihr Vater schon Platz genommen.

Tom nahm die Suppenkelle und schöpfte einen Löffel voll Suppe. Langsam, mit einem Grinsen im Gesicht, führte er die Kelle zu Hop Sing und leerte sie in den Schuh.

„Mahlzeit", sagte Chris.

Conny musste mit ansehen, wie der arme Hop Sing begann, die Suppe aus seinem Schuh zu trinken.

„Nichts verschütten", sagte Tom streng.

Jetzt konnte sich Conny nicht mehr halten, stand auf und rief: „Was soll das? Warum tut ihr das?"

Mit Mühe konnte ihr Vater sie zurückhalten.

„Nachdem der liebe Hop Sing versucht hat uns zu vergiften, muss er nun alle Speisen vorkosten. Oder möchtet Ihr vergiftet werden, Lady Douglas?", erwiderte Chris und fügte ein „hinsetzen" hinzu.

Conny setzte sich widerwillig, und ihr Vater versuchte, sie weiter zu beruhigen.

„Ihr seid Schweine", zischte sie, was bei Tom und Chris einen Lachanfall auslöste.

Conny aß keinen Bissen und schaute nur grimmig drein.

Plötzlich flog die Tür auf und Roy stürzte in das Zimmer.

„Scheiße, habt ihr schon wieder ohne mich angefangen?"

„Entschuldigen Sie, Lady Douglas. Unser lieber Roy mag theatralische Auftritte. Tom, bringst du die Dame und den alten Herrn auf ihr Zimmer, nachdem Roy es gecheckt hat.

Missmutig legte Roy seinen Löffel zur Seite und ging nach oben.

Fünfzehn Minuten später kam er zurück und setzte sich wortlos an den Tisch.

Chris nickte Tom zu, und der begleitete Conny und ihren Vater in ihr Zimmer.

„Ich steh vor der Tür, nur dass du es weißt. Ach ja, die Fenster sind vernagelt, also spar dir die Mühe. Raus geht's nur an mir vorbei", sagte er und schloss die Tür.

„Was ist nur passiert, Vater?", stammelte Conny.

Ihr Vater erzählte: „Als ihr etwa drei Wochen weg wart, tauchten die drei plötzlich auf - und sie waren nicht alleine. Insgesamt sind sie zu siebt. Doch die anderen Cowboys sind nie im Haus, nur bei den Ställen und in Old Johns Hütte."

Conny schlug die Hände vors Gesicht und stammelte: „Old John."

„Es geht ihm gut, denke ich, obwohl ich ihn schon mehrere Tage nicht gesehen habe. Die haben ein Gefängnis im Stall gebaut Dort haben sie ihn und Kajika eingesperrt", erwiderte ihr Vater.

„Und all die anderen?", fragte Conny.

„Sind weg, außer Hop Sing und Andy, der sich um die Pferde kümmern muss. Seine kleine Schwester wurde gezwungen, ihm dabei zu helfen."

„Diese verfluchten Schweine", sagte Conny mit zusammengebissenen Zähnen.

Dann stand sie auf und begann das Zimmer zu durchsuchen.

Nach einer halben Stunde setzte sie sich mit hängendem Kopf wieder auf ihr Bett.

Die Wut verflog langsam, und plötzlich lächelte sie. Sanft streichelte sie den Rücken ihres Vaters und flüsterte: „Bill wird etwas einfallen, da bin ich ganz sicher, Vater!"

„Bill, der Enkel von Old John?", sagte Ihr Vater verständnislos.

Doch dann sah er das Glitzern in den Augen seiner Tochter und seine Zweifel verschwanden. Die Hoffnung war zurück.

– – –

Bill erwachte mit einem Brummschädel. Langsam begann er sich aufzurichten, bis ihn eine Hand sanft wieder nach unten drückte.

„Langsam Junge, ganz langsam", flüsterte eine vertraute Stimme.

Aber Bill konnte sich nicht daran erinnern, wer zu ihm sprach. Immer wieder wurde ihm schwarz vor Augen.

Sein Magen begann zu rebellieren. Nach mehreren Minuten beruhigten sich seine Sinne und die Erinnerung kam schlagartig zurück.

Bill spritzte auf, griff zu seinem Halfter und musste feststellen, dass sein Revolver fehlte. Schwankend stand er im Dunkeln und sah nur das Leuchten von zwei Augenpaaren, die ihn anstarrten. Langsam lichtete sich der letzte Nebel und er erkannte Old John und Kajika. Dann konnte er sehen, dass er sich im Pferdestall, in einer Art Gefängniszelle, befand.

Er schüttelte sich kurz und schloss seinen Opa in die Arme.

„Bin ich froh, dass es dir gutgeht", flüsterte Old John.

Bill konnte die Tränen spüren, die über seinen Rücken liefen. Nachdem sich die beiden voneinander gelöst hatten, umarmte er auch Kajika herzlich.

„Eine mächtige Beule du am Hinterkopf hast", sagte er und versuchte, dabei zu lächeln, was ihm sichtlich misslang.

Mittlerweile hatten sich Bills Augen an die Dunkelheit gewöhnt, und er sah sich genauer um.

„Du brauchst nicht zu hoffen, dass es einen Ausweg gibt", sagte Old John.

Kajika erwiderte: „Wir haben schon alles probiert, Bill. Sie haben das Gefängnis perfekt gesichert. Außerdem werden wir immer von zwei Männern bewacht." Dabei zeigte er auf eine Lücke im Zaun. Bill sah hindurch und zog sich gleich wieder zurück, als ein Gewehrlauf durch die Lücke drang.

„Setzt euch und haltet die Klappe", sagte jemand, der den Lauf wieder zurückzog, ehe Bill ihn schnappen konnte.

„Setz dich, Bill. Ich erzähle dir, was passiert ist".

Old John erzählte die Geschichte. Als er geendet hatte, sah er Bill fragend an, der wiederum seine Geschichte in groben Zügen erzählte. Immer wieder blickten sich Old John und Kajika ungläubig an. Einmal wurden sie von einem Pfiff unterbrochen. Old John legte einen Zeigefinger auf seine Lippen. Bill schwieg, während Kajika in eine Ecke kroch. Wenig später kam er grinsend zurück, mit etwas Brot und einem Stück Schinken in der Hand.

Bevor Bill etwas sagen konnte, flüsterte Old John: „Der gute Andy versorgt uns, so gut es geht. Ohne ihn wären wir schon verhungert."

„Andy ist noch hier?", fragte Bill.

Kajika antwortete: „Wo soll der Arme denn hin, mit seiner kleinen Schwester, ohne Eltern. Er versorgt die Pferde und er versorgt uns."

Irgendwann schliefen alle drei ein und wurden rüde geweckt.

Das Tor öffnete sich und ein Eimer kaltes Wasser wurde über sie geleert.

„Hoppla, bin ich ungeschickt! Das war eigentlich zum Trinken gedacht", sagte jemand.

Doch bevor Bill sehen konnte, wer das war, wurde die Tür wieder verschlossen.

„Verdammt", fluchte Bill.

Old John musste ihn zurückhalten: „Bill, bleib ruhig.

Sie wollen nur provozieren. Es wird nur schlimmer, glaube mir."

Bill setzte sich widerwillig und überlegte. Er dachte lange nach, doch ihm wollte einfach nichts einfallen. Immer wieder stand er auf, lief hin und her, und manchmal fluchte er. Am späten Nachmittag setzte er sich und tastete nach seinem Medizinbeutel. Erleichtert atmete er auf, als er ihn spürte. Vorsichtig öffnete er ihn und holte einen Talisman nach dem anderen heraus, legte ihn auf seinen Oberschenkel und vertiefte sich wieder in seine Gedanken.

Aber er konnte sich nicht mehr konzentrieren. Vorsichtig nahm er die Feder in die Hand und überlegte, was er mit ihr anfangen könnte, doch ihm fiel nichts ein.

‚Das Amulett habe ich nicht mehr. Doch auch damit würde ich mich nicht befreien können', dachte er.

Dann hielt er die Patrone in der Hand und ließ sie durch seine Finger gleiten, bevor er sie wieder in den Beutel zurücklegte.

Als er Elsus Haarzopf in seiner Hand hielt, seufzte Bill und flüsterte:

„Mein Bruder, wo bist du nur? Genau jetzt könnte ich dich gut gebrauchen."

Dann steckte er den Haarzopf zurück und hielt Connys Haarspange in der Hand. Bill betrachtete die Haarspange von allen Seiten, dann stand er auf und lief zur Tür. Stumm schauten Old John und Kajika zu, als Bill sich vorsichtig bückte und das Schloss der Tür begutachtete. Das letzte Tageslicht drang durch das Schlüsselloch, und Bill prägte sich jedes Detail ein, lief grinsend zurück und setzte sich.

„Es ist ein einfaches Schloss, ich kann womöglich mit der Haarspange einen Schlüssel herstellen. Aber ihr müsst mir dabei helfen. Ich brauche Steine und Stroh, damit man das Hämmern nicht hört."

Schnell waren die Sachen gefunden, und Bill bearbeitete die Haarspange.

Old John und Kajika machten immer wieder laute Geräusche, damit Bills Hämmern nicht zu hören war. Zweimal mussten sie ihre Arbeit unterbrechen, weil die Wachposten zu ihnen kamen. Als es zu dunkel zum Weiterarbeiten wurde, legten sie sich schlafen.

Am nächsten Morgen setzte Bill seine begonnene Arbeit fort, und gegen Nachmittag war der provisorische Schlüssel endlich fertig. Andy würde für ein Ablenkungsmanöver sorgen, damit Bill den Schlüssel testen konnte. Bill stand schon an der Tür, als er plötzlich ein lautes Lachen hörte. Jemand sagte:

„Schaut mal, der Clown ist zu dämlich, um mit einem Pferd umzugehen."

Das war Andys Ablenkung!

Beherzt steckte Bill den Schlüssel ins Schloss, doch er passte nicht.

Bill unterdrückte einen Fluch, beugte sich hinunter und schaute nach, woran es lag. Kopfschüttelnd richtete er sich wieder auf. Plötzlich hörten alle drei ein Schnappen, als der Türriegel sich öffnete. Bill hielt den Atem an und lauschte. Doch die Wachposten applaudierten Andy und hatten nichts gehört.

Langsam schloss Bill wieder ab und steckte den Schlüssel in den Medizinbeutel.

Zufrieden setzte er sich hin und flüsterte:

„Jungs, heute Abend, wenn es dunkel ist, hauen wir hier ab."

Als die Dämmerung eintrat, öffnete sich plötzlich die Tür und Roy stand vor ihnen.

Bill flüsterte verächtlich: „Bist du also auch zum Abschaum übergetreten?"

„Lass ihn in Ruhe", sagte Tom, der plötzlich an der Tür erschien.

„Los Roy, durchsuche ihn. Und die beiden anderen auch", sagte Tom, jetzt mit gezogenem Revolver.

„Immer muss ich die Drecksarbeit machen", fluchte Roy und durchsuchte Bills Taschen. Wenig später hielt er Bills Medizinbeutel in der Hand und übergab die Beute an Tom.

Dieser öffnete den Beutel und schüttete den Inhalt auf den Boden. Dann stieß er einen Pfiff aus und beugte sich nach unten. Genau in diesem Moment wollte Bill sich auf ihn stürzen, doch Roy hielt ihm den Lauf seines Gewehres vor die Nase, und Bill hielt sich fluchend zurück.

„Schau mal an, unser Nobody hat sich einen Schlüssel aus einer Haarspange gebastelt", sagte Tom anerkennend.

Er steckte ihn ins Schloss und hob erstaunt die Augenbrauen, als sich der Schnapper nach hinten zog.

„So ein Pech aber auch, dass wir den Schlüssel gefunden haben", sagte Tom und steckte die verunstaltete Haarspange in seine Hosentasche.

Wenig später waren sie wieder verschwunden.

Bill saß traurig und wütend zugleich auf dem Boden.

Old John tätschelte seine Schulter und flüsterte:

„Es werden sich noch andere Wege auftun."

Bill nickte nur und begann wieder zu überlegen.

Nachdem die Nacht hereingebrochen war, seufzte Bill und legte sich hin.

Plötzlich hörte er den Schrei eines Kojoten.

‚Bei Manitu, das kann nicht sein', dachte er. Doch der Schrei wiederholte sich.

Jetzt war Bill hellwach, spritzte auf und hämmerte gegen die Tür seines Gefängnisses.

Old John und Kajika schauten ihn ungläubig an und zogen sich ängstlich in eine Ecke zurück.

– – –

Conny hatte den Tag damit verbracht, Hop Sing in der Küche zu helfen. Toms Adleraugen vereitelten ihr Vorhaben, sich ein Messer zu schnappen. Unsanft wurde sie in die Wohnstube zurück verfrachtet. Ungeduldig lief sie vor dem Kamin immer wieder auf und ab und überlegte fieberhaft, wie sie sich befreien konnte, um Hilfe zu holen. Plötzlich blieb sie vor dem Bild ihrer Mutter stehen, das auf dem Kaminsims stand. Langsam, ganz vorsichtig, griff sie nach dem Bild. Sie spürte Toms Blicke in ihrem Rücken und spürte auch, wie er sich entspannte, als er das Bild sah. Was er nicht wusste und sah, war die Haarnadel hinter dem Bild, auf die es Conny abgesehen hatte. Blitzschnell verschwand die Haarnadel in Connys Ärmel, und sie stellte das Bild wieder zurück auf den Kaminsims.

‚Meine Chance wird kommen', dachte sie und entspannte sich wieder.

‚Nur nicht zu viel, sonst merkt Tom noch etwas', dachte sie und ging wieder auf und ab. Irgendwann lief sie zum Fenster und schaute in die Dämmerung.

Die Hoffnung war wieder da!

– – –

„Hör auf mit dem Lärm, sonst bekomme ich Ärger mit Chris", sagte der Wachposten verschlafen vor der Gefängnistür.

„Komm doch rein und hindere mich daran", rief Bill.

Old John und Kajika schauten sich fragend an und dachten, dass Bill den Verstand verloren hätte.

„Hör jetzt auf damit, du Idiot", fluchte der Wachposten auf der anderen Seite der Tür, stinksauer. Doch Bill dachte nicht daran und hämmerte munter weiter gegen die Holzplanken der Tür. Wütend steckte der Wachposten seinen Gewehrlauf durch den Schlitz in der Tür. Genau darauf hatte Bill gewartet, blitzschnell langte er zu - und mit Schwung zog er an dem Gewehrlauf.

Damit hatte sein Gegner nicht gerechnet! Mit einem kräftigen Rumms schlug sein Kopf gegen die Tür. Sie konnten hören, wie er ohnmächtig zu Boden ging.

Ungläubig beobachteten die beiden alten Männer, wie Bill den Lauf des Gewehres nach außen drückte und sich im Schneidersitz auf den Boden setzte. Dabei starrte er grinsend auf die Tür und wartete!

Es dauerte nicht lange, dann öffnete sich ihre Gefängnistür und ein dunkler Schatten stand im Türrahmen. Im Gesicht waren hellwache blaue Augen zu sehen und leuchtend weiße Zähne.

„Du gönnst mir nicht einmal deine Rettung! Was bist du nur für ein Bruder?", sagte Elsu, reichte Bill die Hand und zog ihn auf die Beine.

„Ich habe noch nie ein so schlechtes Kojoten-Geheule gehört", antwortete Bill und schloss seinen Blutsbruder in die Arme.

Jetzt verstanden auch Old John und Kajika.

Sie erhoben sich, um ihren Befreier zu begrüßen.

„Also, einen habe ich schlafen gelegt, und der da draußen träumt von dir!

Wo sind die anderen, und wie viele sind es?", fragte Elsu.

„Im Haus sind Chris, Tom und Roy. Und zwei müssten noch in meiner Hütte sein", antwortete Old John.

„Wir brauchen Waffen", erwiderte Bill.

Kajika sagte: „Ich habe Pfeil und Bogen in der Scheune bei den Pferden versteckt."

Plötzlich hörten sie ein Lachen, das Zuschlagen einer Tür und Schritte.

Schritte, die auf sie zukamen!

„Die Wachablösung", flüsterte Old John.

„Ihr zwei setzt euch in die Ecke", sagte Bill, während Elsu die beiden Wachposten in das Gefängnis schleifte. Bill schnappte sich den Hut und das Gewehr des Wachpostens, dann setzte er sich neben die Tür und stellte sich schlafend. Elsu schloss die Tür und versteckte sich im Hintergrund.

Als das Scheunentor geöffnet wurde, schaffte es Elsu gerade noch so, sich zu verstecken. Bill sah nichts. Er saß mit angezogenen Beinen an der Wand angelehnt, mit dem Hut über dem Gesicht und stellte sich schlafend.

Zwei Männer betraten die Scheune und schauten sich um.

„Wo ist Ted?", fragte der eine.

Der andere antwortete: „Pennen, so wie Nat, dort neben der Tür."

„Diese Trottel. Wenn wir Chris das erzählen, bekommen wir bestimmt eine Belohnung. Los, lass uns zuerst Nat wecken, dann suchen wir Ted."

Langsam liefen sie auf die Gefängnistür zu und blieben vor Bill stehen. Vorsichtig stupste er Bills Fuß, der so tat, als würde er langsam aufwachen.

Bis die beiden begriffen, was gerade passierte, war es schon vorbei!

Bill streckte seine Füße blitzschnell aus, sodass einer unsanft auf dem Boden landete. Bevor der andere etwas unternehmen konnte, stand Elsu hinter ihm und hielt ihm sein Messer unter die Nase.

„Kein Mucks, Freundchen", flüsterte er.

Bill saß mittlerweile auf seinem Gegner und hielt ihm den Lauf des Gewehres unter die Nase.

„Old John, Kajika! Die beiden Herren hier benötigen eure Hilfe", flüsterte Bill.

Die zwei Angesprochenen öffneten vorsichtig die Tür und staunten nicht schlecht, als sie sahen, dass sie zwei weitere Gefangene hatten.

Schnell wurden alle vier Möchtegerngangster geknebelt und gefesselt ins Gefängnis gesperrt.

„Holt die Waffen aus Old Johns Hütte. Wir treffen uns dann am Haupthaus", sagte Bill.

Kajika antwortete grimmig: „Aber klar doch."

Sie bewaffneten sich!

Während Old John und Kajika zur Hütte schlichen, traten Bill und Elsu auf den Weg zum Haupthaus. So leise, wie möglich, stiegen sie die Stufen nach oben. Doch die letzte Stufe knarrte, und beide blieben stehen.

– – –

276

Conny saß am Tisch und blickte sich um. Doch Tom war immer in ihrer Nähe. Mit Ekel dachte sie daran, dass sie mal in den Typen verliebt war.

Bei dem Gedanken musste sie den Kopf schütteln.

„Was ist, Schönheit? Hab ich dir endlich den Kopf verdreht", sagte Tom mit so viel Sarkasmus in der Stimme, dass es Conny schlecht wurde.

Gerade, als sie sich erheben wollte, um ihm zu antworten, erklang ein knarrendes Geräusch.

Chris, der mit Connys Vater über den Büchern hing, hob seinen Kopf und blickte zur Tür.

Conny hielt den Atem an, als sich die Tür langsam quietschend öffnete.

Sie ertastete die Haarnadel, während Chris und Tom ihre Waffen zogen.

„Roy?", rief Chris. Doch niemand antwortete!

Plötzlich zersprangen links und rechts die Fensterscheiben!

Während sich Tom nach links orientierte, richtete Chris die Waffe nach rechts.

Auf einmal standen Elsu und Bill mit gezogenen Waffen im Türrahmen.

Bill brüllte: „Waffen runter, sofort."

Tom reagierte am Schnellsten! Blitzartig schlang er seinen Arm um Connys Hals und hielt ihr die Waffe an den Kopf. Grinsend antwortete er:

„Besser du legst die Waffe ab, Nobody."

Fassungslos starrte Bill zu Conny, die ihm ständig zublinzelte.

Dann sah er die Spitze der Haarnadel in ihrer Hand und verstand!

„Rothaut, ich habe dir gleich gesagt, dass das eine dumme Idee ist. Aber nein, du hörst ja nie richtig zu. Immer willst du recht haben", sagte Bill plötzlich und starrte Elsu an, der nichts verstand.

„Na los, ergib dich zuerst. Immerhin bin ich ja ein Weißer."

„Du bist..., du bist...", stotterte der verwirrte Elsu und wurde langsam wütend.

In seinem Kopf rasten die Gedanken wie wild durcheinander.

‚Nie würde Bill so etwas zu mir sagen. Er muss einen Plan haben', dachte er und spielte mit.

„Immer muss ich dir das Leben retten, du Nobody.

Genau, Tom hat es ja schon gesagt: du Ober-Nobody!

Leg doch du zuerst die Waffe ab, du Idiot."

Bill grinste und antwortete: „Willst du dich mit mir anlegen, Rothaut? Oder was?"

Elsu legte die Waffe auf den Boden und ging in Faustkampfstellung. Dabei zog er einen Dolch aus seinem Mokassin und verbarg ihn geschickt, so dass niemand ihn sehen konnte.

Bill ging langsam in die Hocke, legte die Waffe ab, ließ sie aber nicht los.

Plötzlich rief er: „jetzt".

Conny holte aus und bohrte die Haarnadel in Toms Oberschenkel, der vor lauter Schmerzen seine Waffe fallen ließ.

Chris, der den Braten gerochen hatte, feuerte auf Bill, der sich aber geschickt abgerollt hatte und nun seinerseits abdrückte. Chris' Kugel streifte Bill an der Wade, und Bills Kugel traf Chris an der Schulter. Krachend fiel Chris' Waffe zu Boden. Doch Chris war zäh und gab sich nicht so leicht geschlagen. Plötzlich hatte er einen kleinen Minirevolver in der Hand. Als er auf Bill feuern wollte, traf ihn der Dolch von Elsu und die Waffe flog davon.

„Endlich unentschieden!", rief Elsu und wollte zu Chris eilen.

Aber dann hörten sie ein Klicken und ein hämisches Kichern ihn ihrem Rücken.

‚Roy, verdammt!', dachte Bill.

„Ich hab euch im Visier. Macht jetzt keinen Scheiß, Jungs.

Und du, Conny - ab zu deinem Vater. Los, los – sofort!"

Bill drehte sich langsam um und starrte Roy in die Augen.

„Das war wohl nix, du Nobody", zischte Roy mit zusammengebissenen Zähnen.

Plötzlich begann Bill zu grinsen. Sein Grinsen wurde immer breiter und verunsicherte Roy. Nervös zielte er immer abwechselnd auf Bill und Elsu.

Als er den kalten Lauf einer doppelläufigen Schrotflinte in seinem Genick spürte, wurde er weiß im Gesicht.

„Lass die Waffe fallen, du Idiot – sofort", sagte Old John mit fester Stimme.

Zitternd warf Roy sein Gewehr zu Boden und hob die Hände.

„Eigentlich bin ich zu alt für den Scheiß", hörte Roy noch die Worte des alten Mannes hinter ihm. Dann traf ihn ein Schlag und ihm wurde schwarz vor Augen.

„Du verfluchtes Mistweib", zischte Tom.

Doch weitere Worte kamen nicht mehr über seine Lippen!

Conny hatte ihn mit einem Faustschlag K.O. geschlagen.

„Scheißkerl", sagte sie und rieb sich ihre schmerzende Hand.

Kajika fesselte Chris und die anderen.

„Danke, Opa", sagte Bill und umarmte Old John.

„Lass gut sein. Ab zu deinem Mädchen! Das ist ein Befehl", erwiderte er grinsend.

Am nächsten Tag traf der Sheriff im Morgengrauen ein, zusammen mit Andy, der ihn geholt hatte.

Erstaunt schaute er auf die vorbereitete Karawane. Conny schwang sich auf ihr Pferd. Hinter ihr standen sieben Männer - aneinander gefesselt, mit Knebeln im Mund. Am Ende der Kette saß Bill auf seinem Pferd und sagte zum Sheriff:

„Ich hoffe, Ihr habt genug Platz im Gefängnis für die Halunken."

Lachend antwortete der Sheriff: „Bill für die gibt es aber keine Belohnung.

Doch die andere Belohnung, die von der Reno-Bande, kannst du bei mir abholen."

Am Nachmittag waren sie wieder zurück.

Bill wollte mit Elsu nach den Rindern auf der Weide sehen.

„Zum Abendessen sind wir wieder zurück", sagte er zu Conny.

Dann machte er sich mit Elsu auf den Weg zur Weide.

Zuerst ritten sie stumm nebeneinander, bis Elsu fragte:

„Willst du nicht wissen, warum ich gekommen bin?"

„Du schuldest mir noch ein Leben – oder?

Nein, im Ernst! Warum bist du gekommen, Bruder?"

„Ich konnte Sacajaweas Vater überzeugen, mit den Crow zu verhandeln.

Doch ich traute mich nicht, alleine zu meinem Vater, Pretty Eagle, zu gehen. Mein Plan war, dich mitzunehmen, Amarok."

„Aber wie hast du erkannt, dass etwas nicht stimmte?"

„Natürlich wollte ich dich überraschen und habe mich angeschlichen.

In Old Johns Hütte waren lauter fremde Gesichter. Da wurde mir sofort klar, dass etwas nicht stimmte."

„Du bist ein kluger und mutiger Indianer. Ich bin froh, dich als Bruder zu haben."

„Ich bin ebenfalls stolz, einen so tollen Bruder zu haben."

„Und natürlich wird dich Amarok morgen zu Pretty Eagle begleiten."

Als es dunkel wurde, trafen sie wieder am Haupthaus ein.

Hop Sing stand auf der Veranda und rief ihnen zu: „Das Essen wild kalt, Männel".

Beide gingen nebeneinander die Stufen nach oben, wo sie von einer lächelnden Conny empfangen wurden.

Sie führte sie zum Kamin und zeigte mit dem Finger auf etwas.

Das rote Nickituch lag auf dem Sims, verziert mit der blauen Feder, der Patronenhülse, der zurechtgebogenen silbernen Haarspange und Elsus Haarzopf.

„Der Inhalts meines Medizinbeutels", flüsterte Bill.

Bill küsste seine Braut und sie begaben sich zu Tisch.

„Elsu, du wolltest mir noch die Geschichte des Haarzopfes erzählen", sagte Bill plötzlich. Elsu verzog das Gesicht, beugte sich zu Bill und flüsterte etwas in sein Ohr. Bill machte große Augen und stieß ein „das ist nicht wahr" aus.

Dann begann er herzhaft zu lachen. Als er sich beruhigt hatte, sagte er in die fragenden Gesichter am Tisch: „Nein, Leute. Das ist wirklich ein Männergeheimnis. Das kann ich euch nicht erzählen."

Jetzt stimmte Elsu mit ein und bald lachten alle am Tisch.

ENDE

Pilamayaye wakan tanka nici un ake u wo, ahoe!

Auf Wiedersehen!
Möge der Große Geist
mit Dir sein und Dich führen!

(Indianerweisheit Autor unbekannt)

Über den Autor

Karlheinz Huber, Jahrgang 1961, lebt in Ludwigshafen am Rhein.

Als leidenschaftlicher Erzähler bekannt, begann er mit Geburt seines Enkels die Geschichten niederzuschreiben und verfasste sein erstes Kinderbuch. Vom Schreibfieber gepackt entstanden weitere Kinderbücher, zwei Satirebücher und eine Science-Fiction-Reihe.

Weitere Bücher des Autors

Erinnerungen:

Lach- und Fachgeschichten aus dem Berufsleben eines Isolierers

Die etwas andere Biografie

Satire von Karlheinz Huber

Altersempfehlung > 0 Jahre

Immer wenn im täglichen Arbeitsstress etwas Luft ist, erzähle ich gerne von früher. Kleine Anekdoten aus meinem damaligen Berufsleben als Isolierer. Da mein Berufsleben ziemlich bunt von statten ging (ich bereue keine einzige Sekunde davon!) und mein Alter - sagen wir mal - mittlerweile stattlich ist, habe ich natürlich viel zu erzählen. Meistens sind die Geschichten lustig oder einfach nur unglaublich; jedenfalls wurde anschließend immer viel gelacht oder zumindest ungläubig der Kopf geschüttelt. Das war der Auslöser für dieses Buch. Machen Sie sich auf viele kleine Anekdoten gefasst. Ich verspreche, dass sich vielleicht so mancher meiner Mitstreiter/-innen wiederfindet. Aber keine Angst, es werden keine Namen und auch keine Firmenbezeichnungen genannt. Letztendlich handelt es sich weder um eine Biografie noch um eine Abrechnung, sondern um lustige und unglaubliche Geschichten, bei denen die Menschen im Mittelpunkt stehen sollen. Somit ist dieses LUSTIGE Buch auch für alle Nichtisolierer zum Lesen bestens geeignet.

Denn lachen dürfen wir alle, wir müssen nur wollen!

Taschenbuch/EBook: 300 Seiten - Verlag: BoD - Books on Demand;

Auflage: 1

ISBN-10: 3751943943 - ISBN-13: 978-3751943949

Größe und/oder Gewicht: 12,7 x 1,6 x 20,3 cm

Urlaub, oder was?

Satire von Karlheinz Huber

Altersempfehlung > 0 Jahre

Einfach nur zum Schmunzeln.

Ist die Urlaubszeit die beste Zeit des Jahres?

Ist man wirklich erholt nach dem Urlaub?

Ob sie nach diesem Buch jemals wieder in Urlaub gehen wollen?

Vielleicht sollten Sie aber nicht alles so ernst nehmen, was in diesem Urlaubsbuch passiert.

Aber ich verspreche Ihnen, das Alles ist so passiert.

Für Spaß ist jedenfalls gesorgt.

Taschenbuch/EBook: 208 Seiten Verlag: BoD - Books on Demand; Auflage: 1

ISBN-10: 3751921885 - ISBN-13: 978-3751921886

Größe und/oder Gewicht: 12,7 x 1,1 x 20,3 cm

Davids Weg zum Ritter

Leben auf der Burg Teil 1

Kinderbuch von Karlheinz Huber

Altersempfehlung > 5 Jahre

Gibt es Gespenster?

Können Äpfel sprechen?

David, der Sohn des Burgherren, erlebt auf seinen ersten Erkundungstouren auf Burg Mörsch so einige spannende Abenteuer. Gemeinsam mit seinen neuen Freunden überführt er einen nächtlichen Dieb, befreit einen armen Jungen aus der Knechtschaft und fiebert mit beim großen Ritterturnier. Nach dem Turnier weiß David eines mit Sicherheit – er will ein mutiger Ritter werden wie sein Vater.

Taschenbuch: 124 Seiten - Verlag: MEDU VERLAG; Auflage: 1

ISBN-10: 3963520493 - ISBN-13: 978-3963520495

Empfohlenes Alter: 5 - 7 Jahre - Größe und/oder Gewicht: 12,6 x 1,5 x 18,8 cm

Krümelgeschichte

Kinderbuch von Karlheinz Huber

Altersempfehlung > 3 Jahre

Kann ein Krümel etwas Besonderes sein?

Finde es heraus und begleite einen kleinen Krümel, der nicht wusste,

wer er war und wo er herkam. Aber er war fest davon überzeugt,

dass er ein ganz „besonderer" Krümel war.

Ob er Recht hat oder nicht, wirst du in diesem Buch erfahren.

Taschenbuch: 44 Seiten Verlag: BoD - Books on Demand; Auflage: 1

ISBN-10 3752657286- ISBN-13 978-3752657289

Empfohlenes Alter: >3 Jahre - Größe und/oder Gewicht : 17 x 0,3 x 17 cm

Mehr Infos gibt es hier unter www.huberskarl.de oder

per Mail unter leseecke@huberskarl.de.

Wo ist Mama

Kinderbuch von Karlheinz Huber

Altersempfehlung > 3 Jahre

Dies ist die Geschichte des kleinen Hasen Hoppel. Der gleich bei seinem ersten Ausflug verloren geht. Geh doch einfach mit ihm auf die Suche nach seiner Mama. Auf seinem Weg wirst du viele Tiere kennen lernen und erfahren, ob es Hoppel schafft, seine Mama wieder zu finden. Taschenbuch: 50 Seiten - Verlag: Selbstverlag; Auflage: 1

Mehr Infos gibt es hier unter www.huberskarl.de oder

per Mail unter leseecke@huberskarl.de.

Die Prinzessin und der Drache

Kinderbuch von Karlheinz Huber

Altersempfehlung > 3 Jahre

Dies ist die Geschichte von der Prinzessin und dem Drachen.

Das Leben als Prinzessin ist oft sehr langweilig. Viel lieber würde die traurige Prinzessin mit anderen Kindern spielen, aber sie darf nicht. Dann eines Tages entdeckt sie einen Geheimgang und ihr Leben ändert sich. Doch ihr größtes Abenteuer hat die Prinzessin noch vor sich.

Taschenbuch: 50 Seiten - Verlag: Selbstverlag; Auflage: 1

Mehr Infos gibt es hier unter www.huberskarl.de oder

per Mail unter leseecke@huberskarl.de.

Die ersten 3

Kinderbuch von Karlheinz Huber

Altersempfehlung > 3 Jahre

Krümelgeschichte

Kann ein Krümel etwas Besonderes sein?

Wo ist Mama

Dies ist die Geschichte des kleinen Hasen Hoppel.

Der gleich bei seinem ersten Ausflug verloren geht.

Die Prinzessin und der Drache

Dann eines Tages entdeckt sie einen Geheimgang und ihr Leben ändert sich.

Doch ihr größtes Abenteuer hat die Prinzessin noch vor sich.

Drei Kindergeschichten in einem Band vereint.

Taschenbuch: 100 Seiten - Verlag: Selbstverlag; Auflage: 1

Mehr Infos gibt es hier unter www.huberskarl.de oder

per Mail unter leseecke@huberskarl.de.

Ein Tag auf dem Bauernhof

Kinderbuch von Karlheinz Huber

Altersempfehlung > 2 Jahre

Erlebe einen aufregenden Tag mit Bauer David

Bilder-Taschenbuch: 72 Seiten - Verlag: Selbstverlag; Auflage: 1

Mehr Infos gibt es hier unter www.huberskarl.de oder

per Mail unter leseecke@huberskarl.de.

Rittergeschichten Teil 1-3

auch Personalisiert erhältlich

Kinderbuch von Karlheinz Huber

Altersempfehlung > 5 Jahre

Erzählt wird die Lebensgeschichte eines kleinen Jungen, der sich zu einem erwachsenen tapferen Ritter entwickelt. Im ersten Teil will der kleine Ritter jeden Winkel der Burg Mörsch erkunden. Im zweiten Teil soll die Umgebung der Burg erforscht werden. Im dritten Teil wird die große weite Welt bereist.

Begleite den kleinen Ritter David bei seinen 30 einzigartigen Abenteuern auf dem Weg zu einem edlen Ritter. Alle Geschichten sind immer in sich abgeschlossen und können auch einzeln gelesen werden. Da die Geschichten aufeinander aufbauen, sind sie natürlich in der richtigen Reihenfolge besser zu verstehen. Die Geschichten verändern sie sich im Laufe der Zeit. Sie werden länger, anspruchsvoller und aufregender. Ich verspreche Ihnen dreißig lustige, überraschende, unblutige, aber garantiert spannende Abenteuer.

Hardcover: 400 Seiten - Verlag: Selbstverlag; Auflage: 1

Jeder Teil kann auch Einzeln personalisiert werden. (auf Anfrage)

Mehr Infos gibt es hier unter www.huberskarl.de oder

per Mail unter leseecke@huberskarl.de.

Prinzessin Maria und das Nibelungen Geheimnis

auch Personalisiert erhältlich

Kinderbuch von Karlheinz Huber

Altersempfehlung > 6 Jahre

Es wurde ein langer Weg bis zu ihrem größten Abenteuer. Er führte die Prinzessin über einen Geheimgang und eine unerfüllte Liebe zuerst in ein Kloster. Doch dann begann ihre aufregende Reise. Sie lernte viele Städte und Dörfer der Kurpfalz im 17. Jahrhundert kennen und lieben, bis sie dann eines Tages unerwartet dem Drachen zum ersten Mal begegnete. Und jäh wurden die Erzählungen, die Sagen und alle Märchen plötzlich wahr.

Wird die Prinzessin im Nibelungenlied das Geheimnis des Drachens finden?

Begleite die Prinzessin und ihre Freunde auf diesem spannenden Abenteuer. Lass dich begeistern durch Fantasie, gespickt mit wahrem geschichtlichem Hintergrund.

Taschenbuch: 200 Seiten - Verlag: Selbstverlag; Auflage: 1

Mehr Infos gibt es hier unter www.huberskarl.de oder

per Mail unter leseecke@huberskarl.de.

Das Burgfräulein

auch Personalisiert erhältlich

Kinderbuch von Karlheinz Huber

Altersempfehlung > 5 Jahre

Begleite das kleine Mädchen auf ihrem Weg zu einer stolzen, mutigen und liebevollen Frau. Auf ihrem persönlichen Weg muss sie mutig, tapfer, klug und weise sein, denn nur so kann sie ihre vielen Abenteuer bestehen. Aber nicht nur Abenteuer müssen bestanden werden, auch die große Liebe wird ihr durch einen Traum offenbart. Doch wird sich der Traum erfüllen? Wird sich unser Burgfräulein verlieben? In diesem Buch werdet Ihr es erfahren.

Taschenbuch: 200 Seiten - Verlag: Selbstverlag; Auflage: 1

Mehr Infos gibt es hier unter www.huberskarl.de oder

per Mail unter leseecke@huberskarl.de.

Galaxy Rulers Teil 1, 2, 3 + 4

Sciences Fiktion von Karlheinz Huber

Altersempfehlung > 15 Jahre

Was ist ein Tribunal? Wer sind die Galaxy Rulers? Was wollen sie von der Erde? Was sind das für seltsame Wesen? Was wollen sie ausgerechnet von Lars? Warum hilft Jean-Luc Picard den Rulers? Was hat der Doktor der Voyager damit zu tun?

Donnerstag, 12.05.2061: Lars hat es - wieder mal – verbockt! Was soll nur aus ihm werden? Am liebsten würde er in einem Star Trek-Universum leben und durch den Weltraum fliegen, aber davon ist die Menschheit, und vor allem er, noch weit entfernt. Voller Selbstzweifel passiert auf seinem Heimweg das Unfassbare: Er stolpert in das Abenteuer seines Lebens. Wird sein Traum in Erfüllung gehen, oder wird sein Schicksal die Zukunft der Menschheit bestimmen?

Taschenbuch: jeder Teil ca. 200 Seiten - Verlag: Selbstverlag; Auflage: 1

Mehr Infos gibt es hier unter www.huberskarl.de oder

per Mail unter leseecke@huberskarl.de.

13 Horror Geschichten

Welches Geschenk wird der Besuch mitbringen? Rita hat morgen Geburtstag - oder? Findet Pablo im Love-Chat eine neue Liebe? Kommen über den Wolken die Geister der Vergangenheit zurück? Wird die 13 Sahras Lieblingszahl? Wann beginnt Damiens Endspiel? Führt jede Mutprobe zwangsläufig zum Tod? Warum nur wird ihm immer diese Frage gestellt? Ist Sven wirklich im Paradies gelandet? Was macht ein Pfarrer während des Solstitiums in Alaska? Lukas' Wunsch wird erfüllt. Hat er endlich sein perfektes Leben? Wird Jan sein persönliches Deja-vu überleben? Ist Dark Tourism nur für Hartgesottene?

Taschenbuch : 280 Seiten Verlag: BoD - Books on Demand; Auflage: 1

ISBN-10 : 3752625163 - ISBN-13 : 978-3752625165

Empfohlenes Alter: >16 Jahre - Größe und/oder Gewicht : 12.7 x 1.63 x 20.32 cm

Die letzte Seite

Das war eine Geschichte vom freundlichen Herr Karlheinz Huber.

Über ein Feedback, dem Applaus des Autors, unter

leseecke@huberskarl.de

würde ich mich sehr freuen.

Schaut doch mal auf meiner Home-Page vorbei.

www.huberskarl.de.

Dort gibt es noch viel mehr Bücher für jedes Alter.

Alle Rechte vorbehalten. Copyright